아이와 함께, 독일 동화 여행

아이와 함께, 독일 동화 여행

독일 메르헨 가도를 가다

정유선 지음

mujintree
뮤진트리

차례

독일 메르헨 가도 지도

The Brothers Grimms' Track
Hoya on the Weser
The dwarf's tale at Hoya in the former Castle of the Count of Hoya on the Weser
Phone: +49 4251/815-47
tourismus@hoya-weser.de
www.grafschaft-hoya.de
Kassel
Capital of the Fairy Tale Route. Here the Brothers Grimm collected their famous "Children and Household Tales". GRIMMWORLD Kassel. Wilhelmshöhe baroque hillside park (UNESCO World Heritage) with Herkules monument, Löwenburg (Lion's Castle) and fountains, Fairytale Christmas Market, world art exhibition documenta
Phone: +49 561/707707
info@kassel-marketing.de
www.kassel-marketing.de
Kaufungen
Historic Abbey and Abbey premises, picturesque old town districts, regional museum and mining museum
Phone: +49 5605/8020
info@kaufungen.de • www.kaufungen.eu
Knüllwald
Knüllwald in the middle of the land of Little Red Riding Hood with wolves and bears at Knüll animal park
Phone: +49 5681/930808
info@knuelltouristik.de · www.knuelltouristik.de
Lahntal
House of Otto Ubbelohde, studio of the painter and illustrator of the Brothers Grimm's fairy tales
Phone: +49 6420/82300
info@lahntal.de • www.lahntal.de
Lügde
City of the Easter Wheels with historic city centre, town wall and defense towers, mystical cycle and hiking routes and fabulous Köterberg mountain.
Phone: +49 5281/770870
touristinfo@luegde.de · www.luegde.de
Mackenrode
Fairytale Park located along the long distance Hercules hiking route X7 in the beautiful Eichsfeld region and the „premium hiking route" P16.
Phone: +49 36087/90505
tourist-info@vg-uder.de · www.vg-uder.de
Marburg
University town. Here the Brothers Grimm started to research on popular literature. Landgrave's castle, historic city centre with market place, St. Elizabeth's Church, Grimm Town Path
Phone: +49 6421/99120
info@marburg-tourismus.de
www.marburg-tourismus.de
Melsungen
Melsungen is worthwhile a visit! Historic town centre with timber-framed houses, famous town hall, home of the „Bartenwetzer" („axe whetters")
Phone: +49 5661 / 708 200
tourist-info@melsungen.de
www.melsungen.de
Niedenstein
Health resort with a fabulous view from the Hesse Tower and godfather King Thrushbeard
Phone: +49 5624/99930
info@niedenstein.de • www.niedenstein.de
Nienburg on the Weser
Maybe you will meet the brash "Little Nienburg Girl" here
Phone: +49 5021/917630
info@mittelweser-tourismus.de
www.mittelweser-tourismus.de
Nieste
Fabulous hiking region at the GrimmSteig (Grimms' trail) with the fabulous King's Alp
Phone: +49 5605/944120
gemeinde@nieste.de
www.nieste.de • www.grimmsteig.de
Oberweser
In the footsteps of Puss in Boots and Snow White, discover the charming Oberweser region. Open air museum Mühlenplatz.
Phone: +49 5572/93730
verkehrsamt@oberweser.de
www.oberweser.de
Polle
Romantic open air stage at the castle ruin with Cinderella Theatre Festival
Phone: +49 5533/411
info@polle-tourismus
www.polle-weser.de
Sababurg
The Sleeping Beauty's Castle and animal park Sababurg, fairy-tale audiences with the Sleeping Beauty and her Prince
Phone: +49 5671/8080
dornroeschenschloss@sababurg.de
www.sababurg.de
Schauenburg
Schauenburg Fairy-Tale Sentry, exhibition focussing on the Storytellers to the Brothers Grimm
Phone: +49 5601/93250
info@gemeinde-schauenburg.de
www.gemeinde-schauenburg.de
Schwalmstadt
In the land of Little Red Riding Hood. Fabulous ensemble of timber-framed houses and fairy-tale characters, Schwalm Regional Museum with colourful local traditional gown of the Schwalm Region
Phone: +49 6691/71212
schwalmstadt@rotkaeppchenland.de
www.schwalm-touristik.de
Steinau an der Straße - Brothers-Grimm-City
Guided tours through the fairy-tale town, Steinau Museum ... the museum at the road, House of the Brothers Grimm, Castle, puppet theatre "Die Holzköppe" ("The Wooden Heads"), Steinau Puppet Theatre Festival, adventure park, Cave "Teufelshöhle" ("Devil's Cave"), Europe ropes course
Phone: +49 6663/96310
verkehrsbuero@steinau.de • www.steinau.de
Trendelburg
Trendelburg Castle, Rapunzel's Tower. Legend of the giant's sister Trendula's Lake
Phone: +49 5675/7499-18
touristik@trendelburg.de
www.trendelburg.de
Verden
Discover the Stone Man, the Verden dunes, the Magic Park und pirate Klaus Störtebeker
Tel. +49 4231/12345
touristik@verden.de
www.verden.de
Wahlsburg
Cross the River Weser with the Fairy Tale Ferry
Phone: +49 5572/93780
gemeinde@wahlsburg.de • www.wahlsburg.de
Waldeck
The fabulous mountain village of timber framed houses on the lakefront of Lake Edersee in the Waldeck Region
Phone: +49 5623/973782
tourismus@waldeck.de • www.waldeck.de
Wiedensahl
Birthplace of Wilhelm Busch. Birthplace and residence in the museum located at the old vicarage with the widow Bolte's chicken yard.
Phone: +49 5726/388
wilhelm-busch-geburtshaus@t-online.de
www.wilhelm-busch-geburtshaus.de
Willingshausen
Europe's oldest painters' colony in the land of Little Red Riding Hood
Phone: +49 6697/1418
info@willingshausen-touristik.de
www.malerkolonie.de · www.willingshausen.de
Witzenhausen
Cherry and university town in the Werra Valley, whose hospitality the Grimms already appreciated
Phone: +49 5542/6001-0
info@kirschenland.de · www.kirschenland.de
Wolfhagen
Historic town of timber framed houses in the fairyland of the Brothers Grimm
Phone: +49 5692/602102
tourist-info@wolfhagen.de
www.wolfhagen.de
Member regions:
District of Holzminden:
www.landkreis-holzminden.de
District of Kassel:
www.kassel-land.de
District of Schwalm-Eder:
www.kurhessisches-bergland.de
Werra Valley:
www.urlaub-werratal.de
District of Waldeck-Frankenberg:
www.waldecker-land.com
Deutsche Märchen Straße
German Fairy Tale Route
Kiel
Hamburg
Schwerin
Buxtehude
Bremerhaven
Bremen
Verden
Rhein/Ruhr
Hoya
Nienburg
Hannover
Berlin
Wiedensahl
Bad Oeynhausen
Hessisch Oldendorf
Hameln
Bodenwerder
Lügde
Polle
Holzminden
Fürstenberg
Brocken
Harz
Wahlsburg
Bad Karlshafen
Oberweser
Bovenden
Ebergötzen
Trendelburg
Sababurg
Göttingen
Hofgeismar
Hann. Münden
Dortmund/Köln
Grebenstein
Heilbad Heiligenstadt
Kassel
Nieste
Witzenhausen
Mackenrode
Wolfhagen
Kaufungen
Schauenburg
Bad Sooden Allendorf
Baunatal
Helsa
Waldeck
Niedenstein
Hessisch Lichtenau
Gudensberg
Fritzlar
Melsungen
Bad Wildungen
Frankenberg
Homberg/Efze
Knüllwald
Dresden/Eisenach
Schwalmstadt
Lahntal
Willingshausen
Marburg
Alsfeld
Herbstein
Freiensteinau
Steinau
Frankfurt am Main
Hanau
Würzburg
München
Heidelberg
ICE
Distances:
Overall length including turn offs:
Frankfurt – Hanau approx.
Hanau – Bremen approx.
This map is not drawn to scale.
Members of the German Fairy Tale Route
Stages in the Brothers Grimms' lives
Autobahn
Fairy Tale Route
ICE fast tr

프롤로그

“너무 시시해.”

아이가 입으로 바람 빠지는 소리를 내며 말한다. 뭐? 시시해? 잘못 들었나 싶었다. 초등학교 3학년 아이가 나뭇잎 뒤에 있는 애벌레를 관찰하는 것이 시시하단다.

“처음 보는 애벌레 아니야? 이름이 뭐라고?”

“몰라. 관심 없어. 애벌레는 그냥 애벌레지.”

언제부터인가 유치원 학부모들 사이에서 ‘생태교실’이 큰 인기를 끌었다. 한 달에 한 번 선생님이 예닐곱 살 아이들을 소그룹으로 데리고 다니면서 풀·나무·곤충 등에 관한 전반적인 지식을 알려주는 생태수업. 동네 엄마들이 지안이에게도 그 수업이 필요하다고 했을 때 나는 그저 미소만 지었다. 공원이나 산에 가서 자연을 체험하는 것은 좋은 일이지만 굳이 선생님까지 모셔서 하는 수업이 영 내키지 않았기 때문이다. 게다가 유치원생에게는 너무 이르다고도 생각했다. 지금이 아니더라도 내가 원하고 아이가 원하면 그런 것쯤은 언제든지 충분히 해줄 수 있는 엄마라는 착각도 한몫했던 것 같다.

다행히 그런 나의 생각을 읽기라도 한 듯 아이가 열 살이 되자마자 학교에서 안내장이 날아왔다. 주민센터에서 참살이 체험이라는 이름으로 생태 무료 학습 프로그램을 운영한다는 것이었다. 나는 옳다구나 하고 신청했고, 3월 어느 날 아이와 함께 봄바람을 타고 동네 공원으로 달려가 따사로운 햇살을 온몸으로 느끼며 나뭇잎과 애벌레를 관찰하는 중이었다. 그런데 아이가 선생님 말씀에 잠시 귀를 기울이다가 뒤로 스윽 빠지며 하는 말, "시시하다니까."

갑자기 등골이 서늘해졌다. 아이는 어쩌면 앞으로 엄마가 하자고 하는 모든 일에 "시시해"라고 반응할지도 모른다. 모든 것은 때가 있는 법인데, 슬프게도 엄마가 생각하는 '때'가 아이의 성장 속도를 따라가지 못할 수도 있겠다는 생각이 처음 들었던 것이다. 그렇다면 우리가 이런저런 현실에 얽매여 잠시 중단했던 '동화나라 여행'도 이미 늦은 것은 아닐까. 그 어떤 동화세상과 마주

쳐도 감동은커녕 "헐, 말도 안 돼. 다 뻥이지?"라고 외치면 어쩌지? 여기까지 생각이 미치자 더이상 가만있을 수 없었다. 지금이라도 떠나야 했다. 나를 얽매고 있는 현실을 용기 있게 뚝뚝 끊어내야겠다는 생각이 불쑥 치솟았다. 나는 서둘러 주변 정리를 하기 시작했다. 내가 해야 할 일과 비울 수 있는 시간을 알아보고 확인을 했다. 달력을 보면서 여행하기 좋은 최적의 날짜를 뽑아보고 비행기표도 알아보았다. 남편에게 표면적으로는 허락을, 실질적으로는 통보를 하며 그렇게 다짜고짜 여행 체크 리스트를 만들기 시작했다.

꿈은 이루어진다. 정말로 이루어진다. 3년 전 아이와 함께 아일랜드와 영국을 다녀온 뒤 나는 조심스럽게 독일여행을 이야기했다. 아이들이 가장 먼저 접하는 동화 〈백설공주〉 〈라푼첼〉 〈헨젤과 그레텔〉 〈늑대와 일곱 마리 아기 염소〉 등의 배경인 독일 소도시 여행. 그림 형제가 태어난 하나우에서 브레멘까지 동화마을이 점점이 박혀 있는 600킬로미터의 메르헨Märchen(민담 또는 동화를 뜻하는 독일어) 가도를 꿈꾸었다. 하지만 현실은 나에게 길을 열어주지 않았고, 세월만 흘렀다. 아이는 이제 엄마에게 립스틱 색을 조언하는, 자신이 십대라고 주장하는 열 살이다. 그래서 기다리다 못해 내가 길을 열어버렸다. 까짓, 에라 모르겠다는 심정으로.

이미 산타클로스 할아버지의 존재가 없다고 확신하는 꽉 찬 열 살 아이와 함께 동화의 길을 걷기란 쉽지 않을 것이다. 하멜른에서 〈피리 부는 사나이〉의 야외 공연을 보여주어도, 트렌델부르크의 라푼첼 성에서 하룻밤을 묵어도 시큰둥한 표정으로 시시하다고 외칠지 모른다. 내가 열받아 뒷목 잡고 쓰러질 수도 있음을 각오해야 한다. 하지만 그런 걱정은 떠날 수 있다는 것만으로도 주체할 수 없이 떨리는 나에게 아무 문제가 되지 않았다. 오히려 그 어떤 상황이 닥치더라도 의연히 받아들일 수 있을 것이라고 생각했다.

여행 전에는 정말 그렇게 생각했다. 하루에도 수십 번씩 심장이 우르르 화르르 다그닥, 열 살짜리 아이 때문에 별별 소리를 다 낼 줄은 꿈에도 생각하지 못하고 그렇게 우리는 그림 형제의 발자취를 찾아 메르헨 가도에 올랐다.

퓌센Füssen

디즈니 로고 성

"당신의 디즈니 성은 어디에 있습니까?"

〈백설공주〉〈잠자는 숲속의 공주〉〈신데렐라〉〈라푼첼〉….

어린이에게는 꿈과 환상의 세계를, 어른에게는 동심과 추억을 떠올려주는 이들 작품에는 두 가지 공통점이 있다. 미국 월트 디즈니사에서 제작한 장편 애니메이션이라는 것과 1812년에 출간된 그림 형제의《어린이와 가정을 위한 민담》이 원작이라는 것이다. 물론 월트 디즈니사의 애니메이션과 그림 형제의 원작은 상당 부분 다르다. 그림 형제가 정리해놓은 민담들은 고작 10페이지 안팎의 짧은 분량인 데 반해 월트 디즈니사의 영화는 인물과 사건을 더해 훨씬 드라마틱하고 흥미진진한 이야기로 풀어놓았다. 덕분에 그것을 월트 디즈니사의 작품이라고 생각하는 사람도 많다. 한술 더 떠서 월트 디즈니사의 로고도 아예 그림 형제의 나라인 독일에서 가져왔다. 디즈니사의 영화를 기다리며 화면을 주시하고 있으면 화려한 불빛으로 가득한 아름다운 성이 나타나고 그 위로 하얀 반원의 별빛이 쏟아지면서 영화가 시작된다. 그 성이 바로 독일의 노이슈반슈타인 성이다. 월트 디즈니가 여행 중에 한눈에 반해 회사 로고로 제작하고 신데렐라 성의 모델로도 사용했다 하니 이쯤 되면 그림 형제와 디즈니는 국적도, 시대도 다르지만 뭔가 제대로 통한 사람들이 아니었을까?

그래서 우리가 갔다. 현대인들의 동심의 한 줄기를 책임지는 월트 디즈니사의 상징이자 신데렐라 성의 모티프가 된 독일 퓌센의 노이슈반슈타인 성. 비록 퓌센이 우리가 가고자 하는 메르헨 가도에 속해 있는 도시는 아니지만 독일 동화여행의 시작을 이곳으로 잡은 것은 분명 가장 자연스러운 선택이리라.

아이는 오늘도 시차 적응을 하지 못하고 창밖이 푸르스름한 시간에 엄마를 흔들어 깨운다.

"엄마… 배고파. 나 실은 아까아까 일어났어요."

새벽 5시 30분. 나름 엄마를 배려하기 위해 기다렸다고는 하지만 지나치게 이른 시간이다.

"우리 지안이도 늙었네. 다섯 살, 여섯 살 때는 시차 적응도 잘 하더니, 이번에는 일찍 일어나고."

아이의 배고프다는 말에 엄마는 주섬주섬 일어난다. 수돗물을 팔팔 끓여 누룽지를 만들어주니 홀짝홀짝 잘도 먹는다. 얼마나 배고팠던 것일까. 엄마에게는 먹어보라는 말 한 마디 하지 않고 바닥까지 싹싹 긁어먹더니 뒤늦게 미안한 표정을 짓는다.

"어떡하지? 내가 다 먹어버렸네…."

"배가 그렇게 고팠어? 괜찮아. 엄만 기차 타기 전에 빵이나 사서 먹어야겠다."

"빵? 그럼 엄마는 커피 골라요. 빵은 내가 골라야지."

그러더니 웬걸. 퓌센으로 향하는 기차에 올라타서도 아이는 제가 고른 프레첼을 냉큼 입으로 가져가더니 열심히 오물대며 이렇게 외친다.

"엄마! 난 독일이 너무너무 좋아요. 사랑해. 프레첼이 있어서 더 좋아요!"

독일에 도착한 지 이제 겨우 이틀밖에 되지 않았으면서 단지 빵 하나 때문에 독일을 사랑하게 된 아이. 그런 아이의 모습을 어처구니없이 바라보면서도 빈속에 들이붓는 커피는 제법 맛나다.

"미치광이 황제? 엄마! 황제가 왜 미치광이에요?"

아이에게 퓌센에 관한 자료를 주고 읽어보라고 했더니 루트비히 2세를 가리키는 표현에 눈을 휘둥그렇게 뜬다.

노이슈반슈타인 성.

"우리가 지금 가고 있는 퓌센의 노이슈반슈타인 성은 루트비히 2세라는 왕이 지은 곳이야. 그런데 그 왕은 정치를 싫어하고 예술만 좋아했대. 왕인데 말이지. 또 사람들 앞에 나서는 것을 싫어해서 궁전을 세 개나 짓고 숨어 살려고 했대. 그것도 아주 화려한 궁전을. 그러느라 나랏돈을 다 써버린 거지. 혼자만의 성을 짓기 위해 백성들은 돌보지도 않고 나랏돈을 다 써버린 왕. 사람들이 좋아했을까, 싫어했을까?"

"싫어하죠."

"평소에도 이상한 행동을 많이 해서 의사들은 그를 정신병자라고 진단했대. 그래서 사람들은 그를 아예 '미치광이 왕'이라고 부른 거야."

"어떤 행동을 했는데요?"

"낮에는 자고 밤에는 금박으로 된 마차를 타고 성 주변을 달렸대. 꼭 참석해야 할 대관식에는 이가 아프다는 핑계를 대어 나가지 않고. 신하들이 성을 짓는 것에 불만을 품으면 무조건 파면시키고 요리사나 마부를 높은 자리에 앉혔나봐. 예술에 대한 사랑도 지나쳤는데, 어쨌거나 덕분에 우린 백조를 닮은 노이슈반슈타인 성을 볼 수 있게 된 거니까 그건 고마워해야 할 것 같네."

아이는 노이슈반슈타인 성보다 미치광이 왕으로 불린 루트비히 2세에게 더 호기심이 생기는가보다. 퓌센에 대한 설명서를 다 읽고 나면 성을 그려보겠다고 하더니 생각에 잠긴 얼굴로 음악을 들으며 창밖을 바라본다. 18세에 왕위에 올라 2만 개가 넘는 성이 있는 독일에서도 가장 아름답다고 칭송받는 성을 만든 루트비히 2세. 어쩌다 예술을 사랑한 왕은 미치광이가 되었을까?

2시간 30여 분을 달려서 도착한 퓌센역. 유명한 관광지이기에 제법 큰 역사驛舍를 상상했는데, 건물이 소박하면서도 아담한 간이역이다. 성의 매표소로 가기 위해 사람들이 버스에 우르르 몰려 타는데, 나는 역사 안의 여행사부터 찾는다. 그곳에 가면 노이슈반슈타인 성과 호엔슈반가우 성의 입장권을 예매하지 않고도 훨씬 좋은 시간대의 것으로 살 수 있다고 들었기 때문이다. 사실 여행 준비를 시작하면서 가장 먼저 예매한 것이 노이슈반슈타인 성의 입장권이었다. 워낙 관광객들이 많이 가는 곳이라 예매하지 않으면 관람을 못 하는 경우가 생기기 때문이다. 그런데 출발 날짜가 가까워지면서 일기예보를 확인했더니 하필 예매한 날짜에 비가 온다고 하는 것이 아닌가. 노이슈반슈타인 성은 계곡 위에 놓인 '마리엔 다리'에서 조망하는 것이 가장 아름다운데, 비가 오는 날은 안개 때문에 감동이 반감된다고들 하니 비 오는 날에 굳이 갈 곳이 아니다. 예매 취소야 어렵지 않은데, 새로 예매를 하려고 하니 이미 앞뒤로 모든 날짜의 입장권 예매가 완료된 상태. 며칠 동안 끙끙대다가 놀랍게도 한 블로그에서 현지에서 당일 입장권을 살 수 있는 방법을 발견했다. 정말이지 한국인들의 오지랖

과 정보력은 세계 최고 수준이다.

버스를 타고 굽이굽이 산을 오른 뒤 우리는 대부분의 사람들이 그러하듯 마리엔 다리로 향한다. 험준한 계곡에 위태롭게 걸려 있는 이 작은 철제 다리 위에서 노이슈반슈타인 성을 바라보기 위해서다. 아니나 다를까. 다리아래까지 늘어선 줄이 제법 길다. 여기저기에서 한국말도 들려온다. 어쩌다보니 한 무리의 우리나라 젊은 여성과 나란히 줄을 서게 되었는데, 공기 중에 퍼지는 그들의 대화에 저절로 미간이 찌푸려진다.

"야! 누구 한 사람이 대표로 다리 위에 가서 사진 찍어오자."

"여긴 왜 온 거야? 휴대전화 떨어뜨리면 끝장이겠어."

나야말로 묻고 싶다. 도대체 너희는 여기에 왜 온 거니? 뾰족구두를 신고 남의 시선은 아랑곳하지 않고 연신 화장을 고치는 것도 눈에 거슬리는데, 이 좋은 곳에 와서 하는 말이 고작 저런 정도라니. 제발, 부디 내 아이는 자라서 저런 한심한 관광객은 되지 않기를….

"엄마! 성 좀 봐요. 진짜 백조처럼 생겼어요. 너무 예쁘다!"

아이는 흔들리는 다리가 무섭지도 않은지 열심히 마리엔 다리를 걸으며 자신만의 느낌을 사진기에 담는다. 오늘따라 하늘도, 들판도 유난히 푸르다. 그 초록빛 세상을 배경으로 노이슈반슈타인 성은 금방이라도 하늘로 날아갈 것 같은 백조처럼 목을 길게 빼고 있다. 몇 컷을 찍었을까? 신나게 사진을 찍다 정신을 차려보니 어느새 우리는 다리 건너편에 도착해 있다.

"이 사람들은 어디로 가는 거예요?"

다리를 건너온 몇몇 사람이 산으로 올라가는 것을 보고 아이가 묻는다. 그러고 보니 3, 40분 정도 산을 오르면 더 멋진 경치를 볼 수 있다는 정보를 어디선가 본 듯도 하다.

"엄마! 우리도 한번 올라가볼까요?"

"힘들지 않겠어? 미끄럽고 위험하대."

"그래도 한번 올라가봐요."

아이의 용기 있는 제안이 엄마는 마냥 기특하다. 예상대로 산길은 좁고 간밤에 비까지 내려 미끄럽다. 흰색 운동화에 금방 검붉은 흙이 덕지덕지 붙는다. 바로 옆은 낭떠러지. 내려다보니 아찔하다. 분명 여러 명이 함께 올라왔는데 어느 순간 다들 보이지 않고 엄마와 아이만 덩그러니 남아 있다. 얼마나 더 올라가야 할까? 길이 점점 험해지는 것 같아 앞서가는 아이를 불러 세운다. 하지만 아이는 불안해하는 엄마를 오히려 다독인다.

"그래도 이왕 온 건데, 조금만 더 올라가봐요. 분명 멋질 거예요, 엄마."

그러면서 성큼성큼 앞장서는 아이. 엄마는 그런 아이의 뒷모습을 반은 자랑스러운 듯이, 반은 불안한 듯이 바라보며 뒤따른다.

아이는 연신 뒤를 돌아보며 "엄마! 괜찮아요?"라고 묻는다. 엄마는 앞선 아이가 걱정인데, 아이는 더디게 따라오는 엄마가 걱정인가보다.

하산할 때 깨달았다. 오르막길이든 내리막길이든 앞뒤로 두 사람이 걸어갈 경우 앞사람보다 뒷사람이 더 겁이 많아진다는 사실을. 앞사람은 직접 멀리 보면서 발을 내딛기에 큰 걱정이 없다. 아니 오히려 뒤따라오는 사람에 대한 책임감까지 더해져 용기를 내게 된다. 하지만 뒷사람은 다르다. 앞사람의 발자국을 따라 걷기 때문에 멀리 내다볼 수 없다. 어디에 어떻게 발을 디딜지 스스로 결정하는 것이 아니기에 두려움이 크다. 그래서 겁이 나고 더딘 것이다. 올라갈 때는 지안이가, 내려올 때는 내가 앞장서서 걸으면서 "괜찮아? 안 무서워? 조심해"라는 말을 하다 우리 둘이 내린 결론이다.

1시간가량 올라갔더니 마침내 노이슈반슈타인 성의 수려한 모습이 발아래에 펼쳐진다. 먼저 도착해 땀을 닦고 있는 사람들이 있어 우리도 잠시 바람을 느끼고 있으려니 금발 머리의 한 중년 여성이 나에게 산을 넘어갈 생각인지 묻는다. 얼마나 걸리느냐고 물었더니 대여섯 시간 걸릴 거라고 대답한다. 엄두도 낼 수 없다는 표정을 지으며 손사래를 치니 웃으며 우리 곁을 스쳐 올라간다. 서로의 여행길에 힘이 되는 인사말도 잊지 않는다.

17년 동안 지은 노이슈반슈타인 성은 루트비히 2세의 기이한 집착과 행각이 낳은 멋진 세기의 산물이다. 예상했던 대로 성안은 어디부터 봐야 할지 고민이 될 정도로 아름답다. 하지만 그 안의 화려함이 극치에 달할수록 그 속에서 극도로 외로웠을 비련의 왕이 그려지는 것은 어쩔 수 없다. 바그너의 오페라 〈로엔그린〉과 〈탄호이저〉에 심취해 그 무대였던 중세 기사의 성을 현실로 재현하려고 했던 루트비히 2세. 정작 그는 노이슈반슈타인 성이 완성된 모습을 보지도 못하고 유배지 인근 호수에서 변사체로 발견되었다고 했던가. 황제로 태어나 황제로 살아온 사람의 마지막 치고는 너무나도 비극적이다. 사람들의 평가대로 그는 미치광이였을지도 모른다. 하지만 아이와 함께 노이슈반슈타인 성에서 한국어로 지원되는 오디오 가이드로 성과 루트비히 2세에 대한 설명을 듣고 나왔을 때는 그저 가엾은 한 인생만 떠올랐다. 왕이라는 직분의 무게감과 중압감, 그 어떤 자유도 허용되지 않는 답답한 환경 속에서 한 인간의 영혼이 얼마나 피폐해질 수 있는지가 여실히 느껴졌다. 어쩌면 그는 굉장히 섬세하고 여린 사람이었을지도 모른다. 음악을 좋아하고 자연을 사랑하는, 조용하고 수줍은 사내였을지도 모른다. 하지만 왕이라는 이유로 늘 수많은 날카로운 시선을 견뎌내야 했고, 무슨 일이든 똑 부러지게 결정해야 했으며, 마음 하나 기댈 곳 없는 채로 쏟아지는 아첨 또는 독설을 들어야 했으니 얼마나 숨고 싶었을까. 세상 모든 사람이 가장 부

Bitte nichts berühren
Please don't touch
the exhibits
Ne pas toucher s.v.p.

러워하고 우러러보는 삶이었는데도 스스로를 나락으로 떨어뜨릴 수밖에 없었던 그는 가장 슬프고도 어리석은 사람이었다.

언덕 꼭대기에 우뚝 서 있는 노이슈반슈타인 성에서 내려올 때는 마차를 탔다. 길가에 세워져 있는 마차를 보자마자 간절한 눈빛을 보내던 아이는 엄마를 졸라보았자 소용없을 거라고 생각했는지 말도 꺼내지 않고 있더니 엄마가 마차를 타자고 말하자 와락 안겨든다. 그러고는 맨 앞자리에 앉아 콧노래를 부르며 마부가 된 듯이 신나게 두 팔을 흔든다. 신데렐라 성에서 내려오는 길에 마차라니, 이 순간만큼은 우리 모두 동화 속의 행복한 공주와 왕자다.

노이슈반슈타인 성에서 내려와 루트비히 2세가 어린 시절을 보낸 호엔슈반가우 성까지 둘러보느라 오후가 훌쩍 지나갔다. 버스 정류장에서 퓌센역으로 돌아가는 버스 시간표를 확인하고 있는데, 누군가 내 어깨를 친다. 돌아보니 젊은 남자 둘이 싱글거린다. 무슨 일이냐고 물었더니 그들은 그저 환한 웃음을 지으며 커다란 손동작으로 자동차 운전대를 돌리는 시늉을 하는 것이 아닌가. 무슨 뜻이지? 택시를 대절해서 같이 타고 가자는 말인가? 아니면 자기네 차가 있으니 우리를 태워준다는 말인가? 의미를 모르는 나는 김칫국부터 마시고 있는데, 그중 한 사람이 나에게 또 다른 손동작으로 의사를 전한다.

호엔슈방가우 성.

'우리는 말을 할 수 없어요.'

그 손동작에 정작 말을 할 수 없는 사람은 나였다. 나도 모르게 말도, 동작도 정지되어버린 것이다. 하지만 그들은 나 같은 반응에는 매우 익숙하다는 듯이 괜찮다고 또다시 밝게 웃는다. 그러고는 둘만의 언어로 수다스럽게 말을 이어간다. 장난도 끊이지 않는다. 어찌나 유쾌하고 빠르게 말을 하는지 갑자기 한 무리의 참새 떼가 우리 주위로 우르르 몰려와 내려앉은 것만 같다.

성에서 바라본 퓌센 풍경.

기차역까지 가는 버스 안에서도 그들의 침묵의 대화는 그칠 줄 모른다. 시차 적응이 안 된 지안이는 의자에 앉자마자 내 어깨에 머리를 파묻는다. 빠르게 꿈나라로 빠져드는 아이의 머리 무게를 온 어깨로 받아내며 그들을 훔쳐보다 나도 모르게 "아!" 하는 감탄사를 내뱉었다. 그들 발밑에 있는 커다란 배낭을 본 것이다. 그러니까 그들은 지금 마음이 맞는 친구 둘이서 세상 구경에 나선 것이다. 비록 말은 하지 못하지만 마음은 활짝 열어놓고 보이는 모든 것을 신기해하고 있는 중이다. 그래서 저렇게 밝고 환하고 주체할 수 없이 반짝이고 있는 것이구나.

비약일 수도 있지만 어쩔 수 없이 루트비히 2세와 이들의 모습이 중첩된다. 누구라도 부러워할 만한 왕이라는 자리에서 스스로를 파멸시킨 사람이 있는가 하면, 장애를 가지고도 자신이 처한 환경에서 날개를 활짝 펴고 넓은 세상을 향해 날아가는 사람도 있는 것이다.

퓌센역에 도착해 버스에서 내릴 때도 그들은 왁자지껄 말이 많다. 나도 얼른 졸고 있는 아이를 깨워 같이 내린다. 그러고는 하루 종일 왕들이 거닐었던 성과 정원을 뛰어다니느라 피곤했을 아이의 손을 잡고 곧 기차가 도착할 역으로 들어선다.

우리는 가지고 싶다고 해서 루트비히 2세처럼 마음대로 디즈니 성을 지을 수 없다. 하지만 삶을 대하는 우리의 태도가 빛을 잃지 않는다면 우리가 어디에 있든지 간에 그곳이 꿈과 희망과 행복을 만들어내는 디즈니 성이 아닐까. 멀어져가는 두 청년의 경쾌한 뒷모습에서 나는 그들 위로 쏟아져 내리는 하얀 반원을 분명 보았다.

하나우Hanau

그림 형제가 태어난 도시,
메르헨 가도의 시작점

"나에게도 그림 형제가 필요해"

"그림 형제? 형제가 그림을 다 잘 그리는 거야? 재미있는 이름이네."

아이를 데리고 그림 형제의 발자취를 따라간다고 했을 때 남편의 반응은 이랬다.

"독일 사람이라니까. 'painting'을 뜻하는 '그림'이 아니라 이씨, 정씨, 박씨처럼 두 형제의 성이 '그림'이라고."

그것도 모르냐고 핀잔을 주려는데, 내가 생각해도 재미있기는 하다. 어떻게 성이 '그림Grimm'일까? 우리말로는 더없이 동화 작가다운 성이 아닌가.

1785년에 태어난 야콥 그림과 이듬해 1786년에 태어난 빌헬름 그림. 독일 헤센주 하나우에서 시청 서기관 출신 법률가인 아버지의 5남 1녀 중 장남과 차남으로 태어난 형제는 사실 동화 작가가 아니라 언어학자와 문헌학자다. 평생 동안 함께 독일어를 연구하고 옛 문헌을 찾아다니며 민담을 수집해 책으로 정리해놓은 것이 우리가 알고 있는 그림 동화들이다. 그들을 알면 알수록 부러우면서도 궁금했다. 어떻게 두 형제의 관심사와 열정, 재능이 같은 분야에서 똑같이 빼어날 수 있었을까. 물론 우리가 아는 유명인들 중에도 그런 형제자매가 있다. 영화계의 코엔 형제를 비롯해 드라마계의 홍 자매, 클래식계의 정 트리오, 가요계의 악동뮤지션까지…. 인간으로서는 한 뱃속에서 태어난 형제자매가 선의의 경쟁자이자 협력자여서 끊임없는 자기 계발의 원동력이 되었을 것이라는 점이 부럽고, 아이를 키우는 엄마로서는 어떤 교육이 자녀를 그렇게 만들었을까 하는 점이 궁금하다.

우리는 바로 그 그림 형제가 태어난 하나우에 도착했다.

"아! 따뜻해. 아니다, 여긴 너무 더워요, 엄마."

뮌헨에서 ICE(Inter City Express, 도시간 특급 열차)로 3시간 10분. 아이의 말처럼 같은 하늘 아래에서 어떻게 이렇게 기온이 다를 수 있을까. 8월 말이지만 보슬비가 내리던 뮌헨에서는 추워서 패딩 점퍼까지 꺼내 입었는데, 햇빛 쨍쨍한 하나우 웨스트역에 오가는 사람들은 모두 반소매 티셔츠를 입었다.

"휴대전화 좀 주세요. 호텔은 내가 찾아볼게요."

아이가 구글 지도에 호텔 주소를 입력하니 지금 우리가 서 있는 장소부터 목적지까지의 길을 그대로 보여준다. 방향을 잘못 잡으면 틀렸다고 알려주고, 심지어 목적지까지 걸리는 시간도 알려준다.

"진짜 대단하다. 여행 다니기가 훨씬 편리해졌어."

"우리가 자동차가 된 것 같아요. 아, 왼쪽으로 가야 한다. 엄마 이쪽, 이쪽이요!"

아이의 말대로 내비게이션을 장착한 자동차처럼 구글 지도의 안내에 따라 오른쪽, 왼쪽으로 움직이다보니 어느덧 호텔 앞이다. 더구나 호텔 앞 벤치에는 친절하게도 우리를 반겨주는 동상이 앉아 있다. 야콥 아니면 빌헬름이겠거니 생각하고 다가가보니 루트비히 에밀 그림이다. 형들의 책에 삽화를 담당했던 화가, 그림의 또 다른 형제다. 지안이는 냉큼 그 옆으로 다가가 인사를 청한다. 그도 커다란 중절모 밑으로 살짝 윙크를 해준다.

숙소에 짐을 풀고 나와 몇 발자국 걸어가니 하나우의 중심 광장인 마르크트 광장이 나온다. 마르크트는 '시장'이라는 뜻으로 독일 도시 대부분의 시청 앞 광장은 주말마다 재래시장이 열리기 때문에 모두 마르크트 광장이라고 불린다. 그 광장이 훤히 내려다보이는 곳에 그림 형제의 동상이 있다. 바로크 양식으로 지어진 신시청사를 등에 업고 다소 높은 위치에서 책을 펼쳐 들고 있는데, 앉아서 책을 펼치고 있는 쪽이 형이고 서 있는 쪽이 동생인 줄 알았더니 그 반대다. 빌헬름이 선천적으로 몸이 약하다고 하더니 그래서 앉혀놓은 것일까. 아니면 문법 정리 등 언어학자로서의 공적이 큰 야콥에게 동화책 발간에 큰 역할을 한 빌헬름이 동화책을 펼쳐 들고 형의 조언을 구하고 있는 것인지도 모르겠다.

1896년에 제작된 이 동상은 국민들이 직접 성금을 모아 만든 것인 만큼 의미가 깊다. 1871년 비스마르크 주도 아래 나폴레옹 3세가 이끄는 프랑스를 격파한 독일은 통합을 상징하는 국가적 기념물이 필요했다. 그래서 언어를 통일하기 위해 노력했던 그림 형제의 동상을 세우게 된 것이다. 동상을 세울 도시에 대해서도 심사숙고했는데, 그림 형제가 동화집을 펴내며 활발히 활동했던 카셀과 괴팅겐대학에서 교수를 지낸 괴팅겐 등과의 경합 끝에 결국 그들의 고향인 하나우에 설치되었다고 한다.

"뭐라고 쓰여 있는 거예요?"

아이가 그림 형제의 동상 앞바닥에 박혀 있는 동판을 보며 묻는다.

"이곳이 독일 메르헨 가도의 시작이래. 엄마가 말했지? 독일에는 관광청에서 정한 여섯 개의 길이 있어. 중세 무렵 마차나

그림 형제 동상과 메르헨 가도 동판.

말을 타고 알프스를 넘어 로마까지 갔던 로맨틱 가도, 중세 옛 성들을 만나면서 갖가지 사연과 전설을 채집한 고성 가도, 작가 괴테의 흔적을 따라가는 괴테 가도, 8월에 에리카 꽃이 피는 뤼네부르크 주변으로 음악과 인연이 깊은 도시들을 연결하는 에리카 가도, 남독일의 숲과 고성, 호반이 화려하게 펼쳐지는 판타스틱 가도, 그리고 바로 우리가 걸어가려고 하는 동화의 길 메르헨 가도까지…. 지안아, 이제 진짜 너와 나의 독일여행이 시작되는 거야!"

내 목소리가 다소 떨렸던가? 아이가 갑자기 동판 앞으로 발을 내밀더니 엄마의 손을 잡아 이끈다.

"우리 발 사진 찍어요. 여기서부터 걷는 것처럼. 기념이잖아요."

아이의 말에 중부 독일 하나우에서 북부 독일 브레멘까지 펼쳐지는 메르헨 가도의 시작점에 발도장을 쿵 찍어본다. 이제 우리 둘은 나란히 보폭을 맞추며 600킬로미터를 나아갈 것이다. 우리 앞에 어떤 일이 펼쳐질지 모르겠지만, 늘 좋은 일만 생기는 것도 아니겠지만 기쁘고 감사한 마음으로 전진할 것이다. 아! 진짜 이 터질 것 같은 설렘을 어떻게 하지? 엄마는 동판 위에 발을 대고 감격에 겨워 이런저런 생각을 하고 있는데, 아이는 언제 발을 빼고 저만치 달려갔을까. 저 멀리서 엄마를 부른다.

“엄마! 개구리! 여기 개구리 왕자가 있어요.”

아이의 소란스러움에 그림 형제 동상 뒤쪽으로 가보니 길 한 구석에 커다란 두 눈을 끔벅거리며 앉아 있는 개구리 왕자가 보인다. 아! 너구나. 그림 형제가 정리해놓은《어린이와 가정을 위한 민담》맨 첫 장의 주인공. 원제는 ‘개구리 왕 또는 충직한 하인 리히’이지만 널리 알려진 제목은 간단히 ‘개구리 왕자’다. 아이는 드디어 동화의 주인공을 만났다며 개구리 옆에 붙어서 똑같은 포즈를 취한다. 하나우에서는 곳곳에서 그림 형제의 동화 속 주인공들을 만날 수 있다고 하더니 우리는 개구리 왕자부터 만났나보다. 신나게 사진을 찍고 요리조리 살펴보는데, 왠지 뒤통수가 따갑다. 돌아보니 노천카페에 앉아 있는 사람들이 모두 우리를 보며 미소를 짓고 있다.

“어? 카페 유리문에도 개구리 왕자가 그려져 있어요.”

“그러네. 간판에도 그려져 있어. 가만, 그럼 이 개구리 왕자는….”

말을 더 이을 필요가 없었다. 이내 우리 눈에 또 다른 개구리 왕자가 보였으니까. 여기에도 개구리 왕자, 저기에도 개구리 왕자. 그러니까 지금 이 개구리 왕자는 그림 형제를 기념하기 위해 하나우에서 만든 동화 속 주인공이 아니라 그냥 상업적으로 만들어진 카페 인테리어였던 것이다. 그것도 모르고 대단한 것을 만난 양 이리 폴짝 저리 폴짝 뛰어다니며 사진을 찍고 있었으니 현지인들이 보기에 얼마나 웃겼을까. 민망한 표정으로 얼른 자리를 뜨고 싶은 엄마와는 달리 아이는 여전히 개구리 왕자 포즈로 까불며 마르크트 광장을 뛰어다닌다.

여행은 아는 만큼 보인다고 말한다. 그 말에 100퍼센트 공감하는 것은 아니지만 그래도 그림 형제에 대한 정보는 얻어야 할 것 같아 신시청사 뒤에 있는 관광안내소로 향했다. 너무나도 찾기 쉬운 위치에 감사해하며 입구로 막 들어서는데, 어째 분위기가 심상치 않다. 문은 열리는데 불이 꺼져 있는 것이다. 혹시 쉬는 날인가 싶어 조심스레 얼굴을 내미니 안쪽에서 연세 지긋한 할머니가 우리를 보고 나온다. 메르헨 가도를 따라 여행 중이라는 우리의 말에 왜 하필 오늘 하나우에 도착했냐며 아쉬움부터 내비친다. 오늘은 월요일. 하나우에 있는 모든 박물관이 쉬는 날이란다. 보아야 할 것이 너무나 많으니 내일이라도 꼭 다 둘러보고 가라며 동화의 길 지도부터 각종 박물관의 안내서, 엽서, 스티커, 심지어 지안이에게는 가방에 메는 멜빵까지 건네준다.

"할머니가 나한테 너무 많이 주시는데, 이거 다 받아도 돼요?"

생각지도 못한 환대에 황송해하고 있는데, 때마침 거리에 예쁜 종소리까지 울려 퍼진다. 청아한 종소리가 광장을 구석구석 채운다. 뜻밖의 선물에 종소리 폭격까지. 하나우가 온 마음으로 우리를 환영해주는 것이 절로 느껴진다.

우리는 그 격려에 힘입어 곧장 그림 형제의 생가터를 찾아갔다. 그림 형제가 태어난 집은 아쉽게도 제2차 세계대전 때 하나우의 다른 건물들과 같이 불타 없어졌다. 지금은 그 자리에 5층짜리 건물이 세워져 있고, 입구에는 그림 형제가 태어난 곳임을 알려주는 옛집의 사진과 설명만이 붙어 있다. 그 안내판을 바라보고 있는데, 갑자기 웬 할아버지가 참견을 한다. 전혀 알아들을 수 없는 독일어로, 하지만 누가 보아도 그림 형제에 대한 설명을 하고 있음을 알 수 있게 매우 진지하고 대단한 열변으로. 갑작스러운 할아버지 등장에 나와 지안이는 그저 얼떨떨한 표정을 짓고 있는데, 그러거나 말거나 할아버지의 연설은 끝이 없다. 예의상 고개를 주억거리며 듣고 있으니 어느 순간 말을 마치고 우리를 둘러본 후 그제야 흡족한 표정을 지으며 총총 사라지는 어르신. 아이는 그런 할아버지의 등장에 쿡 웃음을 터뜨리는데, 나는 조금은 이해가 될 것도 같다. 할아버지는 아마도 우리네 부모님이 언제 어느 곳 그 누구 앞에서든 자식 자랑을 하듯이 그렇게 자기네 사람을 자랑하고 싶었던 것 같다. 하긴 얼마나 뿌듯할까. 전 세계 어린이가 그렇게도 좋아하는 동화들의 뿌리를 찾아낸 그림 형제가 내 나라, 내 고장 사람이라는 사실이. 멀리서 온 동양인 모녀가 설령 알아듣지 못할지라도 오목조목 설명해주고 싶었으리라. 하나우에는 두 곳의 대표적인 관광지가 있다. 하나우의 필리프 백작이 살았던 16세기 바로크 양식의 필리프스루에 궁과 독일 금 세공소

마르크트 광장의 개구리 왕자.

인 골트슈미데하우스. 하지만 오늘은 이 두 곳이 문을 닫는 월요일. 어차피 우리의 목적은 그림 형제를 만나러 온 것이므로 아쉬움을 접고 다시 마르크트 광장으로 돌아가 노천레스토랑에 자리를 잡는다. 제법 그럴싸하게 주문을 해놓고 이른 저녁을 먹고 있는데, 아이가 두 팔을 허우적거리며 말한다.

"벌! 아, 또 벌! 여긴 왜 이렇게 벌이 많지?"

그러게. 하나우에는 무엇 때문에 벌이 이렇게 많은 것일까? 도착할 때부터 계속 느낀 사실이다. 윙윙대는 벌이 무섭기도 하고 귀찮기도 하여 움직이는 내내 몸을 흔들며 다녔다. 그런데 저녁을 먹는 레스토랑까지 쫓아와 우리로 하여금 춤을 추게 만드

는 것이다. 그러다 알아버렸다. 하나우에 벌이 많은 이유를. 저녁을 먹고 다시 하나우의 골목을 구석구석 순례할 때다. 아이가 골목 한 귀퉁이에 있는 꽃집을 발견하고 쪼르르 달려가 앉는다. 붉은빛, 푸른빛 보랏빛, 연둣빛 꽃들의 넘실거리는 아름다움에 빠져 도무지 일어설 기미가 보이지 않는다. 그 모습을 바라보다 나는 그 거리를 혼자 걷기 시작했다. 꽃집을 중심으로 이쪽에서 저쪽 끝까지 최대한 멀리, 그리고 다시 가까이. 마침 하늘에는 노을이 물들며 조명이라도 켜놓은 듯이 빨간 기운이 번지기 시작했다. 서서히 어둠이 깃드는 거리를 바라보며 그보다 더 천천히 걷고 있는데, 가로등처럼 띄엄띄엄 커다란 꽃바구니가 내가 걷는 그 길 위에 함지박 만하게 걸려 있는 것이 아닌가. 좌우를 둘러보니 오른쪽에도 왼쪽에도 가로등보다 더 많이 거리를 수놓고 있는 것은 다름 아닌 꽃바구니들이었다. 아! 그래서 그랬구나. 그래서 하나우에 벌이 많은 것이구나. 이렇게 거리가 온통 꽃들로 가득하니 그 꽃들을 위해서라도 벌들이 쉼 없이 윙윙거릴 수밖에.

하나우는 그래서 나와 지안이에게는 꽃의 도시다. 전쟁으로 구시가지가 파괴되어 유적지와 정취가 거의 남아 있지 않은 도시. 아무리 둘러보아도 그림 형제처럼 대단한 사람이 태어나기에 이곳은 너무나도 평범해 보였다. 심지어 동화 속 주인공들의 동상이 곳곳에 있는 것이 억지스러워 보일 정도였다. 하지만 그런 도시를 온통 꽃으로 장식해놓으니 도시 전체가 꽃이 되었다. 지나가는 사람들도 꽃처럼 다채로웠다. 하.나.우. 심지어 이름에서도 꽃향기가 느껴지는 듯하다.

"그림 형제는 착한 아저씨들이었을 것 같아요."

숙소로 돌아오는 길에 아이가 불쑥 이렇게 말한다. 왜냐고 물었더니 동화를 사랑하는 사람은 착한 사람일 것 같다고 대답한다.

"착했겠지. 그리고 외롭지도 않았을 거야. 늘 둘이서 함께했으니까. 같이 공부하고 같이 일하고."

"부럽다…."

"…."

"나도 춤출 때 혼자 추는 것보다 하빈 언니랑 같이 추는 게 더 좋은데…."

아이는 두 살 터울의 이종사촌 언니를 떠올리며 다행이라는 표정을 짓는다. 순간 짠해진다. 나는 내 아이에게 같은 분야에서 일을 할 수 있는 형제자매는커녕 그 어떤 형제자매도 만들어주지 않은 것이다. 그러니 앞으로 무엇을 해도 야콥이나 빌헬름처럼 든든한 지원군을 가지기란 쉽지 않겠지.

반면 나에게는 든든한 형제가 있다. 삼남매인 나와 동생들은 한때 모두 방송계에서 일을 했다. 방송국 피디였던 아버지의 영향이었을까. 어느 순간 첫째인 나는 방송작가, 둘째인 여동생은 MC와 리포터, 막내인 남동생은 카메라 감독으로 방송국을 드나들었다. 덕분에 흔들리던 2, 30대에 우리는 서로의 고충을 충분히 이해하며 함께 분노하고 조언도 해주는 좋은 동료였다. 그리고 지금도 여전히 필요 이상으로 깊은 속내를 털어놓는 인생 친구다. 그 좋은 친구를 내 아이에게는 선사하지 않았으니…. 평생 미안한 마음은 들겠지만 이미 엎질러진 물.

"그렇구나. 지안이는 하빈이 언니랑 같이 추는 게 더 재미있구나. 맞다. 예준이까지 셋이서 같이 추면 진짜 재미있겠다."

다행히(?) 나의 사랑하는 동생들도 모두 아이가 하나씩이다. 그러니 너희 셋도 딱 우리처럼 쿵작이 잘 맞는 남매 사이가 되기를….

"엄마! 그럼 형제가 부럽다고요…."

아이의 목소리에 불만이 가득 묻어 있다. 아무래도 아이의 오래된 레퍼토리가 또 시작될 듯싶다. 왜 우리 가족은 셋밖에 없느냐, 아기가 있으면 좋겠다, 우리집 아기는 네가 결혼해야 생긴다, 그럼 결혼해서 네 명을 낳아 봄·여름·가을·겨울로 이름을 짓겠다 등의 네버엔딩 스토리. 그래서 나는 얼른 화제를 바꾼다.

"하빈이 언니랑 예준이랑 지난번에 같이 췄던 춤이 뭐였지? 이거였나?"

"아! 엄마! 그렇게 하는 거 아니에요. 그리고 길에서 그러지 마."

춤을 못 추는 엄마가 행여나 흉내라도 낼라치면 질색하는 아이.

"왜? 엄마랑 같이 추자. 오늘은 엄마가 지안이의 그림 형제가 되어줄게."

"하지 말라고요. 이상하다고."

어둠이 어슴푸레 내려앉은 저녁 길. 어느덧 하나우의 밤하늘에는 사랑하는 동생들의 얼굴이 둥실둥실 떠올라 우리가 걷는 길을 밝게 비추어주고, 우리의 그림자는 그 아래로 덩실덩실 춤을 추며 걸어간다.

지안이의 일기

여기는 그림 형제의 고향 하나우다.

여기서부터 동화의 길이 시작된다.

커다란 광장에는 그림 형제의 동상이 있다.

엄마가 그러는데 서 있는 쪽이 형이고, 앉아 있는 쪽이 동생이라고 한다.

그림 형제는 둘이 한 권의 책을 같이 보고 있다.

그들은 그림 동화를 읽고 있는 것일까?

그림 동화의 어떤 이야기를 읽고 있는 것일까?

독일에 오기 전 엄마와 함께 그림 동화를 읽었는데, 이해가 안 가는 이야기들이 있었다.

아마 그림 형제는 그 동화들 중 하나를 읽으며 '이것을 어떻게 고쳐야 할까?' 하고 고민을 하고 있는 것 같다.

이제 본격적으로 엄마와 독일여행을 시작한다.

내가 좋아하는 그림 동화는 〈라푼첼〉 〈빨간 모자〉 〈헨젤과 그레텔〉 〈브레멘 음악대〉다.

이런 친구들을 만나러 동화의 길을 따라간다고 생각하니 내 마음은 설렘과 기대로 꽉 차 빵! 터질 것 같다.

독일은 프레첼이 정말 맛있다.

프레첼은 짭조름한 소금과 담백한 빵이 같이 있어서 딱 내 스타일이다.

덕분에 나는 하루 만에 독일을 사랑하게 되었다.

맛있는 프레첼처럼 독일에서의 내 여행도 짭조름하게 재미있고, 담백하게 포근했으면 좋겠다.

슈타이나우Steinau

〈개구리 왕 또는 충직한 하인리히〉

"자기 의사가 분명한 세상의 모든 딸을 위하여"

"맛있다! 엄마! 이 피자 정말 맛있어요."

아이의 얼굴에 비로소 화색이 돈다. 그제야 엄마의 마음도 조금 편안해지는 것 같다. 이 파란색 건물의 맛있는 피자집에 앉기까지 우리의 마음은 다소 울렁거렸다. 내려야 할 기차역에서 내리지 못한 것이 발단이었다.

"엄마가 내려와 있으라고 했잖아!"

기차를 타고 슈타이나우역에 막 도착하기 전의 일이다. 2층 객실에 앉아 있던 아이에게 금방 따라 내려오라 말하고 화장실을 가기 위해 먼저 1층으로 내려왔다. 화장실에서 나와보니 기차는 이미 역으로 들어서고 있는데, 아이가 꾸물대며 아직도 2층에 있는 것이 아닌가. 서둘러 아이를 챙긴 뒤 기차 문을 열기 위해 벨을 누르는데(독일의 기차 문은 내리는 사람이 직접 벨을 눌러야 열린다), 이번에는 문이 열리지 않는다. 벨을 잘못 눌렀나 싶어 다급하게 다시 누르는 사이 그만 기차가 출발하고 말았다. 황망해하며 서 있는 나에게 그제야 앉아 있던 몇몇 승객이 알려준다. 그쪽 문은 고장이라고.

이미 출발해버린 기차 안. 아마도 내 얼굴은 하얗게 질렸으리라. 다음 역은 어디인지, 얼마나 더 가야 하는지, 다시 슈타이나우로 되돌아오는 기차가 있기나 한 것인지 아무 정보가 없었기에 더더욱 그랬다. 그러니 당황한 엄마가 퍼붓는 화살은 고스란히 아이를 향해 날아갈 수밖에. 다행히 다음 역은 아주 가까이 있었고, 반대편 열차도 금방 도착해 우리는 무사히 슈타이나우역으로 되돌아올 수 있었다. 하지만 이미 엄마 마음은 반 이상이 너덜너덜해진 상태였다. 그런데 역으로 나와 몇 발자국 걷자마자 아이가 오만상을 찌푸리며 하는 말.

"졸려… 힘들어요."

유난히 햇살이 따갑다. 아직 시차 적응을 하지 못한 것도 알고는 있다. 그래도 구시가지까지는 20분 정도 걸어야 한다고 어젯밤부터 일러줬는데, 갑자기 피곤하다며 멈추어 서는 아이. 다섯 살, 여섯 살도 아니고 열 살이나 되어서 이게 무슨 행동이지? 어이가 없다. 그래도 최대한 감정을 억누르고 아이를 다독인다.

"시차 적응하느라 힘들지? 엄마도 알아. 그래도 조금만 걸어보자. 구시가지에 가서 맛있는 것 먹으면 힘이 날 거야. 응?"

"꼭 거기까지 가야 해요? 나 못 걸을 것 같은데…, 다리도 너무 아픈데…."

말도 참 예쁘게 한다. 비어져 나오려는 짜증을 누르고 또 누르는데, 한술 더 뜨는 아이.

"그럼 길은 내가 찾을게요. 휴대전화 주세요. 어? 거기가 아니라 여기예요. 아니다, 이쪽인가 봐요."

엄마의 심기가 불편해 보일 때는 그냥 모든 것을 엄마에게 맡겨주면 좋으련만 아이는 눈치 없이 자기가 길을 찾겠다고 나선다. 엎친 데 덮친 격으로 구글 지도도 오늘따라 자꾸 오류를 일으킨다. 결국 20분이면 올 거리를 40분 만에 도착했으니 그동안 어떤 표정과 어떤 언어가 오갔겠는가. 가까스로 슈타이나우 구시가지로 들어와서 그림 형제 하우스 건너편에 있는 레스토랑 야외 테이블에 앉자 아이도 나도 지칠 대로 지친 상태. 주문한 피자가 나오기 전까지 동그란 테이블 위에는 어색한 침묵만 뱅글뱅글 맴돌고 있다. 그런데 기대 없이 주문한 피자가 이렇게 맛있을 줄이야. 모차렐라 치즈의 폭신함과 직접 손으로 반죽한 듯한 잘 구운 도우의 바삭함이 절묘하게 어우러지는 맛있는 피자 한 조각에 그 모든 짜증과 불쾌감, 피로가 단숨에 날아가 버린다.

"그러게. 맛있다. 진짜 맛있다!"

그제야 우리가 앉아 있는 레스토랑이 파스텔 톤으로 얼마나 예쁜지, 우리가 걸어온 골목길에 빼곡히 늘어선 집들이 얼마나 아기자기한지, 우리가 잘 먹고 있는지 힐끔거리며 쳐다보는 레스토랑 주인의 얼굴이 얼마나 자상한지 보이기 시작한다.

하나우역에서 우리나라 무궁화호 느낌이 나는 RE(Regional Express, 근거리용 열차)를 타고 30분 정도 걸리는 슈타이나우는 하나우와 마찬가지로 독일 중부 헤센주에 있는 작은 도시다. 그림 형제 아버지의 고향이라고 했다. 그림 형제의 가족은 아버지의 직장 때문에 맏아들 야콥이 여섯 살 때 하나우에서 이곳으로 이주했다. 막내 여동생 샬로테가 태어났고 그림 형제가 유년 시절을 보낸 곳. 하나우에는 남아 있는 옛 건물이 없어 다소 밋밋했다면 슈타이나우는 구시가지에 그림 형제가 살았던 집과 옛 건물들이 그대로 보존되어 있다고 하여 오기 전부터 기대가 컸다. 아니나 다를까. 몇 발자국 걷지도 않았는데 모든 감탄사가 절로 튀어나온다. 놀이동산에서나 볼 수 있는 동화 속 집들이 올망졸망 모여 있는 것이다. 옛날 독일 집들은 하프팀버라 불리는 건축 양식으로 지어졌다. 나무로 건물의 골격을 만들고 나머지는 석회와 흙으로 채우는 방법인데, 나무는 기둥뿐 아니라 벽에 지그재그로 여러 가지 무늬를 수놓고 있다. 특히 로맨틱 가도와 메르헨 가도

의 가옥에 이런 양식이 많다고 하는데, 덕분에 온통 동화 속 집들이다. 도대체 잘 알려지지 않은 마을이 이 정도면 아름답다고 소문난 마을은 얼마나 더 환상적일까? 더구나 반목조건물인 집 자체도 동화적인데 집집마다 현관문 앞에 꽃과 인형으로 장식해놓아 그야말로 현관문이 열리면 빨간 모자라도 툭 튀어나올 것만 같다.

〈개구리 왕 또는 충직한 하인리히〉에 나오는 막내 공주는 그 미모가 상당했나보다. 책에 보면 "온 세상을 두루 구경한 해님까지도 얼굴을 비출 때마다 깜짝 놀랄 정도"라고 했으니 말이다. 바로 그 막내 공주가 그림 형제 하우스 앞에 서 있다. 황금공을 가진 개구리를 내려다보며 도대체 이 괴물을 어떻게 하면 좋을까 하고 골몰하는 기묘한 포즈로. 아마도 뻔뻔하게 임금님께 이르겠다는 개구리를 막 집어 던지기 직전이 아니었을까?

사실 이 이야기를 처음 접했을 때는 공주가 영 마음에 들지 않았다. 기존의 공주들이 다 너무나 착하고 참기만 하는 캐릭터인 것도 한몫했으리라. 개구리가 연못에서 황금공을 찾아주면 약속대로 친구가 되어줄 줄 알았다. 그런데 공주는 개구리가 황금공을 찾아주자 공만 받아 들고 냅다 도망친다. 더구나 자꾸만 달라붙는 개구리 때문에 화가 머리끝까지 나서 그 작은 생물을 있는 힘껏 벽에 내동댕이치니 이 얼마나 발칙한 공주인가. 하지만 진짜로 웃긴 것은 그 다음 이야기다. 그렇게 끔찍하게 생각하던 개구리가 잘생긴 왕자로 변신하자 고민도 하지 않고 결혼해 왕자의 나라로 따라가는 것이다. 그러니 절로 드는 생각. 이 아이 제정신이야?

그런데 몇 번을 더 읽다보니 생각이 바뀐다. 오히려 공주의 캐릭터가 현실적이고 그 밖의 인물들이 비현실적으로 느껴진다. 약속이야 소중한 것이지만 그 약속을 담보로 마구 들이대는 개구리의 뻔뻔함은 사실 지나치다. 막내 공주만이 자신에게 걸린 마법을 풀 수 있는 터라 그 절실함이야 이루 말할 수 없겠지만 그래도 사람의 약점을 잡아서 집요하게 들러붙는 개구리라니, 밉상 캐릭터다. 임금인 아버지의 판단도 이해할 수 없다. 어려울 때 도와준 사람을 무시하면 안 된다며 개구리 편을 드는 것은 옳은 일이지만 그래도 아버지라면 딸의 마음도 헤아려주어야 하지 않을까? 개구리와 같은 접시로 식사를 하라는 것은 그렇다 쳐도 같은 침대에서 자기까지 하라니. 원칙만 내세우는 너무나도 강압적인 아버지다. 그에 비하면 막내 공주는 솔직하고 자기 의사가 분명하다. 이 세상에 개구리와 한 침대에서 나란히 잘 수 있는 여성이 몇이나 될까. 개구리를 집어 던진 행동 자체는 심했지만, 충분히 징그럽게 생각할 수 있는 것이다. 그런데 이 개구리가 잘생긴 왕자로 변했고, 무엇보다 나를 마음에 들어한다. 이 얼마나 고마운 일인가. 그래, 고지식한 아버지 밑에서 말도 안 되는 명령을 들으며 사는 것보다 차라리 결혼해 새로운 곳으로 가자! 그야말로 현대적인 여성상이다.

이런 다양한 해석이 가능해서인지 실제로 〈개구리 왕 또는 충직한 하인리히〉는 그림 형제가 가장 아끼던 민담 중 하나인데도 후대 학자들에게 가장 많이 지적받는 이야기라고 한다. 그도 그럴 것이 제목에는 있지만 이야기의 앞부분에는 등장하지 않은 충직한 하인리히가 후반부에 느닷없이 등장한다. 개구리 왕자가 공주를 데리고 자신의 나라로 가는 마차에서 무엇인가 부서지는 소리를 듣게 되는데, 그것은 왕자가 개구리로 변한 것이 너무나도 슬펐던 시종 하인리히가 자신의 가슴이 터져버릴까봐 감아놓았던 쇠줄이 끊어지는 소리다. 이 뜬금없는 등장인물이 오히려 웃음을 자아내는 이야기가 〈개구리 왕 또는 충직한 하인리히〉인 것이다.

"지안아! 너라면 개구리로 변했던 그 왕자와 결혼할 거야?"

"아니요."

"왜?"

"모르는 사람이잖아요."

"그래도 왕자인데, 생각은 해보지?"

말도 안 된다고 고개를 내젓는 아이. 아이의 그런 판단이 나는 마음에 든다. 그래, 왕자는 무슨 왕자냐. 왕자와의 결혼으로 신분 상승을 꿈꾸기보다 너 스스로 너를 돋보이게 할 수 있는 사람으

그림 형제 하우스.

로 성장해나가기를 엄마는 진심으로 응원할게.

마주 보고 서 있는 막내 공주와 개구리 왕자를 지나 마당으로 들어서니 크면서도 아담한 느낌의 외관을 갖춘 이층집이 나온다. 그림 형제 하우스다. 이곳은 당시 관공서 청사 겸 관사로도 쓰여 그림 형제 아버지의 집무실인 동시에 살림집이었다. 지금은 박물관으로 일반인들에게 공개되고 있다. 단순히 그림 형제가 쓰던 물건이나 책을 전시하는 것이 아니라 그들의 동화를 좀 더 실감나게 체험할 수 있게 꾸며진 것이 특징이다. 동화책과 그림 동화를 소재로 한 영상물과 오디오 시설이 갖추어져 있고, 무엇보다 어린이를 위한 놀이 체험 시설도 있다. 그리고 주말마다 동네 어

른들이 와서 동화책을 읽어주는 예쁜 강의실도 있다. 얼른 들어가자고 하니 아이는 이렇게 햇살 좋은 날 왜 꼭 실내로 들어가야 하느냐고 묻는다. 하긴, 마당에도 충분히 친구들은 많다. 그럴듯하게 꾸며놓지는 않았지만 나름대로 빨간 모자, 헨젤과 그레텔의 과자집, 그 과자집 옆에 갇혀 있는 헨젤과 일곱 명의 난쟁이가 있다. 아이는 빨간 모자도 한 번 쓰다듬어주고 과자집을 한 입 베어 물기도 하고 마침 마당에 떨어져 있는 썩은 사과를 일곱 난쟁이에게 가져다주면서 한참을 재미있게 논다. 그러고는 실내에 들어가서도 퍼즐을 맞추고 알아듣지도 못하는 독일어 오디오로 옛날 이야기를 청취하는 등 체험해볼 수 있는 것들을 두루두루 돌아보며 즐긴다. 분명 조금 전까지 계단에 걸려 있는 마녀 인형이 무섭다고 2층은 올라가지 않겠다고 하던 아이였는데 말이다.

건너편에 있는 슈타이나우 박물관을 거쳐 예쁘게 펼쳐져 있는 골목길을 좀 더 올라가보니 왼편으로 관광안내소가 나타난다. 이 작은 마을에도 관광안내소가 있는 것이 신기해 들어가보았는데 작은 마을이라서 그런가, 직원이 너무나도 친절하다. 심지어 역에서부터 걸어왔다고 말했더니 구시가지가 너무 멀어서 미안하단다. 지안이를 보고는 성안으로 들어가면 놀이터가 있다는 정보도 알려준다. 세상 어느 나라 관광안내소에서 아이들을 위한 놀이터 위치를 알려줄까? 흐뭇한 대화를 나누고 밖으로 나오는데, 갑자기 아이가 엄마 앞을 가로막는다.

"왜 이쪽으로 가요?"

"이쪽 골목에는 뭐가 있는지 보려고."

"놀이터는 저쪽이라고 하는 거 다 들었거든요."

헉! 요 깜찍한 아가씨를 봐라. 여행 중에 아이는 엄마가 길을 묻거나 누군가와 이야기를 해도 대체로 관심이 없다. 그래도 1학년 때부터 영어학원을 다녔으니 좀 알아들었나 싶어 물어보면 얄밉게도 "난 집중 안 해서 못 들었어요"라고 하면서 동그란 눈을 또르륵 굴리던 아이. 그런데 귀신같이 'playground'는 알아듣고 거기부터 가자고 하니 웃어야 할지, 울어야 할지. 하지만 이미 여러 번의 경험 끝에 엄마는 알고 있다. 우리가 놀이터로 들어서는 순간 그다음 일정은 사라진다는 것을. 그래서 이번에는 엄마가 단호하게 말할 수밖에 없다.

"놀이터는 조금 이따가. 일단 슈타이나우의 나머지 골목들을 돌아본 다음 놀이터로 갈 거야. 그래야 하나우로 돌아가는 기차 시간까지 실컷 놀지."

엄마의 말에 아이는 금방 새처럼 입이 뾰로통해진다. 그래도 일리가 있다고 생각하는지 군말 없이 엄마 뒤를 따라온다. 그런 아이에게 아이스크림 하나 쥐어주니 다시 헤벌쭉. 이번에는 아이스크림이 충전재가 되어 아이는 앞장서서 슈타이나우의 옛 골목들을 순례하기 시작한다.

"와! 이 집 너무 예뻐요."

창틀과 문틀이 파란색으로 칠해져 있는 독특한 건물이 있어 들여다보니 'Privat Museum'이라고 적혀 있다. 사설박물관? 뭐가 전시되어 있나 궁금해 들어가려고 하니 문이 닫혀 있다. 아쉬운 마음에 그 집 앞을 서성이는데, 마침 지나가던 아주머니께서 이 집은 슈타이나우에서 가장 오래된 살림집이라고 알려준다. 1520년에 지어졌다니 500년 가까이 된 집이다. 개인이 평생 동안 수집한 물건, 옛날 피아노, 오븐, 다리미, 유모차 등이 전시되어 있다고 한다. 에고, 모르고 지나쳤으면 차라리 나았을 것을 누군가의 역사가 담긴 물건이 가정집에서 어떤 식으로 전시되어 있는지 더욱더 궁금해진다. 그러고 보니 이 집을 둘러싸고 있는 공기에서는 오래된 것들 사이에서 전해지는 묵직한 안락함이 느껴진다. 빛바랜 책들 사이에서 피어나는 그런 다정함과 편안함. 아직 그런 느낌을 모르는 아이는 이미 저만치 앞에서 걸어가다 또 한 집

집 외벽에 그려진 동화 그림들.

을 가리키며 서둘러 엄마를 부른다.

"여긴 도대체 뭐 하는 집이에요?"

아이스크림이 뚝뚝 녹아내리는데도 핥아먹는 것조차 잊고 바라보게 되는 집은 그야말로 놀랍다. 1층부터 다락방이 있는 4층까지 온통 외벽에 그림 형제 동화 속 주인공들이 알록달록하게 그려져 있다.

"백설공주가 이제 막 깨어났어요. 저긴 빨간 모자가 늑대를 만났네. 엄마 염소가 아기 염소를 벽시계에서 꺼내고 있어요."

집 외벽에 그려진 그림들을 바라보며 숨은 그림이라도 찾듯이 자기가 아는 동화들을 연결시켜보는 아이. 정말이지 이런 집에 사는 사람은 어떤 사람일까? 1층 내부가 상점처럼 통유리여서 살짝 훔쳐보니 책장에는 빛바랜 책이, 옷걸이에는 결코 새 옷이라고 볼 수 없는 옷들이 걸려 있다. 창문에는 "FLOHMARKT"라는 글귀가 붙어 있는데, 나중에 알아보니 '세컨드 제품'을 파는 곳이란다. 역시나 문이 닫혀 있어 아쉬움을 한가득 안고 돌아선 곳. 하지만 그 아쉬움은 16세기에 지어진 슈타이나우 성으로 들어서면서 말끔히 사라진다. 성벽과 네모난 탑, 도개교가 있는 모습은 중세시대를 고스란히 재현해놓고 있다. 하지만 아이는 성은 보이지도 않는지 곧장 성안의 놀이터로 달려가 온몸으로 따사로운 햇살을 받으며 논다. 나 역시 고즈넉하면서도 한가로운 성의 풍경에 몸을 맡기자 마음이 한없이 평화로워짐을 느낀다. 놀이터 탓에 그림 형제와 관련된 유물들이 전시되어 있는 성 내부는 둘러보지 못했다. 성 건너편에 있는 마리오네트 극장에서 인형극을 상영하는지 어떤지도 알아볼 수 없었다. 바로 그 옆의 그림 형제 할아버지가 40년 이상 목사로 있었다는 카타리나 교회에도 가보지 못했다. 그래도 좋다. 파란 하늘과 하얀 구름, 연갈색의 차분해 보이는 고성이 자아내는 풍경 속에서 아이가 내는 다양한 소리들을 배경 삼아 앉아 있는 것이 마냥 좋다.

"지안아! 아까 기차에서 내리지 못했을 때 엄마가 너한테 좀 심하게 대했던 것 같니?"

"왜요?"

"그냥 좀 그런 생각이 들어서. 엄마가 '금방' 내려오라고 했지만, 엄마가 말하는 '금방'과 네가 생각하는 '금방'이 다를 수도 있는 거니까."

"…조금 그랬어요. 하지만 내가 잘못한 거니까. 엄만 놀랐고."

하나우로 돌아오는 길. 문득 그런 생각이 들었다. 혹시 나도 〈개구리 왕 또는 충직한 하인리히〉에 나오는 막내 공주의 아버지 같은 사람은 아닐까. 자식의 마음을 헤아려주기보다는 부모가 생각하는 기준에 자식이 절대적으로 따라야 한다고 생각하는 부모. 아이와 나는 다른 사람이고 어차피 서로 다른 입장일 수밖에 없다. 그런데도 자꾸 아이에게 엄마가 들이미는 잣대로 세상을 바라보고 행동하기를 강요하는 것은 아닌지. 경험으로 터득한 진리를 그저 빠르게 자식에게 알려주고 싶다는 것 또한 자기 합리화일 뿐이다. 아이가 무엇이 옳고 그른지를 알기 위해서는 스스로 생각하고 판단할 줄 알아야 한다. 설령 그것이 잘못된 일이라 할지라도 직접 부딪쳐보아야 한다. 깨져보아야 한다. 그래야 비로소 삶의 지혜를 제 것으로 쌓을 수 있다.

"앞으로는 엄마가 좀 더 노력해볼게. 막무가내로 엄마의 생각만을 밀어붙이지 않고, 네 입장을 헤아리면서 무엇이든 상의하려

고 노력할게."

아무래도 슈타이나우의 청정한 공기를 너무 많이 마셨나보다. 마음이 태평양보다 넓어진 것 같다. 엄마의 사과 겸 자기반성이 깃든 말에 아이는 그늘 한 점 없는 놀이터에서 뛰어놀아 번들거리는 얼굴로 씩 웃는다. 이미 오전의 일은 다 잊은 듯이. 그림 형제가 개구쟁이처럼 뛰어놀았을 슈타이나우에서 아이 역시 실컷 뛰어놀아 행복감이 가득 담긴 초록빛 얼굴로 그저 웃어준다.

개구리 왕 또는 충직한 하인리히

옛날 옛날, 사람이 원하는 것이면 무엇이든 이루어지던 시절, 한 왕에게 아름다운 딸들이 있었습니다. 그중에서도 막내딸은 어찌나 아름다운지 해님조차도 막내 공주의 얼굴에 빛을 뿌릴 때마다 놀라움과 감탄을 금치 못할 정도였습니다.

왕이 살고 있는 성 부근에는 울창한 숲이 있었습니다. 숲에는 오래된 보리수가 있었고, 나무 밑에는 샘이 하나 있었습니다. 날이 더울 때면 막내 공주는 그 숲으로 가 시원한 샘물가에서 황금공을 가지고 놀았는데, 어느 날 그만 황금공이 샘 쪽으로 떼굴떼굴 굴러가 자취를 감춰버렸습니다. 깜짝 놀란 공주는 샘을 들여다보았지만 너무나 깊어 바닥이 보이지 않았지요. 막내 공주는 울음을 터뜨렸습니다. 그때였습니다.

"무슨 일 때문에 그렇게 슬피 울고 있나요. 공주님? 공주님의 눈물은 돌까지도 녹이겠군요."

어디서 들려오는 소리일까 하고 주위를 둘러보는 공주의 눈에 샘 속에서 개구리 한 마리가 빼죽 머리를 내밀고 있는 모습이 보였습니다. 공주가 황금공을 잃어버렸다고 하자 개구리는 자신이 도와주겠다고 했습니다. 대신 황금공을 찾아오면 자신을 사랑해주고, 친구가 되어 놀아주고, 음식도 같이 먹고, 침대에서 함께 자게 해달라고 부탁했습니다. 공주는 흔쾌히 그러겠다고 약속했지만 속으로는 개구리를 비웃었습니다.

잠시 후 개구리는 깊은 물속에서 황금공을 찾아 헤엄쳐 나왔습니다. 개구리가 풀밭에 황금공을 던져주자 공주는 너무 기뻤습니다. 하지만 공주는 그 공을 집어 들고는 쏜살같이 달아나버렸습니다. 개구리가 아무리 소리쳐 불러도 소용이 없었지요.

이튿날 공주가 왕과 신하들과 함께 식탁에 앉아 음식을 먹고 있을 때였습니다. 무엇인가가 팔딱거리며 대리석 계단을 올라오는 소리가 들렸습니다.

"공주님, 막내 공주님. 문 좀 열어주세요."

언뜻 이상한 생각이 든 공주가 달려가 문을 열어보니 개구리였습니다. 공주는 재빨리 문을 쾅 닫아버렸지요. 하지만 자초지종을 알게 된 왕은 공주에게 어려움에 처했을 때 도와준 상대를 무시하는 것은 옳지 않으니 약속을 지키라고 명령했습니다. 공주가 무섭고 징그럽다고 울어도 소용이 없었습니다. 이제 공주는 개구리와 황금 접시에 담긴 음식을 나누어먹고 비단 침대에서 같이 잠을 자야 합니다. 할 수 없이 공주는 두 손가락으로 개구리를 집어 위층 자신의 방으로 데리고 갔습니다. 개구리는 말했습니다.

"난 피곤해요, 공주님. 나도 공주님처럼 침대에서 자고 싶어요. 날 침대 위로 올려주세요. 안 그러면 아버님께 일러바치겠어요!"

이 말에 화가 머리끝까지 난 공주는 개구리를 집어 들어 있는 힘껏 벽에다 던졌습니다. 그러자 그 순간 개구리가 놀랍게도 아름다운 눈을 지닌 왕자로 바뀌었습니다. 왕자는 공주에게 자신이 마법에 걸려 있었고, 오로지 공주만이 그 샘에서 자신을 꺼내줄 수 있었다는 이야기를 들려주었습니다. 그러고는 공주를 자기 나라로 데려가고 싶다고 말했습니다.

이튿날 밝은 햇살이 공주와 왕자를 깨울 즈음, 여덟 마리의 하얀 말들이 끄는 마차 한 대가 성에 도착했습니다. 마차 뒤에는 충성스런 신하인 하인리히가 선 채로 타고 있었습니다. 왕자와 공주를 태운 마차가 어느만큼 달렸을 때, 왕자는 뒤에서 무엇인가가 부서지는 듯한 소리를 들었습니다.

"하인리히, 마차가 부서지고 있어!"

"아닙니다. 왕자님, 제 가슴을 감은 쇠줄에서 나는 소리일 뿐입니다. 마녀가 마법을 걸어 왕자님을 개구리로 만들어놓았을 때 슬픔과 괴로움으로 제 가슴이 터져버릴까봐 쇠줄로 감아 놓았거든요."

여행을 하는 동안 그 소리는 두 번 더 들렸고 그때마다 왕자는 마차가 갈라지고 있다고 생각했습니다. 그러나 그 소리는 이제 왕자님이 안전하고 행복하다는 것을 알게 된 충신 하인리히의 가슴이 기쁨으로 부풀어오르는 바람에 가슴에 감겨져 있던 쇠줄이 차례차례 터져나가는 소리에 불과했습니다.

〈늑대와 일곱 마리 아기 염소〉

"아기 염소이거나 늑대이거나"

아침에 곤히 자고 있는 아이를 아빠의 영상통화로 깨운 것이 오히려 역효과였을까? 아이는 일어난 후에도 아빠가 보고 싶고 여전히 졸리다며 내내 기분이 안 좋다. 아니 오늘뿐이 아니다. 여전히 시차 적응을 하지 못한 탓인지 아침마다 힘들어한다. 밤에는 자지 않으려 하고 아침에는 일어나지 않으려 하고. 다섯 살 때는 크로아티아를, 여섯 살 때는 아일랜드와 영국을 지금처럼 단 둘이 여행했어도 이런 일로 속을 끓이던 아이가 아니었다. 오히려 새벽에도 벙긋벙긋 웃으며 잘 일어나줘서 얼마나 고맙고 사랑스러웠던지. 그런데 열 살이나 되어서 도대체 왜 이러는지 모르겠다. 오늘 아침만 해도 더 자고 싶다고 한참을 이불 속에서 꼼지락대더니 공동화장실에 가서 세수를 하고 돌아와 옷을 갈아입는데도 늑장을 부려 아침부터 엄마 속을 터지게 한다. "엄마 염소는 아기 염소들을 정말정말 사랑했답니다. 이 세상 모든 엄마는 아기들을 사랑하잖아요." 아무래도 〈늑대와 일곱 마리 아기 염소〉에 나오는 이 문장 뒤에는 한 줄이 더 붙어야 할 것 같다. '물론 속 터지는 일이 다반사지만요'라고.

우리는 어제 오후 그림 형제가 대학을 다녔던 이곳 마르부르크에 도착했다. 마르부르크는 하이델베르크·괴팅겐·튀빙겐과 함께 독일의 4대 대학도시라고 하더니 확실히 기차역부터 분위기가 다르다. 역 바로 앞에 넓은 광장이 있고, 그 양옆으로 펼쳐져 있는 카페들에는 젊은이들의 활기가 흘러넘친다. 하나우와 슈타이나우가 작은 시골 마을로 전체적인 분위기가 조용하고 한적했다면 마르부르크는 사람들의 걷는 모습부터가 다르다. 늘씬하고 개성 넘치는 젊은이들이 빠른 걸음으로 인도를 걸어간다. 어찌나 개성들이 넘치는지 울퉁불퉁한 보도블록을 타투를 한 맨발로 다니는 학생도 있다.

야콥과 빌헬름은 카셀에서 중·고등학교를 마치고 이곳 마르부르크의 대학으로 건너와 돌아가신 아버지의 뜻에 따라 법학을 전공했다. 그러다 이곳에서 인생을 송두리째 뒤흔들어놓은 인물들을 만나는데, 그중 한 명이 법학자 '프리드리히 카를 폰 사비니' 교수다. 법을 이해하려면 사람의 습관과 풍속, 그것이 끼친 민심의 동향을 먼저 이해해야 한다는 지도교수 사비니의 가르침에 따라 두 형제는 신화·전설·민담에 관심을 가지게 된다. 또한 사비니 교수는 낭만주의 시인이자 동요 수집가인 '클레멘스 브렌타노'와 '아힘 폰 아르님'을 그림 형제에게 소개시켜주었는데, 이들과의 만남은 곧 '그림 동화'를 탄생시킨 원동력이 된다.

숙소 밖으로 나오니 하늘은 더할 나위 없이 푸르다. 숙소 정면에 우뚝 서 있는 성 엘리자베트 교회가 파란 하늘을 배경으로 장엄하게 빛난다.

"이 교회부터 갈 거예요?"

"일단 구시가지인 오버슈타트부터 둘러보는 게 어떨까 싶어. 저 위에 있으니까 위쪽부터 둘러보고, 성 엘리자베트 교회는 내려오는 길에 가보는 게 어떨까?"

독일어로 구시가지는 알트슈타트Altstadt다. 그런데 마르부르크에서는 알트슈타트가 아니라 오버슈타트Oberstadt라고 부른다. 직역하면 '높은 시가지'라는 뜻. 마르부르크는 전형적인 중세도시의 모습을 하고 있기 때문이다. 방어를 위해 높은 언덕에 란트그라펜 성을 지었고 그 비탈 중턱에 상점과 관공서, 목재 골조로 지어진 아름다운 집들이 모여 구시가지를 형성하고 있다.

오버슈타트 거리.

호스텔 리셉션을 지키는 사라에게 물어보니 우리 숙소가 있는 성 엘리자베트 교회 앞에서 구시가지로 가는 방법은 두 가지라고 한다. 하나는 호스텔에서 나가자마자 왼쪽 골목을 따라 곧장 언덕으로 올라가는 방법이고, 또 하나는 오른쪽으로 꺾어 평지인 도로변을 걷다보면 엘리베이터가 나오는데 그 엘리베이터를 타고 올라가는 방법이다. 머리카락을 분홍·보라·초록으로 갈기갈기 염색한 사라는 당연히 첫 번째 방법을 추천한다. 훨씬 가깝기 때문이다. 하지만 우리는 엘리베이터를 타보기로 한다. 현대적인 도시를 걷다가 엘리베이터 하나로 중세의 도시로 이동할 수 있다니, 말만 들어도 흥분된다. 얼마나 걸었을까? 엘리베이터를 찾지 못해 엘리베이터가 독일어로 무엇인지 물어볼 것을 그랬다며 아이와 이야기를 나누다가 멈추어 선 곳은 자전거 보관대가 있는 한 건물 앞이다. 횡단보도를 건너온 사람들이 모두 그 건물로 들어가는 것으로 보아 이곳이 우리가 찾는 곳이라는 감이 온다. 외벽은 흰색인데 창가 테두리만 하늘색인 현대식 건물이다. 들어서니 과연 두 개의 커다란 엘리베이터가 정면에 서 있다. 엘리베이터를 탈 때는 늘 그렇듯이 주변 사람들에게 휩쓸려 우르르 타고 내린다. 엘리베이터에서 내리자 한 방향으로만 어둡고 좁은 복도가 이어진다. 사람들의 흐름에 몸을 맡기니 걸어가던 통로 끝에서 갑자기 황금빛 햇살이 쏟아져 내린다. 끔뻑이는 두 눈 사이로 서서히 드러나는 갈색의 중세도시! 타임머신을 탔다가 내리면 이

마르부르크 시청사.

런 기분이 들까? '순간 이동'보다는 약하겠지만 그래도 눈 깜짝할 사이에 다른 세상으로 왔다는 신기함에 웃음이 절로 나온다. 직사각형의 포석이 깔린 길 위로 테마공원에서 봄 직한 예쁜 집들이 나란히 이마를 맞대고 있다. 거리에 걸려 있는 간판조차도, 그 위에 쓰여 있는 알파벳조차도 어쩜 이리도 예술적인지. 마법사가 나타나 아이와 내 옷마저 중세시대 복장으로 바꾸어주면 얼마나 근사할까.

"어때? 우리가 갑자기 딴 세상으로 던져진 것 같지 않니?"

“네.”

아이는 아직도 몸이 힘든가보다. 너무나도 간단명료한 영혼 없는 대답이 돌아온다. 열 살이란 이런 것일까. “그나마 대답은 하잖아. 좀 더 크면 대답도 안 해”라고 말해주는 친구들이 있으니 그것으로 위안을 삼자. 일단 목적지를 구시가지 꼭대기에 있는 란트그라프 성으로 정하고 골목을 걷기 시작한다. 방향이 맞는지 어떤지도 잘 모른 채 무작정 걷는데, 구석구석 너무나 예쁜 풍경이 달려든다. 덕분에 내 발걸음도 점점 더 느려진다. 그렇게 골목이 이어지다가 조금 넓은 광장이 나타나는가 싶더니 파란색 시계탑이 인상적인 시청사가 모습을 드러낸다. 르네상스 양식으로 건축되었다고 하는데, 아침 햇빛이 내리꽂아 역광으로 빛나는 모습이 경이롭기까지 하다. 한 젊은 아빠가 아기를 목말을 태우고 시청사를 바라보는 모습이 보기 좋아 나도 내 아이의 손이라도 잡을까 싶어 돌아보니 지안이는 심드렁한 표정으로 저만치 떨어져서 쪼그려 앉아 있다. 마치 힘들다고 무언의 시위라도 하고 있는 것 같다. 이럴 때는 아는 척하지 않는 것이 상책이다 싶어 다시 시선을 거둔다.

시청 앞 광장은 평일 아침을 시작하는 사람들로 분주하다. 이제 곧 식당을 열기 위해 야외 테이블을 까는 사람도 보이고, 이미 그 테이블에 자리를 잡고 앉아 휴대전화로 검색하고 있는 사람도 보인다. 그 와중에 광고 팸플릿을 나누어주는 사람도 있고 커피를 들고 바쁘게 광장을 가로지르는 사람도 있다. 자전거를 타고 가다 아는 사람을 만났는지 수다를 떠는 아줌마 뒤로 빵 냄새가 솔솔 풍겨온다. 광장 한쪽에 서서 빙그르르 돌며 그 모습을 보는데, 어디부터 현실이고 어디까지 동화인지 모르겠다. 그들에게는 그저 평범한 하루의 시작일 그 움직임이 중세도시로 들어온 나에게는 영화나 동화 속 카니발 한 장면으로 느껴지니 말이다. 큰일이다. 독일에 와서 자꾸 현실과 동화를 구분 못 하고 마음이 멋대로 시공간을 넘나든다.

마르부르크의 구시가지도 그렇지만 가장 꼭대기에 있는 란트그라프 성까지는 비좁고 가파른 계단이 이어져 있다. 열심히 올라가는데 나도 모르게 숨이 가빠진다. 역시나 아이도 힘이 드나보다. 아까부터 튀어나온 입을 씰룩거리더니 드디어 불평을 쏟아내기 시작한다.

"힘들어요. 다리 아파. 언제까지 올라가야 해요?"

언제쯤 이 소리가 나오나 했다. 경사가 높은 계단을 오르는 것은 쉽지 않은 일. 재미있는 것은 과거에 그림 형제도, 특히 야콥이 이 계단 때문에 마르부르크의 흉을 보았다는 사실이다. "마르부르크와 그 주변은 분명히 정말 아름답다. 특히 성 가까이에서 밑을 내려다보면 그렇다. 하지만 도시 자체는 매우 흉하다. 내가 생각하기에 집 안에 있는 계단보다 거리의 계단이 훨씬 많다."

고지식할 것만 같은 그림 형제를 보다 인간적으로 느끼게 해주는 대목이다. 더구나 이런 야콥의 불평을 따로 적어놓은 계단

umliegende Gegend
sehr schön.
Besonders wenn man
der Nähe des
Schlosses steht und
herunter sieht, die
selbst aber sehr
hässlich. Ich glaube
mehr Treppen
auf den Straßen
den Häusern. In ein
Haus geht man

야콥의 불평이 적힌 계단.

이 있다고 해서 찾고 있는 중인데, 이미 다리가 아프고 계단을 오르는 것이 지루해진 아이는 방언이라도 터진 사람처럼 쉬지 않고 투덜거린다.

“아직 멀었어요? 쉬고 싶어. 졸려요….”

아이의 말 한 마디 한 마디가 진흙처럼 무겁게 내 다리에 달라붙는다. 다행히 성모마리아 교회를 발견해 잠시 쉬려고 들어서는데 때마침 파이프오르간 소리가 흘러나온다. 교회 뒤쪽 2층에서 한 남자가 연주를 하고 있다. 무슨 곡인지는 모르겠다. 텅 빈 교회 안에 가득 울려 퍼지는 선율은 아마도 성가나 찬송가가 아닐는지. 맑으면서도 깊은 울림이 느껴지는 연주곡에 묵은 때까지 모두 씻겨 내려갈 것만 같다. 심지어 중간중간 실수로 끊기는 연주의 여백마저 나에게는 음악의 한 부분으로 느껴진다. 그런데 그 연주를 듣는 중에도 아이는 여전히 힘들다며 짜증을 낸다. 엄마가 다독여주려고 해도 고개를 돌리고, 어깨에 기대라고 해도 신경질적으로 몸을 뺀다. 순간 애써 누르고 있던 화가 치솟는다. 아무리 어려도 그렇지, 이 좋은 곳에서, 이 아름다운 음악소리를 들으며 하는 행동이 고작 이 정도밖에 안 되다니. 실망스러웠다. 이 아이가 그동안 일본이든 크로아티아든 엄마와 함께 환상의 궁합을 자랑하며 여행을 한 내 아이가 맞을까? 표정, 말투, 움직임 등 하나에서부터 열까지 전부 다 마음에 들지 않는다. 도저히 마음을 주체할 수가 없어 교회 밖으로 나왔더니 아이가 쫓아 나온다.

진퇴양난이다. 저 아름다운 곳에서 화를 내고 싶지 않아 교회 밖으로 뛰쳐나왔는데, 교회 밖에서 보는 마르부르크의 전경이 기가 막히다. 더구나 벤치에 앉아서 그 조용한 세상을 내려다보는 사람들의 뒷모습은 또 얼마나 평화로워 보이는지. 그런데 내 마음속만 부글부글 용광로가 끓고 있는 것이다.

"이지안! 이리 와봐. 엄마랑 이야기 좀 하자. 너, 계속 이런 식으로 다닐 거야?"

"…."

"엄만 너 계속 이런 식이면 같이 못 다니겠어. 아니 같이 다니고 싶지 않아. 엄만 지금 이 순간이 너무나 좋아. 모든 것이 소중해서 질금질금 아껴보고 싶을 만큼 다 너무 감사하다고. 그런데 네가 엄마 마음을 불쑥불쑥 헤집어놓아서 너무 힘들어. 화가 난다고. 그리고 이렇게 화가 난다는 것 자체가 너무 속상해."

최대한 조용하게 감정을 억제하며 말을 꺼내는데, 귀로 들리는 내 목소리가 부들부들 떨린다.

"힘든 거 알아. 시차 적응 못 해서 졸리기도 할 거야. 하지만 그렇다고 해서 내내 이렇게 행동하면 엄마보고 어떻게 하라고. 한두 번 다리 아프다고 할 수 있어. 투정 부릴 수 있다고. 투정 부리면 엄마가 알아주잖아. 공감해주잖아. 그러면 너도 기운을 좀 내봐야지. 힘들어서 투정 부리는 것과 상대방의 감정까지 상하게 하면서 계속 징징대는 것은 엄연히 다르잖아. 엄마도 너 달래주는 데 한계가 있는 법이라고!"

두 눈을 질끈 감는다. 차마 엄마가 아이에게 꼴도 보기 싫다는 말은 할 수가 없다. 하지만 정말이지 아이의 얼굴이 보고 싶지 않다. 엄마도 엄마만의 감정을 다스릴 시간이 필요하다. 잠시 후 아이의 얼굴은 쳐다보지도 않고 힘들면 벤치에 앉아 있으라고 엄마만 얼른 둘러보고 오겠다고 일어서니 아이가 입을 꾹 다문 채 좇아온다. 그 모습도 영 마뜩지 않다. 유치하지만 빠르게 걸었더니 아이도 빠른 걸음으로 종종거리며 따라온다. 그러다 교회 아래 작게 조성된 놀이터가 눈에 띄었다. 복수다. 놀이터가 있다고 오늘은 절대 말 안 할 것이다.

그렇게 우리는 걸었다. 앞뒤로, 성큼성큼, 졸졸. 하지만 세상에는 분노가 지속될 수 없는 장소들이 있다. 성당·교회·절 같은 종교적인 장소나 흰 눈이 소복이 쌓인 산 정상이나 오색찬란한 물고기들이 유영하는 에메랄드빛 바닷속이나 뿌연 물안개가 섬세하게 피어오르는 새벽 강가가 그렇다. 그리고 이곳, 마르부르크가 그런 곳이다. 계속 화를 내고 있기에 이곳은 너무나도 고풍스럽고 다정하다. 행여나 엄마를 놓칠까봐 열심히 좇아오는 아이의 발소리를 듣다가 멈추어 서서 묻는다.

"올라가볼 거야?"

톤이 낮아진 엄마 목소리에 아이가 고개를 끄덕인다. 그리하여 다시 보조를 맞추어 교회 뒤 층계를 올랐더니 마침내 그림 형제가 불평을 한 란트그라프 성의 마지막 계단에 도달한다. 누구의 아이디어일까? 하얀 분필로 층층이 야콥의 불평이 가득 적혀 있고, 맨 마지막에는 'Brother Grimm' 서명도 있다. 그 계단 끝에서 아이를 꼭 안아준다.

"이것 봐. 그림 형제 아저씨들도 도시에 계단이 너무 많다고 이렇게 불평을 써놓았어. 당연히 지안이는 아저씨들보다 어리니까 힘들었을 거야. 불평할 수 있다고. 하지만 그 불평을 끝내고 자신의 마음을 다스릴 줄도 알아야 하는 거야. 엄만 지안이를 불평했다고 혼내는 게 아니야. 불평을 불평으로 끝내지 못하고 계속 투덜거리면서 옆 사람까지 힘들게 한 것이 옳지 않다고 말하는 거야. 엄마가 아까 너무 심하게 화를 낸 것은 미안. 하지만 지안이가 오늘은 아주 많이 잘못했어."

그제야 아이의 눈에 눈물이 그렁그렁해진다. 그 모습을 보니 아까는 정말이지 얼굴도 보고 싶지 않았는데, 금방 안쓰러워진다. 우리는 어쩌다 여기까지 와서 서로의 마음에 상처를 내고 있는 것일까. 어쩌면 나는 성급한 마음에 나도 모르게 걸음을 빨리 했는지 모른다. 그래서 아이가 더 힘들었는지도. 아니면 다 컸다고 생각하는 기대치의 문제일지도 모르겠다. '열 살인데, 이것도 못 해?'라는 식의 엄마 입장에서의 기대. 좀 더 속도를 늦춰야겠다. 아이의 보폭을 잊지 말아야겠다. 느리게, 더 느리게.

란트그라프 성에서 바라본 마르부르크.

아이들은 혼이 나도 다행히 금방 잊어버리고 신나게 놀 줄 안다. 이는 어른이 배워야 할 점. 그림 형제 계단 위를 성큼성큼 올라서니 엄청나게 거대한 빨간 구두가 란트그라프 성을 배경으로 놓여 있다. 사실 이 구두는 마르부르크에 도착하기 전부터 여러 블로그에서 수없이 본 신발이다. 너무 조화롭지 못한 것 같아서 '왜 굳이 구두를 이렇게 크게 만들었을까, 색상은 왜 이리도 튈까' 라고 생각했는데, 실제로 보니 의외로 재미있고, 의외로 어울린다. 오히려 이 큰 구두가 맞는 재투성이 아가씨는 누구일까 상상을 해보게 된다.

성모마리아 교회에서 바라보는 전경도 아름답지만 꼭대기인 란트그라프 성에서 내려다보는 전망은 역시 감탄사를 절로 자아내게 한다. 저 멀리 키를 낮추어 옹기종기 모여 있는 독일식 마을의 집들이 한 편의 그림처럼, 엽서처럼 이야기를 품고 다가온다. 아이는 그 아름다운 풍경을 배경으로 언제 엄마에게 꾸중을 들었냐는 듯이 온갖 장난스러운 포즈로 사진을 찍는다. 13세기에서 16세기에 세워진 란트그라프 성은 마르틴 루터가 스위스 종교개혁가 츠빙글리와 프로테스탄트 강령에 대한 회담을 벌인 장소로 유명한 곳이다. 아이에게 간략하게나마 설명을 해주자 전혀 이해할 수 없다는 표정이다. 그럴 수밖에. 엄마 종교인 가톨릭교와 아빠 종교인 개신교, 지안이에게는 이 전제만으로도 종교란 너무나도 복잡한 것이다.

란트그라프 성 내부에는 선사시대부터 근대까지의 발굴품과 미술 공예품을 전시하는 역사박물관과 미술관이 있다. 우리는 그곳을 보는 둥 마는 둥 대충 훑어보고 성 주변을 걷는다. 햇살도 바람도 걷기에 참 적당하다. 성 뒤편으로 내려가는 길에 어둠의 기운이 느껴지는 곳이 있어서 감옥인가 하고 궁금했는데, 나중에 알고 보니 16세기에서 19세기까지 진짜 감옥으로 사용했던 '마녀탑'이었다. 어쩐지 다가가고 싶지 않은 으스스한 느낌이 들더라니.

그림 형제가 청춘을 보낸 마르부르크이지만 이곳에서는 그들이 즐겨 다닌 카페나 술집은 찾아볼 수 없다. 아버지가 돌아가신

늑대와 일곱 마리 아기 염소.

후 집안 형편이 좋지 않아 책 살 돈도 없었다고 하니 카페나 술집은 사치였으리라. 다행히 사비니 교수가 그의 서재를 빌려주어 그곳에서 원 없이 책을 보았다는 두 형제. 사람들은 '그림 형제의 오솔길'이라는 길을 따라 사비니 교수 집과 그림 형제가 살았던 집, 빌헬름이 혼자 독립했던 집을 둘러보며 이곳 마르부르크에서 그림 형제의 자취를 더듬어본다. 또한 란트그라프 성을 등 뒤로 하고 내려오는 길은 곳곳에서 그림 동화의 주인공들과 만날 수 있으니 이 또한 즐거운 일이다. 빨간 구두는 물론 거대한 파리 일곱 마리를 벽에 붙여놓아 동화의 집처럼 꾸며놓은 서점이 있고, 개구리 왕자가 책을 읽고 있는 카페 앞에서는 버스킹을 하는

성 엘리자베트 교회.

두 젊은이까지 덤으로 만날 수 있다. 그리고 무엇보다 반가웠던 것은 커다란 성벽에 박혀 있는 늑대와 일곱 마리 아기 염소의 두상. 아이의 얼굴보다 훨씬 큰 여덟 마리 동물 사이에 아이의 얼굴을 넣고 사진을 찍어주다가 쿡 웃음이 터진다. 아이가 왜 웃느냐고 묻는데, 차마 대답을 할 수가 없다.

"지금 네 얼굴은 아기 염소인데, 아까 엄마한테 밉게 굴 때는 늑대 같았어!"

이렇게 말했다가는 다시 삐침 모드로 돌아서겠지? 그래도 다행이다. 아이는 정말이지 아침나절의 그 못된 늑대의 탈을 벗어 던지고 다시 귀여운 아기 염소가 되어 내 손을 잡는다. 심지어 마르부르크의 또 다른 자랑 성 엘리자베트 교회에 들어가서는 스테인드글라스 창문과 여러 가지 성물을 제법 진지한 표정으로 가슴에 담는다.

"여긴 어떤 곳이에요?"

눈치를 보는 것인지 제법 탐구 모드로 돌입하는 아이. 덕분에 나도 검색을 하며 교회에 대해 찾아본다. 성 엘리자베트 교회는 헝가리의 왕녀이자 성녀인 엘리자베트를 기리기 위해 만들어진 교회로 오래된 고딕 양식 건물들 중 하나다. 1235년에 공사를 시작해 1283년 완공하기까지 무려 50년이 걸렸는데, 이후 80미터 높이의 두 탑을 짓는 데 또다시 50년이 걸렸다고 하니 거의 100년에 걸친 작품이라고 할 수 있다. 독일의 여느 교회와 마찬가지로 정교하면서도 세련된 장식품이 감탄사를 자아내게 한다. 무엇보다 천지창조 등의 그림과 성녀 엘리자베트의 일생을 담고 있는 화려한 스테인드글라스가 돋보인다. 우리는 잠시 교회 안에 앉아서 오늘 우리 사이에 있었던 일을 돌이켜본다. 그리고 더이상 여행 중에 서로의 마음에 상처 주는 일이 없기를 기도해본다.

"저 관들 가운데 성녀 엘리자베트의 것이 있나봐."

"저게 다 진짜 무덤이에요? 그럼 저 안에 미라도 들어 있어요?"

기도를 마치고 교회를 둘러보다 한쪽 방에 관들이 정렬되어 있는 모습을 보고 아이는 다소 놀란 표정이다. 뜻하지 않게 맞닥뜨린 광경에 겁도 났는지 이제 그만 밖으로 나가자고 재촉한다. 밖으로 나오다가 교회 문을 복원 중인 기술자들을 보았다. 덤벙대며 들어올 때는 보지 못한 광경이다. 문에 눈을 바짝 붙이고 천천히 심혈을 기울여 돋보기와 붓을 번갈아 사용해 먼지를 털어내고 있는 그들의 모습에서는 경건함까지 묻어나온다.

"엄마! 아저씨한테 허락도 안 받고 아저씨 얼굴을 찍으면 어떻게 해요."

"찍고 싶은 장면인데 어떻게 해. 일하시는데 물어보기도 그렇고…."

아이는 엄마의 행동이 마음에 안 드는지 한 소리를 더 하려다가 입을 다문다. 동시에 우리의 눈이 마주친다. 그래, 거기까지.

오늘은 더이상 서로에게 지적하지 말자. 이쯤에서 그만. 너도 그렇고 나도 그렇고 우리 모두는 때때로 아기 염소였다가 때때로 더 많이 늑대가 되기도 하니까.

늑대와 일곱 마리 아기 염소

엄마 염소 한 마리가 일곱 마리 아기 염소를 데리고 평화롭게 살고 있었습니다. 어느 날 엄마 염소는 먹을 것을 구하기 위해 숲으로 가면서 아기 염소들을 모아놓고 신신당부를 했습니다. 늑대는 아기 염소들을 잡아먹으니 절대로 늑대를 집 안에 들어오게 하면 안 된다고 말이죠. 늑대의 쉰 목소리와 검은 발로 늑대라는 것을 알아볼 수 있어야 한다는 말도 곁들였습니다.

엄마 염소가 떠난 지 얼마 되지 않아 늑대가 나타났습니다. 그러나 아기 염소들은 쉰 목소리를 듣고 대번에 늑대라는 것을 알아차렸습니다. 그러자 늑대는 가게로 가서 큼직한 분필 한 토막을 먹고 목소리가 고와져서 다시 찾아왔습니다. 하지만 이번에도 아기 염소들은 늑대의 검은 발을 보고 문을 열어주지 않았습니다. 늑대는 얼른 방앗간으로 가 방앗간 주인을 위협해 검은 발에 밀가루를 뿌리고 다시 나타났습니다.

아기 염소들은 늑대의 하얀 발을 보고 속아서 문을 열어주었습니다. 그리고 늑대를 보고는 겁에 질려 허겁지겁 숨었습니다. 첫째는 식탁 밑으로, 둘째는 침대 밑으로, 셋째는 오븐 속으로, 넷째는 부엌 안으로, 다섯째는 찬장 속으로, 여섯째는 세면기 속으로, 마지막으로 일곱째는 시계 상자 속으로 들어갔습니다. 하지만 늑대는 아기 염소들을 하나하나 찾아내어 통째로 삼켜버렸습니다. 시계 상자 속에 숨은 아기 염소만 빼고요. 배가 부른 늑대는 넓은 초록색 풀밭에 있는 나무에게로 뒤뚱뒤뚱 걸어가 그 밑에 누워 잠이 들었습니다.

잠시 후 집으로 돌아온 엄마 염소는 깜짝 놀랐습니다. 집 문이 활짝 열려 있고, 가구들이 모두 뒤집혀 있는데, 아기 염소들이 보이지 않았거든요. 그러다 시계 상자 속에서 막내 아기 염소를 발견하고는 얼마나 슬피 울었는지 모릅니다.

엄마 염소는 막내 아기 염소와 함께 풀밭에 누워 자는 늑대를 발견했습니다. 늑대의 불룩한 뱃속이 꿈틀거리는 것을 본 엄마 염소는 얼른 가위와 실과 바늘을 가지고 와 늑대의 배를 갈랐습니다. 그러자 아기 염소들이 차례로 늑대의 뱃속에서 튀어나왔습니다.

엄마와 아기 염소들은 뛸 듯이 기뻐하며 들에 가서 돌멩이를 주워 왔습니다. 엄마 염소는 늑대의 뱃속에 돌멩이들을 가득 채운 뒤 늑대가 깨어나기 전에 날렵한 솜씨로 늑대의 배를 꿰맸습니다. 실컷 자고 난 늑대는 목이 말라 비틀거리며 샘가로 갔습니다. 하지만 물을 마시려는 순간 돌멩이들이 앞으로 우르르 몰리는 바람에 그만 거꾸로 물속에 처박혀 죽고 말았습니다. 이 광경을 본 일곱 마리 아기 염소와 엄마는 기쁨의 환호성을 지르고 샘 주위를 돌며 즐겁게 춤을 추었답니다.

〈빨간 모자〉

"늑대라도 친구가 좋아!"

그림 형제의 동화 중에서 공주도 동물도 아닌 평범한 소시민으로 가장 인기 있는 주인공은 '빨간 모자'가 아닐까. 어린이 연극, 뮤지컬, 애니메이션으로도 제작되고 수첩과 접시에도 알록달록 장식되는 귀여운 캐릭터니 말이다. 하지만 빨간 모자는 사실 주인공으로 크게 매력적이지 않다. 부모에게 버림받거나 나쁜 계모에게 구박받는 비련의 여주인공도 아니고, 큰 역경을 이겨내거나 마법의 세계를 경험한 것도 아니다. 그저 할머니가 만들어준 빨간 모자를 쓰고 엄마의 심부름을 했을 뿐이다. 그런데도 전 세계 어린이들의 사랑을 받고 있으니 그것은 아마도 어린이들이 빨간 모자에게 고스란히 감정이입을 했기 때문이리라.

한눈을 파는 것만큼 달콤한 일이 또 있을까. 학창 시절 수업이 끝나면 우리는 너나없이 학교 앞 문방구로 몰려갔다. 집으로 곧장 가는 일은 있을 수 없는 일이었고, 만화책도 시험 기간에 읽어야 제맛이었다. 어른이 되어서도 마찬가지. 해야 할 일이 산더미 같아도 누군가 만나자고 하면 쪼르르 달려나가니 빨간 모자가 늑대의 꼬임에 빠져 숲속으로 들어가는 것은 지극히 자연스럽게 느껴진다. 더구나 예쁜 꽃들이 지천으로 피어 있고 찬란한 햇빛이 나무 사이에 일렁이고 있다지 않은가. 그 숲에 눈길 한 번 주지 않는 모범생이었다면 어쩌면 빨간 모자는 지금처럼 유명해지지 않았을지도 모른다. 문제는 이런 상황이 늑대의 계획이었다는 것. 무엇보다 빨간 모자는 그런 늑대를 보고도 "하지만 빨간 모자는 하나도 무섭지 않았어요. 늑대가 나쁜 동물인 줄 몰랐거든요"라고 말하고 있으니 이게 가장 큰 덫이다.

"왜 나쁜 줄 몰랐을까? 늑대는 보기만 해도 무서울 것 같은데."

"개라고 생각했나 봐요. 늑대랑 개는 닮았으니까."

"하긴. 으르렁거리면서 나타난 것도 아니니까."

"'작은 빨간 모자야, 안녕!' 하고 친절하게 인사했으니까."

"그래서 지안아. 친절한 사람도 일단은 조심해야 하는 거야…."

내 입에서 나오는 말에 한숨이 절로 나온다. 어쩌다 세상이 이렇게 되었을까. 하지만 어쩔 수 없다. 난 21세기 대한민국에 사는 여자아이의 엄마니까. 그래서 빨간 모자의 엄마가 어떤 사람인지 궁금하다. 빨간 모자가 몇 살인지 구체적으로 나오지는 않지만 지안이와 비슷한 열 살 안팎의 아이가 아닐까? 그런 어린아이를 혼자 과자와 포도주를 들고 숲속을 지나 30분이나 되는 할머니 집까지 심부름을 보내다니. 혹 시집살이를 엄청 시키는 시어머니 댁일지라도 엄마는 같이 갔어야 한다. 더구나 숲을 통과해야 하는 아이에게 늑대가 무서운 동물이라는 걸 가르쳐주지도 않았다니. 이런 부주의한 엄마, 마음에 들지 않는다. 물론 독일 엄마들은 우리와 다를 수 있다. 아이들을 강하고 독립적으로 키우기 위해 일부러 먼 곳까지 심부름을 보내는 것이 그들의 교육법이라면 할 말은 없다. 심지어 그림 동화를 연구하는 인문학자들은 길을 잃어보아야 창조와 성장이 가능하다는 이야기를 한다. 유년기를 벗어나기 위해서는 길을 잃는 것이 통과의례이기에 종종 그림 동화에는 길을 잃는 장면이 나온다는 것이다. 하지만 아무리 그렇다 하더라도 어린이는 어른이라는 테두리 안에서 안전을 보장받아야 할 존재라는 내 생각에는 변함이 없다.

"저 숲일까? 아닌가? 더 가야 하나?"

"진짜 빨간 모자와 늑대가 만난 숲이 있어요?"

"우리가 지금 빨간 모자가 살던 마을로 가는 거니까, 가는 길에 그 숲이 있겠지…."

알스펠트로 향하는 길, 버스 창밖으로 스치는 모든 숲이 아이와 나에게는 빨간 모자가 늑대와 맞닥뜨린 숲으로만 보인다.

"에계? 얘가 빨간 모자예요? 왜 이렇게 작아?"

버스에서 내려 구시가지에 막 들어섰을 때다. 어디로 가야 하나 두리번거리며 골목을 내려가다 너무나도 쉽게 빨간 모자가 서 있는 분수대를 발견했다. 그런데 우리가 상상한 것과는 많이 달랐다. 동상 자체도 작았지만 빨간 모자가 쓰고 있는 모자가 우리가 생각하는 망토에 달려 있는 두건이 아니다. 모자라고 부르기에 다소 민망한, 그저 족두리처럼 생긴 작고 동그랗고 빨간 것이 머리 위에 달랑 얹어져 있을 뿐이다. 관광안내소 직원에게 물으니 이렇게 생긴 모자가 이 고장의 전통 의상이라고 한다. 어린 소녀는 빨간색, 결혼 적령기의 여성은 녹색, 결혼하면 보라색, 노인이나 미망인은 흰색이나 검정색으로 색상을 바꾸어가며 쓴다고 한다. 우리나라 족두리처럼 생긴 모자를 우리나라의 치마저고리처럼 결혼 여부에 따라 색상을 바꾸어가며 쓴다는 사실이 그저 신기할 따름이다.

알스펠트 관광안내소에서 나오니 바로 앞이 그 유명한 알스펠트 시청사다. 독특하게 지어진 외관 덕분에 독일 가옥의 피규어 모델이 되는 곳이다. 지어진 지 500년이 넘었고 건물 자체가 가분수처럼 위로 올라갈수록 넓어지는 구조인데도 튼튼하고 견고해 보인다. 정면에 보이는 뾰족한 쌍둥이 탑은 맛깔나게 동화스럽다. 이런 근사한 건물에서 업무를 보다니, 여기 공무원들은 왠지 좀 다를 것 같다는 생각이 절로 든다.

시청사가 있는 마르크트 광장을 중심으로 골목이 참 많다. 어느 골목으로 가도 다 예쁜 집, 예쁜 골목일 것 같아 고민하다 시청사를 등지고 일직선으로 가보기로 한다. 눈앞에 아이스크림집이 보였기 때문이다. 크로아티아·이탈리아 사람들만 아이스크림을 좋아하는 줄 알았는데 독일 사람들도 만만치 않다. 어디를 가도 아이스크림집이 자리하고 있다. 더구나 독일 사람들은 아이스

알스펠트 시청사.

크림을 주문할 때 지안이처럼 한 스쿱 또는 두 스쿱으로 끝내지 않는다. 적어도 세 사람은 달라붙어 먹어야 할 정도로 커다란 파르페를 각자 하나씩 주문해 먹는다. 바닐라·망고의 환상적인 조합과 바나나·초콜릿의 오묘한 조합, 토끼 모양의 딸기맛에 뿌려진 초록의 알 수 없는 조합까지. 일단 먹어보아야만 알 것 같은, 이 표현할 길 없이 맛있어 보이는 아이스크림 메뉴에 엄마는 주문할 때마다 마음이 달짝지근 녹아드는데, 아이는 늘 단호하다.

"망고맛 한 스쿱이요."

BUCH
LADEN

그러니 독일 아이스크림이야말로 나에게는 그림의 떡. 그 어떤 엄마도 자신만을 위해 밥 한 끼값에 버금가는 비싸고 화려한 파르페를 마음 편히 주문할 수는 없는 것이다.

아이의 망고 아이스크림 한 스쿱과 엄마의 초코 아이스크림 한 스쿱이 알스펠트 구시가지를 동동 떠다니다 멈추어 선 곳은 동화의 집인 메르헨 하우스.

"저기 라푼첼의 머리카락이 있어요."

아이가 가리키는 곳을 올려다보니 메르헨 하우스 위쪽 창문에 라푼첼의 땋은 황금색 머리카락과 홀레 할머니가 이불을 털고 있는 그림이 붙어 있다. 누가 보아도 동화의 집이다. 더구나 집 자체도 어딘가 모르게 삐뚤빼뚤 성냥개비로 만들어놓은 집 같다. 이 예쁜 집에는 과연 무엇이 있을까 하고 설레는 마음으로 다가서는데, 건물에서 한 아주머니가 나오더니 열쇠로 문을 잠그고 반대편 골목으로 서둘러 가는 것이 아닌가. 관광안내소에서 메르헨 하우스는 오후 3시에 문을 닫는다고 들었는데, 시간을 확인해보니 아직 오후 1시 50분. 잠시 주저하다 얼른 아주머니를 쫓아가 말을 건다. 아니나 다를까, 이제 막 문을 닫았다는 대답이 돌아온다. 이럴 때는 지안이를 가리키며 최대한 애처로운 표정을 지을 수밖에 없다. 꼭 둘러보고 싶다고, 이곳에 오기 위해 한국에서부터 알스펠트에 지금 막 도착한 것이라고 하니 아주머니는 난처한 표정을 지으면서도 다시 문을 열어준다. 아이도 나도 안도의 한숨이 절로 나온다. 우리는 어쩔 수 없이 다급하게 메르헨 하우스를 둘러본다.

"여기 백설공주와 일곱 난쟁이가 있어요. 엄마! 이 집이 빨간 모자 할머니 집인 거예요? 늑대가 침대에 누워 있어요. 이 인형은 재투성이 아가씨인가봐요. 그런데 너무 무섭게 생겼다."

1층에는 각 방마다 그림 형제 동화에 나오는 주인공 인형들로 동화의 한 장면을 연출해놓고 있다. 2층은 옛날 부잣집 아이들이 가지고 놀았을 만한 인형과 인형의 집들이 빼곡히 전시되어 있다. 우리나라에 있는 동물 인형의 집인 실바니아 세트는 저리 가라 할 정도로 예쁜 집들이다. 당연히 아이는 하나하나 자세히 들여다보는데, 엄마는 1층에서 열쇠만 만지작거리고 있을 아주머니가 염려되어 아이를 재촉한다.

"지안아! 아주머니가 기다리고 계실 것 같아. 조금 빨리 둘러보자."

그런데 잠시 후 또 다른 말소리가 들리더니 관광객 서너 명이 2층으로 올라온다. 휴우, 다행이다. 우리 이외에 다른 관광객도 등장했으니 이제는 숨을 고르고 천천히 둘러보아도 된다.

"여기는 뭐 하는 곳이에요?"

슈타이나우의 그림 형제 하우스와 마찬가지로 이곳에도 작은 의자들이 놓여 있는 방이 있다. 동화를 구연하는 어른들이 아이들에게 동화를 들려주는 곳이다. 시간이 맞아 〈백설공주〉에 나올

것만 같은 앙증맞은 의자에 엉덩이를 붙이고 독일 아주머니의 푸짐한 옛날이야기를 들을 수 있다면 얼마나 좋을까. 단 한 마디도 알아들을 수 없겠지만 분위기만으로도 우리는 새로운 이야기를 상상할 수 있을지 모른다.

한 바퀴 더 둘러보고 싶은 마음을 억누르고 아쉽지만 메르헨 하우스를 나선다. 우리 때문에 퇴근 시간이 늦어진 관리인 아주머니는 다행히 짜증스러운 기색 없이 친절한 미소로 우리를 배웅한다. 너무너무 감사하다고, 덕분에 아이와 좋은 곳을 구경할 수 있었다고 몇 번이나 인사를 하며 메르헨 하우스를 나온다. 나와서도 아이는 쉽게 발길이 떨어지지 않는지 집을 배경으로 열심히 점프를 하며 사진을 찍는다. 짧았지만 즐거운 경험이었음을 나름대로 표현하고 싶은 것이리라.

알스펠트 구시가지에는 메르헨 하우스 이외에도 가볼 만한 곳이 많다. 지금은 카페로 바뀐 르네상스 양식의 '결혼의 집', 1638년에 지어진 와인 하우스, 1665년부터 있었다는 약국, 학이 아기를 물어다준다는 전설의 우물 등 듣기만 해도 궁금해지는 장소 천지다. 하지만 꼭 그런 곳이 아니더라도 골목골목마다 동화 이야기가 야금야금 피어오르는 곳이 알스펠트다. 그래서 결정했다. 우리는 더이상 다른 관광지는 둘러보지 않기로. 그 밖의 모든 이야기가 되는 장소를 포기하고 과감히 메르헨 하우스 앞 모래 놀이터를 선택한 것은 때때로 아이들에게는 자신이 직접 동화 속으로 뛰어드는 순간이 필요하기 때문이다.

"네가 지겨워져서 그만 가자고 할 때까지 여기 있을 거야."

엄마의 말에 아이의 입이 함지박 만하게 벌어진다. 당장 모래가 쌓인 곳으로 달려가 모래부터 파기 시작한다. 나는 여기에서 부족함 없이 실컷 놀게 해줘야지 하고 나름 착한 엄마 코스프레를 하기로 결정한 것이다. 그런데 웬걸. 아이가 30분도 지나지 않아 몸을 비비적거리며 다가온다.

"심심해. 엄마도 같이 놀아요."

이 말은 외동아이를 둔 세상 모든 엄마가 가장 무서워하는 말이 아닐까? 나이가 열 살인데도 같이 놀자고 하니, 아이의 말에 마음은 웃고 싶은데 입이 웃어지지를 않는다.

"심심해? 그러게. 놀이터에 아이들이 왜 이렇게 없을까?"

정말이지 이상하리만큼 적막한 놀이터다. 저 멀리 골목에도 아이들의 그림자는 보이지 않는다. 학교는 이미 끝났을 시간인데, 이곳에 사는 아이들이 학원에 갔을 리도 없고 도대체 다들 어디에 있는 것일까? 아이에게는 일단 그네부터 타보는 것이 어떻겠느냐고 말하면서 괜히 두리번거리게 된다. 잠시 후 지안이보다 한두 살 어린 여자아이가 엄마와 함께 나타났고, 다행히 그 아이도 친구가 없어서 심심한지 줄기차게 지안이를 쫓아다닌다. 지안이가 그네를 타면 그 아이도 그네를 타고, 모래 위에 그림을 그리면 그 아이도 그림을 그린다.

"엄마! 쟤가 나더러 과자를 또 달래요."

과자 하나를 주었더니 이제는 아예 지안이에게 달라붙을 기세다. 하지만 그것도 잠시, 서로 이름을 불러주는 진짜 친구들이 나타나자 아이는 뒤도 돌아보지 않고 그들에게로 달려간다. 서운해하던 지안이의 표정이란. 그런데 잠시 후 소녀가 다시 지안이를 찾아온다. 지안이는 무심한 척하면서도 기대가 가득한 표정이다. 그런데 이번에는 고 깜찍한 소녀가 친구들 몫까지 과자를 달라고 손을 내민다. 그러고는 원하는 것을 받아들고 또 냉큼 친구들에게 달려간다.

과자 한 봉지를 다 털리고 나서야 지안이는 비로소 가자고 일어선다.

"재미있었어?"

"메르헨 하우스는 재미있었는데, 놀이터는 그냥 그랬어요."

"왜?"

"친구가 없었으니까…."

대여섯 살 때는 아는 사람이 없어도 놀이터만 나타나면 좋아서 펄쩍펄쩍 뛰던 아이였다. 하지만 이제는 친구가 필요한 나이. 아무리 넓은 놀이터가 있고 좋은 장난감이 있어도 같이 공감해주고 까르르 웃어주는 친구가 없으면 세상 재미없어질 나이인 것이다.

"다음에는 여행도 친구들이랑 같이 왔으면 좋겠어요."

빨간 모자도 이런 마음이었을까? 엄마 심부름으로 할머니 댁으로 가기는 하지만 혼자 걷는 아이에게 30분 거리는 쉽지 않은 길이었으리라. 그러므로 그 누가 나타났더라도, 심지어 늑대가 아니라 뱀이나 사자가 나타났더라도 빨간 모자는 친구 삼아 두런두런 이야기를 나누었을지 모른다.

이제 점점 아이에게 가장 중요한 세상은 친구와 만들어가는 우정의 세계다. 아직도 기억이 난다. 초등학교 시절 내가 다른 친구와 친해지는 것을 극도로 싫어해 나를 힘들게 하던 친구가 있었다. 그때 나는 몰래 다른 무리와 놀면서 그 친구에게 미안해한 것이 아니라 그 친구를 무서워했다. 아직 친구의 마음을 어떻게 헤아려야 할지 몰랐던 어린 우리였던 것이다. 그런가 하면, 내가 더 많이 좋아하다 상처받고 멀어진 친구도 있고, 나에게서 자기에게 필요한 것만 쏙쏙 빼가는 친구가 있어 슬펐던 적도 있다. 그럴 수밖에 없었던 것이 그 시절 우리에게는 친구의 말 한 마디, 행동 하나하나가 세상의 전부였으니까. 동성 친구 간의 우정이 훗날 이성 친구의 사랑 못지않게 여린 우리를 송두리째 뒤흔들어놓던 시절이었으니까.

사춘기 딸을 둔 엄마들의 가장 큰 고민은 아이들이 잠자리에 들 때까지 카톡으로 대화를 이어가는 것이라고 한다. 서로 얼굴도 보지 못하고 목소리도 듣지 않으면서 수십 명이 있는 대화방에서 너무나도 쉽게 우정의 성을 쌓았다가 허물어뜨린다는 것이다. 그 성에는 들어가도 문제고 들어가지 못해도 문제가 될 것이다. 그런 이야기를 들으면 엄마로서 앞으로 내가 넘어야 할 산이 아득해 보인다. 사실 엄마들은 그렇다. 내 아이에게 늑대도 친구라고 생각할 수 있는 순수한 마음이 사라지는 것을 원하지는 않지만 나쁜 늑대를 알아볼 수 있는 혜안은 기르기를 바란다. 외로워서 아무하고나 쉽게 짝이 되는 것도 걱정이고, 그 짝에게 배신을 당하고 상처를 입을 것도 걱정이다. 친구 간의 문제는 엄마가 개입할 수 없고 개입해서도 안 되기에 더더욱 그렇다. 무엇보다 그러면서 아이들은 엄마가 접근할 수 없는 자신만의 성을 쌓게 된다.

작은 빨간 모자는 침대로 다가가 커튼을 걷었습니다.
할머니는 잠잘 때 쓰는 모자를 얼굴 깊숙이 눌러쓰고 누워 있었어요.
정말 이상하게 보였지요.
작은 빨간 모자가 말했어요.
"할머니 귀가 왜 이렇게 커요?"
늑대가 대답했어요.
"그래야 네 말을 좀 더 잘 들을 수 있지."
"할머니 손이 왜 이렇게 커요?"
"그래야 널 더 잘 잡을 수 있지."

"할머니 입은 왜 이렇게 커요?"

"그래야 널 더 잘 잡아먹을 수 있지!"

늑대는 이렇게 말하자마자 침대에서 펄쩍 뛰어나와 불쌍한 작은 빨간 모자를 한입에 꿀꺽 삼켜버렸습니다.

–〈빨간 모자〉에서

동화의 이 부분을 처음 읽었을 때가 기억이 난다. 빨간 모자가 한심하다 못해 바보같이 느껴졌다. 아니 어떻게 늑대가 할머니로 변장한 것을 몰라보았을까? 그런데 알스펠트 놀이터를 나서며 같이 놀던 독일 소녀와 인사하고 싶어 두리번거리는 지안이의 표정을 보니 작은 빨간 모자의 심정을 알 수 있을 듯하다. 빨간 모자는 믿고 싶었던 것이다. 침대에 할머니인 척 변장하고 누워 있는 늑대가 조금 전 숲에서 만나 예쁜 꽃들을 가르쳐주던 친구임을, 할머니 댁의 현관문이 열려 있고 늑대가 할머니 옷을 입고 침대 위에 누워 있는 이유까지 다 짐작은 가지만, 그래도 설마 친구인데 하는 마음으로 두근두근 진실을 확인하고 싶었던 그 마음을.

"그래도 다행이에요. 사냥꾼이 빨간 모자와 할머니를 구해주어서."

"그러니까. 정말 다행이야. 그래서 빨간 모자도 다짐했대. 엄마가 가지 말라고 하면 다시는 길에서 벗어나 숲속에 들어가지 않겠다고. 무슨 말인지 알지?"

아직은 고지식한 열 살. 엄마가 하지 말라고 하면 정도의 차이는 있겠지만 하지 말아야 한다고 생각하는 열 살이다. 그래도 엄마는 노파심에 아이에게 다시 한 번 다짐을 시켜본다. 그럴 수밖에 없다. 아무리 당부하고 또 당부해도 아이도 곧 알게 될 테니까. 딴짓이 가져다주는 스릴의 세상, 둘도 없는 달콤 짜릿한 그 맛을 말이다.

빨간 모자

옛날에 귀엽고 사랑스러운 작은 소녀가 있었습니다. 소녀를 보는 사람이면 누구나 그 소녀를 사랑하지 않을 수 없었습니다. 그러나 이 세상에서 소녀를 가장 사랑하는 사람은 소녀의 할머니였습니다. 할머니는 소녀에게 빨간색의 자그마한 모자를 선물했는데, 그 모자는 소녀에게 매우 잘 어울렸습니다. 소녀는 늘 그것을 쓰고 다녔고, 그로 인해 '작은 빨간 모자'라는 별명을 가지게 되었습니다.

어느 날 소녀의 어머니가 소녀에게 말했습니다.

"작은 빨간 모자야. 이 케이크와 포도주를 할머니께 가져다주렴. 할머니가 병이 드셔서 몸이 약해지셨는데, 이것들을 드시면 건강해지실 거야. 숲으로 들어가면 딴전 부리지 말고 길만 따라 얌전히 걸어가야 한다. 할머니 방에 들어갈 때는 공연히 여기저기 기웃거리지 말고 먼저 안녕하세요라고 인사하는 것도 잊지 말고."

작은 빨간 모자는 어머니와 굳게 약속하고 숲속에 있는 할머니 집을 향해 갔습니다. 그런데 숲속에 들어서자마자 늑대를 만났습니다. 작은 빨간 모자는 늑대가 얼마나 못된 짐승인가를 잘 알지 못했기 때문에 늑대를 무서워하지 않았습니다.

"안녕, 작은 빨간 모자야."

"저한테 다정하게 대해주셔서 고마워요, 늑대 아저씨."

늑대는 작은 빨간 모자에게 어디를 가냐고 조목조목 물었고, 작은 빨간 모자는 자세하게 알려주었습니다. 늑대는 속으로 생각했습니다. 할머니와 작은 빨간 모자 둘 다 잡아먹어야겠다고 말이에요. 그래서 꾀를 내어 작은 빨간 모자에게 숲속에서 아름다운 꽃들과 새들을 보고 가라고 권하고는 작은 빨간 모자가 한눈을 파는 사이 곧장 할머니 집으로 갔습니다. 그러고는 할머니를 한입에 꿀꺽 삼켜버리고 할머니 옷을 입고 할머니가 잠잘 때 쓰는 모자를 쓴 뒤 할머니 침대에 누워 작은 빨간 모자를 기다렸습니다.

그동안 숲을 헤매고 다닌 작은 빨간 모자는 뒤늦게 할머니를 떠올리고 서둘러 할머니 집으로 왔습니다. 할머니 집 문이 활짝 열린 것을 보고 작은 빨간 모자는 이상하게 생각했습니다. 더구나 커튼이 내려진 침대 위에 누워 계신 할머니는 잠잘 때 쓰는 모자를 푹 내려쓴 괴상한 모습을 하고 계셨지요. 그래서 할머니 귀는 왜 이렇게 큰지, 손은 왜 이렇게 큰지, 입은 왜 이렇게 큰지 물어보았습니다. 늑대는 작은 빨간 모자의 질문에 일일이 대답해주고는 마지막에 작은 빨간 모자를 한입에 꿀꺽 삼켜버렸습니다.

뱃속을 채운 뒤 늑대는 침대에 다시 누워 드르렁드르렁 코를 골며 잠자기 시작했습니다. 때마침 사냥꾼이 집 옆을 지나다가 그 소리를 듣고 할머니가 저렇게 코를 골다니 이상하다며 들여다보았습니다. 그러고는 늑대를 발견했지요. 사냥꾼은 총으로 늑대를 겨냥하다가 혹시나 하는 마음에 가위로 늑대의 배를 갈랐습니다. 그러자 작은 빨간 모자와 할머니가 늑대의 뱃속에서 나왔습니다. 작은 빨간 모자는 얼른 커다란 돌멩이를 가져와 늑대 뱃속을 채웠고, 잠에서 깨어난 늑대는 달아나려고 했지만 돌멩이가 너무 무거워 그대로 푹 고꾸라지더니 죽고 말았습니다.

작은 빨간 모자는 그다음에도 빵을 가지고 할머니 집으로 가다가 또 다른 늑대를 만났습니다. 그 늑대 역시 작은 빨간 모자를 꾀어 길에서 벗어나게 하려고 했지만 작은 빨간 모자는 속지 않았습니다. 그러고는 오히려 할머니 집에 나타난 늑대를 할머니와 함께 지혜롭게 물리쳤답니다.

지안이의 일기

빨간 모자야, 안녕?

난 지안이야.

너의 '빨간 모자'라는 별명이 참 귀엽고 예쁜 것 같아.

너의 진짜 이름은 무엇이니?

만약 내가 너의 이름을 지어줄 수 있다면 난 한국어로는 '윤정'이라고 지을 거야.

내 친한 친구 중에 윤정이가 있는데, 너는 윤정이처럼 야무지고 똑똑한 아이인 것 같아서 윤정이라고 했어.

내가 독일어는 모르니까 영어 이름을 지어줄게.

영어로는 '루비 러블리 애니Ruby Lovely Annie'야.

루비는 별처럼 반짝반짝 빛나는 보석이고, 러블리는 사랑스럽다는 뜻이야.

애니는 말괄량이나 재미있는 이름 같지 않니?

'루비 러블리 애니!'

귀엽고 재미있고 보석같이 사랑스럽다는 이름인데, 어때?

작은 빨간 모자야!

네가 살던 마을은 정말 활기차고 신나는 곳 같아.

할 수만 있다면 그곳에서 살고 싶었어.

물론 우리나라도 좋아.

사람들은 바쁘게 엉덩이를 씰룩거리며 거리를 오간단다.

지금 나는 독일의 여러 마을을 다니며 예쁜 친구들을 만나는 중이야.

내가 여행을 잘 할 수 있도록 행운을 빌어줘!

그럼 안녕!

카셀Kassel(1)

〈어부와 그의 아내〉

"욕심을 버리니 얼마나 좋은지"

우리나라에는 잘 알려져 있지 않은 그림 형제의 동화 중 〈어부와 그의 아내〉라는 작품이 있다. 옛날 옛날에 바닷가 옆 오두막집에 살던 어부가 우연히 가자미를 잡는다. 가자미는 자신이 마법에 걸린 왕자라며 놓아달라고 애원한다. 착한 어부는 "말하는 가자미라면 당연히 놓아주어야지"라고 하면서 흔쾌히 풀어준다. 하지만 집에 돌아와 아내에게 말하자 아내는 어떻게 소원도 빌지 않고 그냥 놓아주었냐며 당장 찾아가 집 한 채를 가지고 싶다고 말하라고 다그친다. 착한 어부는 가자미를 찾아가고 가자미는 어부 아내의 소원을 들어준다. 며칠 후 아내는 집이 너무 좁다며 집

한 채가 아닌 성에서 살아야겠다고 말한다. 그러고는 계속해서 더한 것을 요구하기 시작한다. 성 다음에는 왕, 왕 다음에는 황제, 황제 다음에는 교황, 마침내 신이 되고 싶다는 것이다. 어부가 아무리 말려도 사악한 마음에 사로잡힌 아내에게는 아무 소리도 들리지 않는다. 어부는 어쩔 수 없이 갈 때마다 점점 거세지는 바다, 천둥이 치고 번개가 번쩍이는 무시무시한 바다로 가서 가자미에게 아내의 무리한 요구를 말한다. 어느날 가자미는 대답한다. "가보세요. 부인은 예전의 작은 오두막집에 다시 앉아 있을 거예요."

분수에 맞지 않는 욕심을 부리면 결국에는 모든 것을 잃게 된다는 이야기다. 이 이야기뿐만 아니라 그림 형제 동화 중에는 욕심에 대한 경고성 이야기가 꽤 여럿 있는데, 그런 동화를 읽으면 섬뜩해진다. 같이 읽던 아이에게 나도 모르게 "그래서 욕심을 부리지 말라고 하는 건가봐"라는 말도 하게 된다. 하지만 말이 쉽지, 욕심 없이 살 수 있는 사람이 세상에 몇이나 될까?

카셀에 도착하기 전까지 나는 부끄럽지만 어부의 아내였다. 처음에는 독일에 오게 된 것만으로도 감사했다. 계획대로 한 도시 한 도시 잘 찾아다니는 것만으로도 행복했다. 그런데 점점 더 많은 것을 보고 싶은 마음이 들었다. 더 여러 곳을 찾아 나서야만 할 것 같고 유명하다고 하는 것은 빼놓지 않고 보아야 할 것 같은 욕심이 나를 장악하기 시작한 것이다. 특히 카셀은 목요일 낮에 도착해 토요일 낮에 하멜른으로 이동할 수밖에 없는 일정이 내내 불만이었다. 카셀의 상징이며 유네스코 세계유산에 등재되어 있는 빌헬름스회에 산상공원에서는 매주 수요일과 토요일 오후에 '물의 쇼'가 펼쳐진다. 카셀에 온다면 그것만은 꼭 보아야 할 만큼 대단한 장관이라고 한다. 그런데 아무리 일정을 짜보아도 그 시간을 맞출 수가 없는 것이다.

"어떡하지? 수요일과 토요일 낮에 카셀에 있어야 하는데, 방법을 못 찾겠어."

"카셀을 더 일찍 가면 되잖아요."

"그러면 빨간 모자 마을에 갈 시간이 없어."

"안 가면 되잖아요."

"빨간 모자 마을인데? 거긴 가야 되지 않을까?"

"음… 그럼 하멜른을 나중에 가면 되잖아요."

"숙소를 미리 예약했어. 그리고 하멜른에 토요일 저녁에는 도착해야 일요일 낮에 펼쳐지는 〈피리 부는 사나이〉 야외 공연을 안심하고 볼 수 있다고. 기차 시간이 애매해서 토요일 낮에는 카셀에서 하멜른으로 출발해야 해."

"공연을 안 보면요?"

"그걸 어떻게 안 봐. 그 야외 공연을 보려고 중간도시 다 뛰어넘고 하멜른부터 가는 건데…. 〈브레멘 음악대〉 공연과 〈피리 부는 사나이〉 공연은 우리가 독일에 온 이유이기도 하단 말이야."

"어? 카셀에 빛의 쇼도 있대요. 그러지 말고 우리 빛의 쇼를 봐요. 물의 쇼보다 훨씬 멋있을 것 같아요. 네?"

어느 것 하나 포기하지 못하고 동동대고 있는 엄마에게 아이는 갑자기 '빛의 쇼'라는 새로운 카드를 들이민다. 빛의 쇼는 6월부터 9월까지 첫째 토요일 밤에만 열려서 우리의 일정과는 전혀 맞지 않아 꿈도 꿀 수 없다고 설명해주어도 막무가내다.

"왜요? 왜 안 돼요? 난 빛의 쇼가 훨씬 더 멋있을 것 같은데, 우리 빛의 쇼를 봐요. 물의 쇼는 안 봐도 된다고요. 네? 네?"

이건 뭐지? 싶었다. 물의 쇼를 포기하지 못해 머리 아픈 엄마에게 아이는 마치 오랫동안 벼르고 있었다는 듯이 빛의 쇼를 들이밀고 있는 것이 아닌가. 당황스러웠다. 다른 사람과 같이 가는 여행도 아니고 우리끼리 일정을 짜서 다니는 여행인데 안 되는 것이 어디 있느냐고 반문할 때는 대꾸할 말도 못 찾겠다. 그렇게 아이와 한참 동안 실랑이를 하다 나도 모르게 피식 웃음이 나왔다. 불가능한 것을 가지고 생떼를 쓰는 아이의 모습은 조금 전 내 모습과 판박이였던 것이다. 혹 아이는 일부러 이런 행동을 하는 것일까? 나는 그제야 물의 쇼를 단념할 수 있었다.

"결정했어! 물의 쇼도, 빛의 쇼도 이번엔 보지 말자. 빛의 쇼가 보고 싶으면 나중에 네가 커서 날짜 맞춰서 다시 와. 그리고 물의 쇼는 우리가 상상으로 만들어내지 뭐. 카셀에서 온천 수영장을 갈 거니까 거기서 너랑 나랑 물 쇼를 하자. 고마워 지안아! 네 덕분에 깨끗하게 정리가 됐어!"

갑자기 둘 다 포기하면서 시원해하는 엄마의 모습에 아이 역시 황당한 표정을 짓는다. 남편과의 여행이 아닌 것이 천만다행이다. 같은 상황이었다면 남편은 이렇게 쉽게 포기할 것을 뭘 그렇게 몇 날 며칠 동동거렸냐고 얼마나 길게 잔소리를 해댔을까.

한바탕 휘몰아친 복잡한 감정을 털어내고 카셀에 도착한 때는 점심시간을 막 넘긴 화창한 오후였다. 역 바로 앞 시원하게 펼쳐져 있는 도로 위로 알록달록한 전차들이 부지런히 선을 그으며 달리고 있었다. 건물들의 크기도 그렇고 널찍하게 펼쳐져 있는 도로의 크기만으로도 카셀이 제법 큰 도시임을 알 수 있었다.

카셀은 야콥과 빌헬름이 30년 이상 살았던 곳으로, 그들이 처음 이곳에 발을 디딘 것은 1798년, 각각 열세 살과 열두 살 때다. 형제는 슈타이나우에서 유복한 유년 시절을 보내며 독일의 따뜻한 자연을 마음껏 흡수했으나 곧 인생에서 가장 힘든 난관에 부딪치게 된다. 바로 아버지의 죽음이다. 아버지가 세상을 떠난 후 그림 형제 가족은 경제적으로 힘들었으며, 야콥은 장남의 무게를 짊어져야 했다. 이때 가장 큰 도움을 준 사람은 어머니의 언니로, 카셀 공국 왕비의 시녀였던 헨리에트 치머다. 이모는 두 조카를 카셀로 불러들였고, 그림 형제는 카셀에 있는 고등학교에 들어가 학교교육을 받았다. 1802년과 1803년 각각 수석으로 고등학교를 졸업하고 마르부르크대학에 입학하기 전까지 두 형제는 카셀에서 청소년 시절을 보냈다. 그러고는 대학과정을 마친 뒤 다시 카셀로 돌아와 어머니와 나머지 동생들을 불렀는데, 비로소 온 가족이 함께 모여 살 수 있어서였을까?

"카셀에서 살았던 시간은 내 인생에서 가장 행복했던 때였다."

중년에 접어든 야콥이 카셀 시절을 회고하면서 한 말이라고 한다. 더구나 160개 이상의 언어로 번역된 《어린이와 가정을 위한 민담》을 위해 민담들을 수집하고 원고를 쓴 곳도 이곳 카셀이었다고 하니, 두 형제는 인생의 가장 생산적인 시기를 카셀에서 보냈다고 할 수 있겠다.

생산적인 시간까지는 아니지만 욕심을 버리고 마음을 비우니 우리도 이곳에서 한결 편안한 시간을 보낼 수 있었다. 카셀 호텔은 역에서 나오자마자 바로 왼편에 있어 찾기가 쉬웠고 게다가 카셀에 머무는 동안 무제한으로 쓸 수 있는 교통 티켓을 제공해줘서 더할 나위 없이 만족스러웠다. 무엇보다 가장 먼저 찾아간 빌헬름스회에 산상공원山上公園은 우연찮게 가장 높은 곳에 있는 헤라클레스 동상 쪽으로 도착해 우리가 선물처럼 마주한 장면은 카셀의 탁 트인 풍광이었다. 카셀시는 물론 저 멀리 헤센주 북부까지 한눈에 들어왔다.

"전경이 정말 끝내준다. 너무 멋져."

산상공원에서 바라본 카셀.

헤라클레스 동상.

"여기 헤라클레스 동상부터 저 멀리 도시까지 선이 죽 그어져 있어요. 신기해요."

"그러니까. 누가 그려놓은 거지? 자로 대고 그린 듯 정확하게 일직선이다."

"그런데 엄마! 헤라클레스가 누군지 알아요?"

아이가 어느덧 장난기 가득한 얼굴로 엄마를 말똥말똥 쳐다본다. 언제부터인가 기억력이 짧아지는 엄마를 한껏 놀리는 표정으로 가르치려는 아이. 아니나 다를까. 엄마는 헤라클레스가 누구인지 기억 회로를 더듬는다.

"무슨 신이더라? 아주 힘센 신인 것 같은데…."

아이는 그럼 그렇지 하는 표정으로 한껏 의기양양하게 설명하기 시작한다.

"신 아니에요. 나중에 신이 되긴 했지만, 그리스 신화에 나오는 가장 힘센 영웅이에요. 제우스의 아들인데, 얼마나 힘이 센지 질투의 여신 헤라가 죽이려고 독사를 보냈는데, 아기 때 그 독사를 맨손으로 잡았대요."

그러면서 다섯 번도 더 읽은 《그리스 로마 신화》의 헤라클레스 이야기를 생생하게 들려준다. 아이의 이야기를 들으며 머리를 90도로 꺾어 빌헬름스회에 산상공원 가장 위쪽에 세워져 있는 옥타곤을 올려다본다. 비록 옥타곤은 공사 중이라 하얀 장막으로 가려져 있지만 그 위로 솟아 있는 거침없어 보이는 헤라클레스의 위용은 그대로다. 헤센-카셀 공국의 방백 빌헬름 1세가 자신의 권력을 과시하기 위해 만든 동상이라고 했던가. 어느덧 헤라클레스는 카셀의 상징이 되어 옥타곤 중앙 30미터 높이의 석조 피라미드 위에 8.25미터 높이로 우뚝 솟아 있다. 세상에서 가장 힘이 센 영웅이 이렇게 카셀 도심을 한껏 품고 있으니 카셀은 얼마나 든든할까.

카셀의 서쪽 산 전체에 조성되어 있는 이곳 산상공원은 세계에서 두 번째, 유럽에서는 첫 번째로 규모가 큰 산 위의 공원이다. 1689년부터 약 150년에 걸쳐 조성되었다고 하더니 정말이지 우리가 지금까지 가보았던 고만고만한 공원과는 비교가 되지 않는다. 헤라클레스 동상 아래부터 조성되어 있는 계단 형태의 다단식 인공폭포는 길이가 무려 350미터. 평지도 아닌 산을 깎아 만든 것도 놀라운데 구석구석 세워져 있는 그리스 로마 신화 속 장식물은 박물관의 그것인 양 놀랍도록 섬세하고 정교하다. 바위를 깎고 다듬어 만든 인공 구조물인데도 어떻게 이렇게 자연 속에 한 점의 이질감도 없이 스며들듯 어우러질 수 있는 것일까.

물의 쇼는 헤라클레스 동상에서 시작되어 산 아래쪽까지 수려한 장식물과 연못, 동굴을 거치면서 수로를 따라 지그재그로 흘러 내려가며 각종 형태를 만들어낸다고 한다. 그리고 마침내 물줄기가 모이는 마지막 분수 연못에서는 50미터 높이로 분수가 하늘 높이 솟구친다고 하니 얼마나 웅장할까. 직접 와서 말로만 듣던 이 모든 것과 대면하고 보니 물의 쇼를 놓치게 된 아쉬움이 또 다시 일어나려고 한다. 그때였다.

"엄마! 이리 와보세요. 물속에 도마뱀이 살아요."

물속에 도마뱀이? 말도 안 된다고 생각하며 아이 옆으로 가보니 정말 새끼손가락만한 까만 도마뱀이 물속에서 헤엄치고 있다.

"신기하다. 도마뱀이 수영을 하네."

"바다도 아니고 강도 아니고 어떻게 분수대 연못에서 살지?"

그뿐이 아니다. 아이와 함께 정성스레 계단을 밟으며 마지막 연못까지 내려오니 그곳에서는 한 무리의 오리 떼가 우리를 반겨준다. 아니 반기는 정도가 아니라 과자를 던져주는 지안이 뒤를 우르르 쫓아다니며 '먹이를 찾아다니는 쇼'를 선보이니 어느덧 '물의 쇼'에 대한 미련은 흔적도 없이 사라지고 만다.

"다리 아프다며. 앉아서 좀 쉬어."

"괜찮아요. 하나도 안 아파요."

아이는 분명 수로를 따라 꽤 긴 내리막길을 걸어오면서 다리가 아프다고 했다. 그런데 저만 쫓아다니는 오리 떼를 만나니 언제 그랬냐는 듯이 숨바꼭질하기에 바쁘다.

하늘 가까운 곳에서 내려다본 전경도 아름다웠지만 지상에 서서 올려다보는 풍경도 그에 못지않다. 중간중간 공사 구간이 많아 크레인 같은 커다란 기계들이 설치되어 있는 것이 아쉽기는

빌헬름스회에 궁.

했지만 워낙 공원 자체가 거대하다보니 그 기계들마저 레고처럼 앙증맞아 보인다. 가장 높은 곳에서 우리를 내려다보고 있는 헤라클레스도 어느 각도로 보든 듬직하다. 이곳까지 잘 찾아온 너희도 제법 용감하다고 칭찬해주는 듯하다.

헤라클레스의 배웅을 받으며 지금은 미술관으로 사용 중인 빌헬름스회에 궁까지 풀밭을 가로질러 걷는다.

"저 궁에 있는 도서관에서 옛날에 그림 형제 아저씨들이 사서로 일했대. 그때는 책이 귀하고 비쌌던 시절이라 도서관 사서는 그냥 책 정리만 하는 사람이 아니라 상당한 지식인이었나봐. 일종의 문헌학자였다 하더라고."

엄마는 나름 조사한 내용을 열심히 아이에게 전해주려고 했지만 아이에게는 지금 엄마의 말이 귀에 들어오지 않는 듯하다. 그저 오리들과 헤어지는 것이 아쉬워 돌아보고 또 돌아본다. 그러다 풀밭 위에 드러누워 하늘바라기를 하고 있는 언니들을 보며 자기도 하늘을 올려다본다. 내내 푸른 산을 걸었던 탓일까. 하늘을 바라보는 아이의 얼굴이 말갛다 못해 투명하게 보인다.

밤에는 약속대로 우리의 신나는 '물의 쇼'가 펼쳐졌다. 바로 쿠어헤센 온천에서의 일이다.

"너무 따뜻해! 정말 좋아요. 독일에서 온천을 하는 게 너무너무 신기해요."

"더 신기한 것 알려줄까? 여기 목욕탕은 남녀가 같이 들어간대."

"목욕탕을요? 어떻게?"

"다 벗고, 우리나라에서 하는 것처럼 들어가는 거지."

"우리도 갈 거예요?"

"아니, 엄만 자신 없어서 목욕탕은 안 갈 거야. 그냥 이 온천에서 실컷 놀다 가자."

남녀가 목욕을 같이한다는 사실에 눈을 동그랗게 뜨던 아이는 엄마가 자신이 없어서 안 갈 거라는 말에 쿡쿡 웃는다. 그러면서 발끝이 닿지도 않는 온천 수영장 안을 신나게 헤엄치며 다닌다. 그 웃음소리를 들으며 야외 온천탕에서 나 역시 여행 중에 쌓인 피로를 푼다. 독일에 도착한 지 며칠 되지 않았는데, 한편으로는 굉장히 오래된 것 같기도 하다. 몸은 힘들지만 그만큼 맑아지고 환해지는 마음이 따뜻한 물속에서 더 선명하게 느껴진다. 얼마의 시간이 흘렀을까? 우리 옆으로 굉장히 활발해 보이는 젊은 여성이 마이크를 들고 나오더니 독일어로 무언가를 설명하기 시작한다. 우리는 마주 보며 입을 동그랗게 모으고 웃는다. 알아듣지는 못하지만 그녀가 지금부터 무엇을 시작할지는 충분히 짐작이 갔기 때문이다.

"춤을 가르쳐줄 건가봐요."

"그러게. 정말 재미있겠다."

"진짜 물의 쇼를 하게 될 줄이야."

신나는 음악소리에 저마다 따로 온천욕을 하던 사람들이 동그랗게 모여든다. 그러고는 원, 투, 스리, 포! 구령에 맞추어 허우적대며 춤을 추기 시작한다. 물속에서 따라하다 보니 머리 따로 몸 따로 내 몸이 내 의지대로 움직여주지 않지만 그런들 어떠하리. 몸이 가는 대로 손발을 흔들어대는 것 자체가 즐거움이고 유쾌함인 것을. 몸이 가벼운 지안이는 자꾸만 떠내려가서 독일인 할머니와도 엉키고 독일인 할아버지와도 인사를 나눈다. 그러고는 얼른 다시 엄마 옆으로 와 모든 동작을 엄마보다 더 정확하게 따라 한다. 때때로 창피할 정도로 어설픈 엄마의 동작을 온몸으로 만류해가며.

따뜻하고 유쾌한 온천욕을 마치고 숙소로 돌아오는 길, 하늘에는 석양의 붉은빛이 수줍게 깔리고 어둠이 깃들기 시작하는 마을에는 하나 둘 등불이 켜진다. 그 등불 사이로 저 멀리 헤라클레스가 마지막 하늘빛을 끌어모아 힘차게 반짝인다. 낮에 보았던 헤라클레스 동상에서 도심까지 그어진 일직선 위에 우리가 서 있나 보다. 모든 것이 너무나 바르고 너무나 말갛다. 욕심을 비운 마음에 찰랑찰랑 무엇인가 채워지고 있다. 유난히 가벼운 저녁 발걸음이다.

어부와 그의 아내

어느 바닷가 다 쓰러져가는 오막살이집에 어부와 그의 아내가 살고 있었습니다. 어부는 매일 고기를 잡으러 바다에 나갔는데, 이날도 그는 바닷물 속으로 낚싯대를 드리우고 있다가 커다란 가자미 한 마리를 잡았습니다. 가자미는 자신이 진짜 가자미가 아니라 마법에 걸린 왕자라고 말하면서 제발 놓아달라고 부탁했습니다. 어부는 말을 하는 가자미라면 당연히 놓아주어야 하는 것이라며 풀어주었지요.

어부는 집으로 돌아와 아내에게 가자미 이야기를 했습니다. 아내는 소원도 말하지 않고 가자미를 놓아준 남편을 타박하며 어서 가서 가자미에게 아담한 집 한 채를 부탁하라고 다그쳤습니다. 하는 수 없이 남편은 푸르고 노란 빛깔을 띤 바다에 가서 가자미에게 아내의 부탁을 말했습니다. 가자미는 집으로 가보면 바라던 것을 가지게 되었을 것이라고 대답했습니다.

얼마 후 아내는 집이 너무 좁다고 불평을 하기 시작했습니다. 가자미에게 다시 가서 성을 부탁해보라고 재촉하는 것이었죠. 어부가 이 집도 과분하다고 말해도 소용이 없었습니다. 어부는 바닷가로 갔습니다. 바닷물은 자줏빛과 짙은 푸른빛, 잿빛이었으며 속이 잘 보이지 않을 정도로 탁했습니다. 가자미를 만난 어부는 아내가 돌로 지은 커다란 성에서 살고 싶어한다는 말을 전했고, 이번에도 가자미는 소원을 들어주었습니다.

다음 날 아침 이미 성을 가지게 된 아내는 남편이 잠에서 깨어나자마자 성이 아닌 이 나라를 다스리는 왕이 되고 싶다고 억지를 부렸습니다. 남편이 아무리 만류해도 화를 낼 뿐이었지요. 남편은 옳은 일이 아니라고 생각하면서도 어쩔 수 없이 바닷가로 갔습니다. 바다는 잿빛이었고 파도가 일고 있었는데, 물이 뒤집히면서 고약한 냄새가 났습니다. 가자미는 이번에도 어부 아내의 소원을 들어주었습니다.

왕이 된 아내를 만난 어부는 이제 더이상 아무것도 바라지 말자고 다독였습니다. 그러자 아내는 짜증스러운 표정부터 지으며 황제가 되고 싶다고 했습니다. 어부는 아내의 끝없는 욕심을 걱정스러워하면서도 바닷가로 갔습니다. 바다는 완전히 시커멓게 되어 혼탁하고 파도는 미친 듯이 춤을 추고 있었습니다. 어부는 두려움에 떨면서도 가자미에게 아내의 소원을 말했고, 가자미는 그 소원을 들어주었습니다.

이제 어부는 아내가 눈부신 황제가 된 것을 보았습니다. 그러나 아내는 어부를 보자마자 얼간이라고 하며 교황이 되어야겠다고 말했습니다. 어부가 불가능하다고 해도 소용이 없었습니다. 어부는 잔뜩 겁을 집어먹은 채 바다로 갔습니다. 거센 바람이 벌판과 숲을 뒤흔들며 지나갔고 바다 전체가 들끓고 있었습니다. 어부는 공포에 떨면서 가자미에게 아내의 욕심을 전했습니다. 가자미는 이번에도 소원을 들어주었습니다.

어부는 이 세상의 모든 황제와 왕들이 차례로 아내 앞에 무릎을 꿇고 그녀의 발에 입을 맞추고 있는 것을 보았습니다. 어부는 아내에게 제발 이제는 만족해야 한다고 말하며 교황보다 더 위대한 존재는 될 수 없다고 당부했습니다. 아내는 밤새 뒤척이며 현재의 자신보다 더 위대한 존재가 될 수 있는 방법에 골몰했습니다. 이윽고 태양이 떠오르기 시작하자 아내는 자신이 태양과 달을 떠오르게 하고 싶었습니다. 그래서 팔꿈치로 남편의 갈비뼈를 치며 말했지요.

"내 힘으로 태양과 달을 떠오르게 할 수 없다면 난 정말 참을 수 없을 것 같아요. 나는 전능한 신이 되고 싶어요!"

아내의 무시무시한 표정에 남편은 겁에 질려 밖으로 나왔습니다. 밖은 사나운 폭풍이 휘몰아쳐 제대로 걷기도 힘들 정도였습니다. 집들과 나무들이 쓰러지고 거대한 돌들이 바다로 굴러떨어지고 바다에서도 파도가 교회의 첨탑이나 산맥처럼 높이 치솟아 올랐습니다. 가자미를 찾아간 어부는 이번에도 아내의 욕심을 전했습니다. 그러자 가자미는 이렇게 말했습니다.

"집으로 가보세요. 그분은 다시 옛날 그 오막살이집 속에 앉아 있을 겁니다."

카셀Kassel(2)

〈닳아버린 신발〉

“우리가 몰라서는 안 되는 도시”

오늘은 드디어 카셀의 하이라이트라고 할 수 있는 그림 형제 박물관을 방문할 예정이다. 그리고 오후에는 카셀이라는 도시를 이제는 우리 모두가 알아야만 하는 이유가 된 카셀 도큐멘타를 둘러볼 계획이다.

사실 카셀은 독일여행을 준비하기 전까지 나에게는 듣도 보도 못한 도시였다. 메르헨 가도에서 브레멘 다음으로 큰 도시고, 헤센주의 주도主都라고는 하지만 거의 알려지지 않은 도시라고만 생각했다. 그런데 자료를 찾다보니 카셀은 내가 몰라도 되는 도시가 아니었다. 카셀에 있는 그림 형제 박물관은 규모 면에서나 문서의 양·종류 면에서 독일에서 가장 뛰어났고, 5년마다 열리는 카셀 도큐멘타는 현재의 미술계를 이끌 담론을 생산하고 미래의 미술 방향을 제시하는 세계 최대 규모의 현대예술 전시회였다. 정보를 찾아볼수록 '혹시 나만 카셀을 모르고 있었던 것 아니야?' 하는 부끄러움이 든 것도 사실이었다.

"그림 형제 박물관을 또 가요? 독일에는 그림 형제 박물관이 왜 이렇게 많아요?"

그림 형제 박물관으로 가기 위해 전차를 기다리는데 아이가 묻는다. 그림 형제와 관련된 박물관은 슈타이나우와 알스펠트에서 간 것이 전부이면서도 아이는 이미 너무 많은 박물관을 방문했다는 생각이 드나보다.

"그러게. 진짜 많다. 왜 이렇게 많은 걸까?"

"유명해서 그러나?"

"아무래도 그런 것 같지? 〈백설공주〉나 〈헨젤과 그레텔〉은 모르는 애들이 없잖아."

"그럼 여기에도 인형이랑 퍼즐 맞추기가 다 있어요?"

알스펠트 메르헨 하우스에서 그림 동화에 나오는 인형들과 퍼즐을 가지고 놀았던 것이 재미있었나보다.

"글쎄, 가보면 알겠지. 독일에 있는 그림 형제 박물관 중 여기가 가장 크다니까 뭐든 다 있지 않을까? 아저씨들이 이 도시에서

30년이나 살아서 자료가 아주 많은 거래. 그리고 《그림 동화》는 그림 형제 아저씨들이 사람들에게서 들은 옛이야기를 모아서 책으로 만든 것이라고 했잖아. 이곳 카셀에 사는 할머니, 언니 등 여러 사람이 자신들이 어렸을 때부터 듣고 자란 옛날이야기를 그림 형제 아저씨들한테 들려준 거래."

"어떤 언니들인데요?"

아이의 질문에 그림 형제 곁을 스쳐 지나갔던 사람들을 떠올려 본다. 세상에 그 어떤 사람도 혼자서 무언가를 이루기는 정말 힘들다. 재능이 있으면 그 재능을 알아봐주고 격려해주고 키워주는 사람들이 있어야만 빛을 발할 수 있는 법. 그림 형제도 마찬가지였다. 마르부르크대학 시절 사비니와 브렌타노, 아르님이 그림 형제의 재능을 발견하고 이끌어주었다면 카셀에서는 도로테아 피만, 하센플루크 자매, 빌트 가문 사람 등 4, 50명의 이야기꾼이 그림 형제가 재능을 꽃피울 수 있도록 아낌없이 옛날이야기를 들려주었다고 한다. 사람들에게 저마다 타고난 복이 있다면 모르기는 해도 그림 형제는 인복만큼은 타고난 사람들이었던 것 같다.

지나치게 마음이 붕 떠 있었던 탓일까? 우리는 여행 중에 한 번도 하지 않은 실수를 그만 카셀에서 하고 말았다. 전차를 잘못 탄 것이다. 아이와 이런저런 이야기를 하며 전차 안에 앉아 무심코 창밖을 바라보는데, 오후에 가기로 한 카셀 도큐멘타의 핵심이 되는 프리드리히 광장이 보이는 것이었다.

"어? 여기는? 지안아! 내려, 내려. 우리 전차를 잘못 탔나봐."

허둥지둥 내렸더니 엄청난 인파가 거리를 가득 메우고 있다. 도큐멘타 행사를 알리는 플래카드가 여기저기 붙어 있고 광장 한 편에 마련되어 있는 야외 카페에서는 기타소리와 노랫소리가 들리는가 하면 도큐멘타 행사장 지도를 펼쳐든 이들이 오전부터 맥주나 와인을 시켜놓고 머리를 맞대고 있다. 그야말로 축제의 한 복판에 들어선 것이다.

"와! 저게 뭐예요?"

아이는 전차에서 내리자마자 햇살에 비쳐 반짝이는 '책의 파르테논'을 보고 탄성을 지른다.

"저건 파르테논 신전이야. 그리스에 있는 신전을 책으로 만들었대. 근데 지안아! 그럼 형제 박물관은 어느 쪽일까?"

말은 이렇게 하면서도 나 역시 빨려들듯이 아이의 뒤를 따라 '책의 파르테논'으로 향한다. 역대 도큐멘타 작품 중 규모가 가장 크다고 알려진 '책의 파르테논'. 이미 기사를 통해 여러 번 보아온 설치미술이지만 막상 실물을 보니 그야말로 입이 다물어지지 않는다. 아르헨티나 출신의 여성 작가 마르타 미누힌이 카셀 시민들에게 기증받은 금서 10만 권을 모아 꾸며놓은 것이라고 했던가? 아이러니하게도 1931년 나치를 공격하기 위한 연합군의 폭격으로 35만 권의 책이 불타버린 바로 그 장소에 책으로 만든 신

책의 파르테논.

전이 세워져 있다.

“이게 다 책이네. 책으로 신전을 만들다니. 어? 《해리포터》다! 〈빨간 모자〉도 있어요. 엄마!”

금서로 꾸몄다고 해서 《안네의 일기》가 있는 것까지는 이해가 되는데 《해리포터》와 〈빨간 모자〉도 보여 조금 당황스럽다. 누구의 관점에서 보는 금서일까 의문이 들었는데, 나중에 알고 보니 작가의 나라 아르헨티나의 독재정권 시절 금서로 분류된 책들이라고 한다.

우리나라 책도 있는지 찾아보자는 아이를 오후에 다시 올 거니까 그때 찾아보자는 말로 달래어 우리는 다시 그림 형제 박물관으로 발길을 옮긴다. 지도상으로 그리 멀리 있지 않은 것 같아서

그림 형제 박물관.

걷기 시작했는데, 잘못 판단한 것인지 가도 가도 끝이 없다. 덕분에 계획에도 없던 카셀 시청사와 세계 유일의 벽지 박물관이 있는 헤센주립박물관과도 맞닥뜨린다. 길도 잘못 들어서 가던 길을 되돌아오기까지 하며 드디어 뒷문을 통해 야외 정원 카페로 올라가 그림 형제 박물관에 도착한 때는 점심시간이 훌쩍 지난 시간. 배가 고프고 지치기도 했지만 무엇보다 박물관 야외 정원의 경치와 커피향이 너무 좋아 우리는 일단 해먹처럼 생긴 의자에 배낭을 부려놓고 앉기로 한다. 당이 떨어진 엄마는 케이크부터 주문하고 아이는 독일에 와서 푹 빠진 프레첼을 먹으며 휴식을 취하기로 한다. 엄마는 메모를 하고 아이는 음악을 듣는다. 음악을 들으며 공책에 무언가를 적는 아이. 더할 나위 없이 푸른 하늘과 따

그림 형제 박물관 야외 정원.

사로운 햇빛, 그윽한 커피향에 아이의 숨겨져 있던 감성도 폭발한 것일까? 뭘 쓰냐고 묻자 비밀이라며 보여주지 않지만 그래도 엄마는 흐뭇하기만 하다. 그렇게 우리는 한참 동안 그림 형제 박물관 야외 정원에서 충전을 한 뒤 드디어 그림 형제 박물관 입구로 향하다 왠지 낯설다는 느낌을 받았다. 여행 책자에서 이미 보았던 옛날 집을 생각하며 왔는데, 언제 리모델링을 했는지 매우 현대적이고도 세련된 건물이 날렵하게 서 있는 것이 아닌가. 멋있기는 하지만 그들이 우리에게 들려준 투박한 이야기들과는 어쩐지 거리가 먼 것 같아 아쉬운 마음이 든 것도 사실이다.

아무 생각 없이 입구로 들어서려는데 안내인이 우리를 막아선다. 박물관 옆 나무 밑에 임시로 설치되어 있는 소지품 보관함에 가방부터 맡기고 들어오라는 것이다. 도큐멘타에서 선정한 미술관으로 들어가기 전에는 반드시 가방을 임시 보관소에 맡기는 것이 관례인데, 그림 형제 박물관 한편에도 도큐멘타의 작품들이 설치되어 있었던 것이다. 순간 고민이 된다. 그림 형제 박물관만 둘러볼 것인가, 아니면 그림 형제 박물관에 전시되어 있는 도큐멘타의 작품들까지 둘러볼 것인가. 우리는 도큐멘타를 오후 5시부터 8시까지 입장이 가능한 야간권으로 돌아볼 생각이었기 때문에 지금 상태로서는 그림 형제 박물관에 전시되어 있는 도큐멘타의 작품은 관람이 불가능하다.

"여기서 그림 형제와 관련된 전시만 볼까, 아니면 다른 미술 작품도 볼까?"

"미술관은 나중에 간다면서요."

"돈을 더 내면 여기에서도 볼 수 있거든."

"얼마나 더 내는데요?"

"원래 내려고 한 것의 두 배보다 조금 더 많이?"

"그럼 그냥 그림 형제 작품만 봐요. 미술관은 나중에 가고."

아이는 무엇을 생각하는지 계속 고개를 끄덕이며 아주 쿨하게 해결책을 내려준다. 그 말을 들으니 아무리 대단한 전시라고 할지라도 아이와 하루 종일 미술관을 보는 것은 힘들겠다는 처음 판단이 옳은 것 같다. 그리하여 우리는 그림 형제 박물관에서 오롯이 그림 형제에게만 집중하기로 한다.

"여긴 알파벳으로 전시장이 구분되어 있어요. 미로처럼 꾸며놓았어요."

그림 형제 박물관은 외관만 현대적으로 바꾼 줄 알았더니 내부도 흰색을 베이스로 해서 내가 가본 그 어떤 박물관이나 미술관보다도 세련되게 물건들을 배치해놓았다. 알파벳으로 구분되어 있는 전시실을 순서대로 배치해놓지 않아 마치 퍼즐을 풀듯이 전시장을 둘러보는 재미가 있다. 그림 형제가 손으로 쓰고 주석을 단 원고, 1812년에 출판된《어린이와 가정을 위한 민담》원본, 70여 개 언어로 번역된 그림 동화 약 3만 5000권, 그림 형제가 대학에서 학생들을 가르치던 당시의 친필 강의록 등을 찾아볼 수 있다. 최첨단 기술이 동원된 이야기 숲에서는 곳곳에 설치된 스피커에서 동화들이 나오고, 방문객들이 직접 컴퓨터로 릴레이 동화도 쓸 수 있는 것은 물론 서로 다른 곳에 있는 전 세계 사람들이 화면에 나와 그림 동화를 한 토막씩 이어서 들려주기도 한다. 아이는 그중에서도 그림 형제가 문헌학자이고 사전 편찬자임을 알려주려는 듯이 사전 편찬과정이 순차적으로 그려져 있고 그 주위를 알파벳들이 날아다니는 상징적인 그림 앞에 오래도록 서 있다. 한지 같은 얇은 종이에 하얀 형광등이 비추어 더욱더 몽환적인 느낌을 자아내는 그림 형제의 모습은 그들의 동화가 판타지를 기본으로 하는 것임을 알려주는 것만 같다.

"여기 있다! 우리나라 그림 동화책이에요, 엄마!"

그림 형제 박물관 내부.

"어? 이거 엄마가 초등학교 때 봤던, 바로 그 책인데?"

세계 여러 나라의 《그림 동화》들이 한쪽 벽을 장식하고 있었는데, 그중 우리나라 책의 위치가 중앙이라는 것도 기뻤지만 그 책이 내가 읽은 책과 똑같은 표지, 똑같은 출판사 것이라는 사실에 환호했다.

"여기도 너무 좋았어요. 그림 형제 아저씨들은 진짜 멋진 아저씨들인 것 같아요. 집에 가면 《그림 동화》를 다시 한 번 읽어봐야겠어요."

그림 형제 박물관을 나오면서 급기야 아이는 춤을 추며 뛰어다닌다.

그림 형제가 마르부르크대학 시절 고대문학에 처음 눈을 떴다면 평생 이 일을 해야겠다고 마음먹은 것은 카셀에 있었을 때라고 한다. 정확히는 나폴레옹이 침략한 이후다. 그전까지 그림 형제에게 나라는 카셀이 포함된 헤센이 전부였다. 그럴 수밖에 없는 것이 강력한 왕권 아래에 놓여 있던 유럽의 다른 나라들과 달리 독일 사람들은 오랫동안 각각의 영주 밑에서 살아왔다. 스스로를 독일인이라고 생각하기보다는 헤센인, 바이에른인, 작센인, 프로이센인 등으로 생각하면서 말이다. 그러다 프랑스가 침공을 하고 모든 것이 나폴레옹 손에 들어가게 되자 비로소 '독일적'이라는 단어가 수면 위로 떠오르게 되었다. 그림 형제는 잘게 잘게 쪼개지는 나라를 보면서 마음이 편하지 않았다. 사람들에게 우리는 동일한 민족, 동일한 조국, 동일한 언어를 가지고 있는 한줄기라는 사상을 심어주어야겠다고 깨닫게 된 것이다. 그리고 바로 그런 민족적 뿌리의 근원을 민담 수집과 동화에서 찾을 수 있다고 생각한 것이다.

아이는 엄마가 방향을 가르쳐주지 않았는데도 혼자 앞장서서 잘도 뛰어간다. 이제 우리는 다시 도큐멘타의 핵심이 되는 프리드리히 광장으로 향한다. 전차를 어디에서 몇 번을 타야 할지 몰라 또다시 무식하게 걷지만 힘들기는커녕 모든 것이 신기하기만 하다. 그럴 수밖에 없는 것이 이 도시는 지금 축제의 현장이다. 특별한 정보가 없어도 거리 곳곳에서 독특한 미술품을 발견할 수 있다. 건물 하나가 거지들의 거적을 뒤집어쓴 것처럼 보여 다가가보니 그것 또한 전시회장이고, 단은 있는데 동상이 없어 누구라도 동상처럼 단 위에 올라가 사진을 찍을 수 있는 곳도 있다. 그리고 무엇보다 도시 곳곳을 떡갈나무가 수놓고 있는데, 이 또한 도큐멘타의 정신이다. 독일의 정치 시스템에 불만을 품었던 화가 요제프 보이스가 1982년 예술과 정치의 경계를 없애는 작업으로 카셀에 7000그루 나무 심기 프로젝트를 진행한 것을 시작으로 오늘날까지 이어지고 있다고 한다. 이 모든 것을 조용히 품고 있는 곳, 요란하지 않으면서도 독특하고, 감각적이면서도 기품이 넘쳐흐르는 곳이 바로 이곳 카셀이다.

우리는 프리드리히 광장 한쪽에 마련되어 있는 티켓 박스에서 야간권을 구입한 뒤 카셀 중앙역으로 가서 5시가 되기를 기다리기로 했다. 어차피 독일은 밤 10시나 11시가 되어야 해가 지므로 야간권이라고 해도 전혀 문제될 것이 없지만 막상 5시부터 미술관을 들어갈 수 있다고 생각하니 4시 40분, 41분, 42분… 유난히 시간이 더디 흐르는 것 같다.

"근데 여기가 미술관이에요? 미술관이 왜 이렇게 생겼어요?"

아이는 카셀 중앙역에 설치되어 있는 미국 조각가 조너선 보로프스키의 조각 작품 〈하늘을 걷는 사람〉을 올려다보며 열심히 흉내내다가 이윽고 우리가 들어가야 하는 미술관 입구가 컨테이너

카셀 중앙역 지하 폐역사.

인 것을 보고 이상하다는 표정을 짓는다.

“컨테이너를 통해 지하로 내려가면 옛날 기차역이 나오는데, 그곳에 미술가들의 작품을 설치해놓았대.”

“기차역이요? 그럼 기차도 다녀요?”

“아니, 지금은 사용하지 않는 폐쇄된 기차역이라서 기차는 안 다녀.”

미술관으로 변한 기차역이라니 아이도 호기심이 생기나보다. 줄을 서 있으라고 해도 자꾸 시간을 물어보며 앞쪽을 기웃거린다.

낮에 그림 형제 박물관을 나오면서 아이에게 물었다. 시내 여러 곳에 흩어져 있는 미술관 중 어디부터 가장 먼저 가보고 싶냐고. 그랬더니 가장 신기한 곳부터 가보고 싶다고 대답한 아이. 그래서 카셀 시내에 흩어져 있는 35곳의 미술관 중 우리가 가장 먼저 찾아간 곳은 이곳 중앙역 광장 지하에 있는 폐역사다. 이제는 쓸모없어진 공간도 얼마든지 새롭게 탈바꿈할 수 있다는 것을 아이는 어떻게 받아들일까?

드디어 오후 5시. 줄을 서 있던 사람들이 슬금슬금 컨테이너 안으로 사라진다. 아이가 살며시 엄마의 손을 잡는다. 아이의 얼굴을 바라보니 어느새 양 볼이 발그레 상기되어 있다. 낯선 공간으로의 이동은 언제나 이렇게 설렘을 가져다준다. 우리는 안내인이 알려주는 대로 배낭을 앞으로 메고 조심조심 컨테이너 안으로 들어선다. 어둠 속에서 층계를 내려가자 기찻길과 함께 한때는 수많은 사람이 나타났다 사라졌을 낡은 플랫폼이 눈앞에 펼쳐진다. 한쪽 구석 검은 자갈들이 달그락거리는 어두운 기찻길 위에는 여러 대의 텔레비전 불빛이 번쩍인다. 화면으로 재생되고 있는 것은 흑인 학생들이 교사와 다툼을 벌이고 있는 영상 〈월요일〉. 분위기 탓일까? 아니면 예상치 못한 강한 장면들 때문일까? 아이는 한껏 기대하고 들어간 지하 역사 안의 전시 공간을 순식간에 둘러보더니 나에게 다급히 속삭인다.

"여긴 좀 무서운 것 같아요. 다 봤으니까 지금 나가면 안 돼요?"

"이런 곳이 미술관이 될 수 있다니 신기하지 않니? 저긴 뭘까? 우리 가볼까?"

엄마가 흥미를 유발하려고 해도 소용이 없다.

"진짜 나가고 싶어 엄마… 내가 먼저 나갈게요."

입구에서는 분명 지하로 내려왔는데, 출구는 기찻길을 따라가면 그대로 밖으로 통하는 구조로 되어 있다. 철로를 밟으며 열심히 앞으로 나가는 아이의 뒤를 따라간다. 솔직히 말하면 나에게도 썩 감동적인 전시는 아니다. 장소 자체는 훌륭하지만 현대미술에 문외한인 나와 열 살 아이에게는 지나치게 어둡고 강한 메시지를 담고 있는 작품들이다. 카셀 도큐멘타가 우리가 일반적으로 알고 있는 순수미술과는 달리 매우 정치적이라고 하더니 앞으로도 계속 이 분위기면 어쩌지 하는 걱정이 든 것도 사실이다.

아니나 다를까. 그 뒤로 우리가 들어간 곳은 주전시관인 프리데리치아눔 미술관과 도큐멘타 할레, 옛 우체국 건물을 전시관으로 바꾼 노이에노이에 갤러리였는데, 프리데리치아눔 미술관을 제외하고는 전시물을 오랫동안 감상하기가 아이나 나에게는 부담스러웠다. 종일권이나 2일권이 아닌 3시간만 둘러볼 수 있는 야간권 티켓을 산 것이 얼마나 현명한 선택이었는지 스스로가 대견할 정도로. 그래서 숙소에 오자마자 카셀의 도큐멘타에 대해 다시 한 번 찾아보았다. 유명하다고 하여 놓칠 수 없다는 생각에 발을 들여놓았고, 무엇보다 그다지 유명하지도 않은, 평화롭기만 한 인구 20만 명 정도의 이 도시에서 어떻게 전 세계가 주목하는 프로젝트가 시작되었는지에 대한 궁금증도 한몫했다. 하지만 나와 지안이가 받아들이고 이해하기에는 너무나도 무거운 주제였다.

시작은 히틀러와 나치였다. 1937년 뮌헨에서 대규모 퇴폐미술전을 열어 에른스트 루트비히 키르히너, 막스 베크만 같은 대가를 퇴폐예술가로 매도해 그들의 작품 1만 7000점을 강제 소각했다. 이에 1955년 화가이자 카셀대학 교수인 아르놀트 보데는 나치가 왜곡하고 말살한 독일 모더니즘 미술을 재확립하기 위해 독일미술의 기록, 즉 도큐멘타를 복원시켜야 한다는 의미에서 제안한 것이 카셀 도큐멘타다. 더구나 제2차 세계대전 당시 카셀은 항공기와 전차를 생산하는 군수공장이 있었던 탓에 연합군의 엄청난 폭격으로 모든 것이 파괴되었다. 그래서 도큐멘타를 통해 카셀에 새로운 생명력과 힘을 불어넣고 싶었던 것으로 보인다.

다른 미술계 행사와는 출발점부터 다른 만큼 카셀 도큐멘타는 자연스럽게 주제와 작가들의 작업이 사회와 정치에 맞닿아 있다. 2017년의 주제는 '아테네에서 배우기Learning from Athens'. 유럽 문명의 고향이자 현재 지구촌 경제 위기의 단면이 드러난 곳인 그리스에서 미술의 과제와 역할을 고민해보자는 뜻에서 카셀에 앞서 아테네에서 먼저 개막했다고 한다. 그러니 우산에 그려진 고흐의 〈별이 빛나는 밤에〉에 열광하고 수첩에 그려진 모네의 〈수련〉을 좋아하는 나에게는 실로 부담스러운 전시회일 수밖에 없는 것이다.

"그래도 신기한 게 많아서 좋았어요."

아이에게 오늘 본 작품 중에서 무엇이 가장 기억에 남느냐고

물었더니 프리데리치아눔 미술관에서 들어가자마자 본 네온을 이용한 '라이트 아트'를 떠올린다. 수천 개의 빛의 조각이 우리 몸을 나누어 비추어 우리 자신도 예술 속에 흡수되게 만들었던 작품이다. 그 속에서 열심히 발을 들어 올리며 숨은 그림 찾기를 만들어보겠다고 사진을 찍었던 아이이다.

"그리고 우리나라 아줌마의 작품이 있는 것도 신기했어요. 그런데 보따리가 어떻게 미술 작품이에요? 그냥 싸면 되는 거 아닌가? 나도 보따리는 쌀 수 있는데…."

한국 작가 김수자가 유랑자로서의 삶을 은유한 작품 〈보따리〉가 아이에게는 이상하면서도 뿌듯했나보다. 그 밖에도 우리는 폭격으로 사라진 팔레스타인의 418개 마을을 기억하자며 이들의 이름을 적은 텐트에도 한 표를 주었고, 야외에 설치되어 있던 이라크 쿠르드족 출신의 작가가 그리스에서 자신이 난민 시절 살았던 콘크리트관을 차곡차곡 쌓아 올린 작품에도 한 표를 주었다. 하나같이 정치적 탄압, 변방, 여성, 난민, 빈자를 대변하는 저항의 작품들이다.

"엄마! 솔직하게 말해도 돼요?"

"당연하지. 무슨 이야기인데?"

"솔직히 말하면, 난 미술관보다 그 언니들과 오빠들 있잖아요. 광장에서 우리 앞에서 계속 춤추던 그 언니들과 오빠들이 제일 멋졌어요."

예전부터 느낀 것이지만 아이에게 가장 중요한 것은 현재다. 더구나 역사를 모르는 열 살이니, 당연히 과거를 재생시키는 데 그 어떤 의미도 부여할 수 없을 것이다. 아이는 어렵고 무거운 과거보다는 쉽고 가벼운 현재가 좋다. 넓은 광장에서 쉴 새 없이 관절을 꺾어가며 구경꾼들에게 흥미로움을 선사하는, 지금 이 순간을 즐기는 거리의 춤추는 젊은이들이 가장 멋있어 보이는 것은 당연하다. 부모가 아무리 대단한 것을 보여주려고 해도 같은 시간, 같은 공간에서 아이는 자신이 보고 싶은 것을 자신의 방식대로 받아들인다. 다소 맥이 빠지기는 하지만 그래도 무엇이든 보긴 보았구나 하고 위로를 삼으려는 순간, 아이의 마지막 대사에 엄마의 이성은 그만 바람 빠진 풍선처럼 흐물흐물해진다.

"와! 드디어 완성했다! 오늘 하루 너무 힘들었네!"

"뭘 완성했는데?"

"내가 오늘 하루 종일 하빈이 언니랑 춤출 안무를 짰거든요. 드디어 지금 막 다 완성했어요. 보여드릴까요?"

독일, 카셀, 그림 형제의 도시, 도큐멘타의 도시에 와서 눈에 담고 마음에 담을 것 투성이인 이곳에서 그래, 넌 하루 종일 걸그룹 노래에 맞추어 사촌 언니와 춤출 안무를 짠 것이로구나. 그래서 그렇게 음악을 듣고 무언가를 적고 몸을 흔들어댔던 것이로구나.

"…."

"볼래요? 엄마! 엄마?"

"…."

"이불은 왜 뒤집어쓰는 건데요? 왜? 안 볼 거예요? 잘 거야? 엄마? 엄마!"

아! 정말 이러다 몸속에 사리가 생기는 것은 아닌지 모르겠다. 부모 몰래 밤마다 왕궁을 빠져나가 밤새 춤추다 새벽녘에 돌아온 〈닳아버린 신발〉의 열두 공주도 아니면서 하루 종일 춤출 생각만 하다니, 도대체 넌 누구니? 한숨이 절로 나오는 이 상황에서 제발 이지 더는 엄마를 건드리지 말아라, 아가야.

닳아버린 신발

열두 명의 공주를 둔 왕이 있었습니다. 공주들은 큰 방에 침대를 나란히 놓고 함께 잠을 잤습니다. 왕은 밤마다 공주들의 방을 자물쇠로 잠갔지만 아침이 되면 공주들은 춤을 얼마나 추었는지 신발이 다 닳아 있었습니다. 영문을 알 수 없었던 왕은 누구든 공주들이 어디에서 춤을 추는지 알아내면 사위로 삼겠다고 선언했습니다. 단, 사흘 동안 아무것도 알아내지 못하면 목숨을 내놓아야 한다고 했지요. 왕자를 비롯해 여러 사람이 도전했습니다. 하지만 다들 아까운 목숨만 잃고 말았습니다.

마침 그때 전쟁에서 부상을 당해 더이상 군대에 있지 못하게 된 가난한 병사가 왕이 사는 도시로 가고 있었습니다. 그는 가는 길에 한 노파를 만났는데, 노파가 어디로 가느냐고 묻자 농담처럼 이렇게 말했습니다.

"뭐, 특별히 정해진 곳은 없습니다. 그냥 공주들이 어디서 그렇게 신발이 닳도록 춤을 추는지나 한번 알아보러 갈까요? 그것만 알아내면 왕이 될 수도 있으니까요."

그러자 노파는 병사에게 공주들이 주는 술을 마시지 말고 자는 척하라고 알려주며 투명 망토도 주었습니다.

뜻밖의 도움을 받게 된 병사는 용기를 내어 왕에게 갔습니다. 그러고는 밤이 되자 노파가 알려준 대로 공주들이 주는 술을 마시지 않고 잠이 든 척 코를 골았습니다. 공주들은 그의 코 고는 소리를 듣고 웃음을 터뜨렸습니다. 큰 공주가 말했습니다.

"저 사람은 목숨이 별로 아깝지 않은가봐."

그러고는 모두 자리에서 일어나 멋진 옷을 꺼내 몸단장을 했습니다. 큰 공주가 자기 침대를 툭툭 치자 침대가 순식간에 바닥으로 꺼지면서 입구가 나타났습니다. 공주들은 차례대로 그곳으로 내려갔고, 병사도 투명 망토를 걸치고 맨 마지막으로 내려간 막내 공주의 뒤를 따랐습니다. 계단을 반쯤 내려갔을 때 병사는 그만 막내 공주의 치맛자락을 살짝 밟고 말았습니다. 공주가 화들짝 놀라 비명을 지르자 큰 공주는 오히려 막내 공주를 나무랐습니다. 계속 내려가 바닥에 도착해보니 은으로 된 잎사귀들이 휘황찬란하게 빛나는 나무들이 늘어선 멋진 길이 나타났습니다. 병사가 증거품으로 나뭇가지를 꺾자 막내 공주는 또다시 깜짝 놀랐습니다. 하지만 이번에도 큰 공주가 안심을 시켰습니다. 병사는 계속해서 다른 길이 나올 때마다 가지를 꺾었고 그때마다 막내 공주는 벌벌 떨었습니다.

드디어 커다란 호숫가에 다다랐습니다. 호숫가에는 열두 척의 배가 공주들을 기다리고 있었고 배마다 멋진 왕자가 한 명씩 타고 있었습니다. 왕자들은 공주를 한 명씩 자기 배에 태워 호수 건너편에 있는 성으로 데려갔는데, 막내 공주가 탄 배의 왕자는 오늘따라 배가 훨씬 무겁다며 고개를 갸우뚱거렸습니다.

성에 도착한 공주들은 왕자들과 함께 밤새 춤을 추었습니다. 남들 눈에 보이지 않는 병사는 혼자 춤을 추면서 공주들이 술을 마시려고 술잔을 잡으면 얼른 그것을 비워버렸습니다. 막내 공주가 이번에도 깜짝 놀랐지만 역시 큰 공주가 위로해주었습니다.

새벽 3시가 되자 이제는 신발이 닳아 더이상 춤을 출 수가 없게 되었습니다. 공주들은 올 때와 같은 방법으로 자신들의 방으로 돌아왔습니다. 물론 병사는 앞질러 먼저 방으로 돌아와 코를 골며 자는 척을 했지요. 다음 날도, 그다음 날도 같은 일이 되풀이되었고, 마지막 날 밤에 병사는 증거품으로 술병을 하나 들고 왔습니다.

이제 왕에게 대답을 해야 할 시간이 되었습니다. 병사는 왕에게 세 개의 나뭇가지와 성에서 가져온 술병을 보여주었습니다. 그리고 공주들이 열두 왕자와 지하 궁전에서 밤새 춤을 추었다는 이야기를 했습니다. 공주들은 병사가 내놓은 증거물 앞에서 더이상 거짓말을 할 수 없었습니다. 병사는 열두 공주 중 첫째 공주를 택했습니다. 결혼식은 바로 그날 치르게 되었고 왕은 병사에게 자기 뒤를 이을 후계자로 삼겠다고 약속했습니다. 한편, 지하 궁전의 왕자들은 공주들과 어울린 밤만큼 더 저주에 갇혀 있게 되었습니다.

〈백설공주〉

"백설공주 아닌 계모, 왕자 아닌 일곱 난쟁이"

내 생애에 영화 포스터를 보고 한참 동안 멍하니 있었던 적은 이 영화가 유일무이하지 않을까? 2012년판 〈백설공주〉. 분명 프리티 우먼인 '줄리아 로버츠'가 출연한다고 했는데, 포스터 중앙에 빨간 사과를 들고 있는 주인공은 줄리아 로버츠가 아니다. 그렇다. 이제 그녀는 더이상 하얀 리무진을 탄 왕자님이 꽃다발을 안겨주고 키스를 퍼붓는 공주가 아닌 것이다. 가운데 자리를 잃어버린 예쁘고 어린 백설공주의 아름다움을 향한 동경과 질투심으로 치를 떠는 계모 역할이 그녀의 몫이다. 영화를 보고 싶다는 의욕을 상실한 것은 바로 그 때문이다. 〈노팅힐〉 〈내 남자 친구의 결혼식〉의 우아하고도 상큼한 이미지의 그녀를 기억하고 싶은 나는 그리하여 현대판 〈백설공주〉는 보지 않기로 한다. 그리고 어쩌면 〈백설공주〉의 마을인 '바트빌둥겐'에도 가지 않아야 했던 것인지도 모른다.

헉헉헉. 가쁜 숨을 내쉬며 어리둥절해하는 지안이에게 나 역시 숨을 몰아쉬며 간신히 한마디 한다.

"어떡하지? 기차가, 기차가 떠나버렸어."

규모가 상당히 큰 편에 속하는 카셀 빌헬름스회에역. 우리가 죽자 살자 뛰어 내려간 7번 플랫폼에는 당당히 서 있어야 할 기차는 보이지 않고 이미 주먹만한 크기로 작아져가는 기차의 꼬리만 보일 뿐이다. 오늘따라 우리는 왜 기차표를 기계에서 사보겠다고 그 앞에서 한참을 서성였을까. 더구나 헷갈릴 것이 따로 있지, 7번 플랫폼을 되뇌면서 왜 5번 플랫폼까지 간 것인지.

"그럼 어떻게 해요? 백설공주 마을은 이제 못 가요?"

"기차표를 샀으니까, 아마도 1시간 후에 오는 다음 기차를 탈 수는 있을 거야. 문제는 우리가 오늘은 하멜른으로 이동해야 하기 때문에 바트빌둥겐에 가도 둘러볼 시간이 1시간밖에 없다는 거지. 어떡하지? 이럴 땐 가야 할까, 말아야 할까?"

아이와 나는 동시에 내 손에 쥐어져 있는 기차표를 내려다본다.

프리드리히슈타인 성.

우리가 바트빌둥겐에 가야 할 이유는 넘치도록 많았다. 먼저 바트빌둥겐은 메르헨 가도에서 〈백설공주〉 마을로 알려져 있다. 인구 1만 7500명 정도의 작은 도시지만 그림처럼 아름다운 휴양지로 예로부터 질 좋은 온천물이 나오는 곳으로도 유명하다. 그런데 이곳이 어떻게 해서 백설공주 마을이 된 것일까? 놀랍게도 옛날 옛날에 이 마을에 실제로 백설공주의 모델이 되는 인물이 살았다고 한다. 백설공주 이야기가 터무니없이 지어진 동화가 아니라 근거가 있는 이야기라는 것이다.

때는 1200년경으로 거슬러 올라간다. 바트빌둥겐 언덕 높은 곳에는 프리드리히슈타인 성이 있는데, 그곳의 성주이자 그 일대를 다스리던 폰 발데크 백작에게는 아름다운 딸 마르가레타 폰 발데크가 있었다. 어찌나 아름다운지 이웃 나라에 알려질 정도로 그 미모가 대단했다고 한다. 그런데 아내를 잃은 백작이 아름다운 여인과 재혼을 하게 되고 마르가레타는 십대가 되어 브뤼셀로 보내진다. 마르가레타의 등장에 브뤼셀의 사교계는 발칵 뒤집히고, 심지어 국왕 펠리페 2세는 청혼까지 하는데 마르가레타는 스물한 살 때 그만 의문의 독살을 당하고 만다. 그녀의 죽음에 대해서는 더이상 알려진 바가 없다고 한다. 마르가레타의 미모를 샘낸 계모가 독살했을지도 모른다는 추측만 난무할 뿐.

여기에 일곱 난쟁이라는 설정이 더해지는데, 이 또한 신비로움을 위해 꾸며낸 캐릭터들이 아니다. 온천이 발견되기 전 바트빌둥겐은 철과 구리 광산이 있는 탄광촌이었다. 그리고 16세기 당시 독일의 탄광촌에는 난쟁이처럼 작은 어린이들이 갱도에 들어가 일을 하는, 아동노동 착취가 공공연히 벌어졌다는 이야기가 남아 있다. 그런 아이들이 난쟁이로 보였거나, 아니면 원래는 어른이지만 탄광촌에서 일하다보니 빛을 볼 수 없어 키가 크지 않아 난쟁이로 여겨진 사람들이 이 지역에 살았다는 것이다. 어디서부터가 진실이고 어디까지가 허구인지는 모르겠지만 아무튼 바트빌둥겐에는 마르가레타가 살았던 프리드리히슈타인 성이 있고 당시 탄광의 광부가 실제로 일곱 명의 아이를 데리고 살았다는 '백설공주의 집'이 있다고 하니, 메르헨 가도를 걷는 우리로서는 욕심을 내지 않을 수 없었다.

"기억나? 너 어렸을 때, 한참 공주를 꿈꿨을 때 제일 좋아한 공주가 백설공주였던 거. 그때 백설공주가 왜 가장 좋았어?"

"예쁘잖아요. 다른 공주는 왠지 낯선데, 백설공주는 이야기도 다 알고, 제일 예뻐서 좋았어요."

"지금도 여전히 백설공주가 제일 예뻐?

"아니요. 지금은 잠자는 숲속의 공주. 까만 머리보다 금발 머리가 더 좋더라고요."

아이는 이미 어린 시절의 마음이 아니다. 하지만 40분 뒤 우리는 다시 바트빌둥겐으로 향하는 기차 안에 조심스럽게 앉았다. 아이에게 가장 좋아했던 유치원 시절의 롤모델을 만나게 해주기 위한 엄마의 깊은 배려라고 하면 거짓말이고 실상은 이랬다. 이미 기차표를 샀지만 기차를 놓친 나는 환불해달라는 요청을 하기에는 용기가 없었고, 백설공주 마을을 포기하기에는 욕심이 많았던 것이다. 그래서 1시간만 머물게 되더라도 기어이 가보기로 한 것이다.

"그런데, 엄마! 백설공주 마을엔 뭐가 있어요?"

"백설공주가 살았다는 성이 있고, 일곱 난쟁이의 집이 있대."

정말이지 바트빌둥겐에 대한 나의 지식은 그 두 가지가 전부였다. 아무리 인터넷으로 검색해보아도 바트빌둥겐에 대한 정보는

커녕 바트빌둥겐을 방문한 사람들도 찾아볼 수 없었다. 백설공주가 살았다는 프리드리히슈타인 성이 있지만 그곳을 어떻게 가야 하는지 알 수 없었고, 일곱 난쟁이의 집이 있다고는 하지만 그곳이 어디쯤인지도 몰랐다. 그래서 나름대로 추측만 해볼 뿐이었다. 유명한 마을이 아니니 분명 작을 테고, 그래도 관광안내소는 있을 테니 그곳에 가서 물어보면 무엇이든 알 수 있겠거니 하고.

기차에서 내려 버스로 갈아타고 다시 30분 정도를 가니 드디어 바트빌둥겐역이다. 백설공주가 실존 인물임을 알려보겠다는 그럴듯한 사명감으로 기어이 이곳까지 찾아온 스스로를 대견해하며 우리는 맑은 공기부터 마셔본다.

"여긴 굉장히 조용하다. 무척 한적한 동네인가봐."

"마을이 저 위에 있나봐요. 저기 예쁜 집들이 보여요."

나는 왜 바트빌둥겐역에 도착하면 마을이 코앞에 펼쳐져 있을 것이라고 생각했을까? 더구나 도착하고 나서야 바트빌둥겐이 다른 도시보다 높은 지대에 있다는 설명이 기억났으니, 순간 스스로가 얼마나 한심하게 느껴졌는지 모른다. 아이가 가리킨 언덕 위에는 마을로 추정되는 집들이 올망졸망 모여 있다. 하지만 이곳에서 우리에게 허락된 시간은 고작 1시간. 그 시간 동안 저 언덕 위의 마을까지 갔다 올 수 있을까. 대략 난감하다.

"사람들한테 물어봐요. 다들 친절하니까 알려줄 거예요."

엄마가 당황하고 있다는 것을 눈치챘는지 아이가 조심스럽게 제안한다. 결국 나는 빠른 걸음으로 역 앞에 있는 쇼핑센터로 향한다. 그러고는 무작정 카트를 끌고 나오는 마을 주민을 붙잡고 독일어로 백설공주 성과 난쟁이 집이라고 적은 쪽지를 보여준다. 하지만 그녀는 고개를 절레절레 흔들며 지나가는 다른 사람에게 물어본다. 아주머니가 아저씨에게 물어보고, 아저씨가 다른 아저씨에게 물어보고, 그 아저씨가 또 다른 할머니에게 물어본다. 하지만 모두 고개를 흔든다. 백설공주 성도, 난쟁이 집도 꽤 먼 곳이어서 차가 없으면 갈 수 없다는 것이다. 대중교통편도 알려주지 않고 그저 못 간다는 말만 되풀이한다. 누가 태워다주기를 바란 것은 아니지만 기운이 쑥 빠진다. 그럼 어쩐다? 이제 우리에게 남은 시간은 겨우 40분이다.

"일단 저 마을에 가봐요, 엄마."

아이는 다시 성냥갑처럼 집들이 쌓여 있는 언덕을 가리킨다. 그래, 이대로 역 앞에서 남은 40분을 그냥 흘려보낼 수는 없다. 저 언덕에 가면 그래도 뭔가 있지 않을까? 그래서 언덕을 향해 발걸음을 재촉하는데 이런, 이번에는 마을로 올라가는 길을 찾지 못하겠다. 지나가는 사람이라도 있으면 속 시원하게 물어보련만, 토요일 오전이라 그런지 행인들도 보이지 않는다. 하는 수 없이 이 길 저 길 기웃거려보다가 어느 집 정원 같은 사잇길을 통해 언덕 위에 올라섰다. 그랬더니 저 너머 건너편 언덕에 책에서 본 백설공주의 성, 프리드리히슈타인 성이 보인다.

"저기 보여? 저게 백설공주가 살았다는 성이야!"

"정말요? 그럼 우리 갈 수 있어요?"

"아니, 그게 그러니까 말이지…."

기쁨의 순간은 그야말로 찰나다. 간신히 언덕까지 올라왔지만 프리드리히슈타인 성은 저 너머 다른 언덕 위에 서 있다. 시간이 있다 해도 이건 뭐 등산을 해야 할 형국이다. 마을 어딘가에 관광안내소라도 있나 물어보고 싶지만 우리가 물어볼까봐 다들 숨은 것인지 거리에는 개미 한 마리도 보이지 않는다. 역에서 보았던 예쁜 탑이라도 가까이에서 보고 싶었는데, 그 탑마저 어디에 있는지 방향 감각마저 잃어버렸다.

"어쩌지? 우리 이제 기차역으로 돌아가야 해."

한숨이 절로 나오는 말이다.

"벌써요? 아무것도 안 했는데?"

"그러게, 아무것도 안 했는데."

"와. 너무하다."

"그러게 진짜 너무하다. 뭔가 아침부터 되게 분주했는데, 결국엔 아무것도 안 한 꼴이 되어버렸어. 그런데 지안아! 살다보면 이런 날도 있는 거야."

우리는 이렇게 1시간도 넘게 걸려 바트빌둥겐까지 와서 아무것도 보지 못하고, 아무것도 알아내지 못했다. 하지만 정말로 그것이 다였다면, 그것으로 정말 오늘 하루가 끝났다면 너무나도 슬프고 허무한 하루가 되지 않았을까? 다행히, 정말 다행히 바트빌둥겐에 도착하기 전 우리는 아담을 만났다.

카셀 빌헬름스회에역에서 바트빌둥겐역까지 한 번에 가는 기차를 놓친 우리가 40분 뒤에 탄 기차는 중간에 볼큰역에서 버스로 갈아타야 했다. 그런데 볼큰역은 너무나도 작은 시골역이어서 들판과 나무만 있을 뿐 아무것도 없었다. 어느 쪽에서 버스를 타야 할지도 전혀 감이 오지 않는 그런 장소였다. 그때 버스 정류장으로 추정되는 의자에 한 청년이 앉아 있었고 그가 바로 아담이었다.

"저기요. 우리는 바트빌둥겐에 가고 싶은데, 여기에서 버스를 타는 것이 맞나요?"

"네, 맞아요. 여기에서 410번 버스를 타면 됩니다."

무뚝뚝해 보이는 겉모습과 달리 그는 아주 친절하게 대답해주었다. 사실 아담에게 말을 걸기 전까지 부끄럽지만 나는 고민을 했다. 독일은 제2차 세계대전 이후 고도의 경제화 정책으로 노동력이 부족해지자 적극적으로 이민자들을 받아들였다. 그리고 21세기에도 유럽에서 중동과 아프리카 난민 문제가 심각해지자 적극적으로 난민을 수용하는 정책을 펼쳤다. 그 결과 독일에는 현재 그 어떤 나라보다 아랍인과 흑인이 많다. 솔직히 말하면 내가 상상했던 것을 훌쩍 뛰어넘을 만큼 난민이 많아 당황스러울 정도다. 그런 그들에게 말을 거는 것은 쉽지 않았다. 길을 물어보아도 이 나라 사람이 아니니 모를 것이라는 편견도 한몫했지만 솔직히 말하면 그냥 그들에게 말을 걸기가 부담스러웠다. 하지만 바트빌둥겐으로 가는 길, 길에서 만난 유일한 사람은 검은색 피부의 아담, 단 한 사람이었기에 나에게는 선택의 여지가 없었다.

"여행 중인가요? 어느 나라에서 왔어요?"

"대한민국이요. 여행 중이세요?"

"아니요. 저는 여기에서 살아요. 저는 자부티에서 왔어요."

자부티를 처음 들어보았다고 하자 그는 휴대전화를 꺼내 아프리카 지도를 검색한 뒤 자기 나라를 가리켰다. 에티오피아와 소말리아 사이에 내가 처음 들어본 나라가, 지금 대화를 나누고 있는 사람의 나라가 있었다. 자신의 이름을 아담이라고 밝힌 그 친구는 내가 대한민국 사람이라고 하자 북한과 남한에 대해 상당한 관심을 보였다. 남한은 어떤 곳인지, 북한은 어떤 곳인지를 구체적으로 물었다.

"남한은 아주 예쁘고 바쁘고 정신이 없는 거대한 나라예요. 아마 당신이 보면 사람들이 많아서 깜짝 놀랄 거예요. 그리고 북한은 어떤 곳이냐 하면은요, 그러니까, 뭐라고 해야 하지? 실은요, 북한에 가본 적이 없어서 잘 모르겠어요."

아담은 깜짝 놀란 표정을 지으며 왜 북한에 가보지 않았냐고 물었다. 갈 수가 없다고 하니, 또 왜 갈 수가 없느냐고 물었다. 그 질문에 내 동공이 몹시도 흔들렸으리라. 나는 지금까지 살면서 단 한 번도 북한에 왜 갈 수 없는지 생각해본 적이 없다. 13시간 가까이 비행기를 타고 독일에 와서 아무런 정보도 없는 바트빌둥겐을 가려고 이렇게 안간힘을 쓰면서, 비행기도 아닌 차로도 갈 수 있어야 할 북한은 언제쯤 가볼 수 있을지조차 헤아려본 적이 없다.

"가족은 어디에 있어요? 같이 독일에 온 건가요?"

"아니요. 가족은 자부티에 있어요. 나만 혼자 일하러 온 거예요."

"언제 왔는데요?"라는 나의 질문에 그가 대뜸 "hard"라고 대답했다. 어렵다니, 무엇이 어렵다는 것일까. 그는 아마도 '언제 왔느냐'는 나의 질문을 '왜 왔느냐'는 질문으로 잘못 이해한 것 같았다. '왜 왔느냐'는 질문에 'hard'라고 대답한 아담. 그는 어떤 의미를 전하고 싶었던 것일까. 독일까지 왜 왔는지 설명하기 어렵다는 말인지, 아니면 자부티에서 사는 것이 어려워 독일로 왔다는 것인지 모르겠다. 그의 수줍은 자기 고백 같은 대답에 나는 가슴이 먹먹해지고 그의 눈가는 촉촉하게 젖어갔다. 그렇게 우리는 잠시 가만히 앉아 있었다. 그리고 그런 우리 앞으로 버스가 도착했다. 아담은 나와 지안이에게 먼저 타라고 양보하고 우리 바로 뒷좌석에 앉았다.

얼마의 시간이 흘렀을까. 넓은 초원을 굽이굽이 돌아 작은 마을을 찾아다니는 버스 안에서 그가 다시 나에게 말을 걸었다. 차의 소음에 나지막한 그의 목소리가 잘 들리지 않는다. 몇 번을 다시 물어보았는데도 그가 한 말의 의미가 나에게 전달되지 않았다. 그가 이 마을에 사흘 정도 더 머문다는 이야기만 간신히 알아들었을 뿐이다. 내가 계속해서 못 알아듣고 미안해하는 표정을 짓자 신경쓰지 말라는 말을 남기고 마지막 인사와 함께 버스에서 내리는 아담. 분명 나보다도 훨씬 키가 큰 건장한 청년인데, 버스에서 내려 도로를 가로질러 가는 그의 등은 왜 그리도 작아 보이는 것인지. 생전 처음 들어본 나라에서 온 그의 뒷모습이 어쩐지 짠해 나는 자꾸만 자꾸만 뒤를 돌아보았다.

그는 어쩌면 '꿈' 또는 '희망'을 가지고 백설공주를 꿈꾸는 일곱 난쟁이일지도 모르겠다. 막연하게 우리와는 달리 힘든 생활을 할 것이라고 추측되는 아프리카의 작은 나라에서 꿈과 희망을 좇아 독일로 건너왔지만 결코 녹록지 않은 생활 속에서 좌절했다가 꿈을 꾸고 또다시 좌절하고 꿈꾸는 삶을 반복하고 있는 것은 아닐까. 아무리 다가가려고 해도 백설공주에게 일곱 난쟁이는 일곱 난쟁이일 뿐이다. 왕자일 수 없다. 그것을 자각하며 부서지고 깨지는 현실은 또 얼마나 서글픈 것인지….

돌아오는 기차 안. 아무것도 하지 못했다는 아이는 그래도 멀리서나마 백설공주의 성을 보았다는 사실에 콧노래를 부른다. 올 때는 버스로 갈아타야 했지만 돌아갈 때는 기차로 한 번에 간다는 사실에도 기뻐한다. 아직은 뭘 해도 핑크빛이고 세상이 자기중심으로 돌아간다고 믿는 나이다. 하지만 아이도 곧 알게 될 것이다. 우리는 처음부터 주인공이 아닐 수도 있고, 주인공이었다가 옆으로 비켜날 수도 있으며, 죽을 때까지 주인공을 동경하다 잊히는 존재일 수도 있다. 하지만 바로 그런 이유로 2012년판 〈백설공주〉 영화가 탄생했고, 우리나라에서도 연극 〈백설공주를 사랑한 난장이〉가 제작되어 사랑을 받은 것이 아닐까. 그러니 슬퍼하지도 좌절하지도 말고 네 나름의 삶을 마음껏 즐겨라. 그것만이 우리가 스스로 빛을 낼 수 있는 유일한 방법이다.

백설공주

먼 옛날 어느 한겨울, 하늘에서 눈송이가 깃털처럼 흩날리던 날이었습니다. 왕비가 창가에 앉아 바느질을 하면서 창밖을 내다보느라 그만 바늘에 손가락을 찔리고 말았습니다. 왕비는 창틀에 쌓인 새하얀 눈 위에 떨어진 붉은 피를 보며 생각했지요.

'눈처럼 희고 피처럼 붉고 숯처럼 검은 아이가 있었으면!'

얼마 후 왕비는 딸을 낳았는데, 아기는 눈처럼 하얀 살결과 피처럼 붉은 입술과 숯처럼 검은 머리카락을 지니고 있었습니다. 그래서 아기를 백설공주라고 불렀습니다.

아기가 태어난 지 얼마 뒤 왕비는 세상을 떠났고 1년이 지난 후 왕은 다른 여자와 결혼했습니다. 그 여자는 아름다웠지만 거만해서 자기보다 아름다운 여자는 눈 뜨고 보지 못하는 성미였습니다. 여자에게는 마법의 거울이 있어서 때때로 거울에 자기 얼굴을 비추면서 이렇게 물었습니다.

"거울아, 거울아, 이 나라에서 누가 제일 예쁘니?"

그때마다 거울은 왕비가 예쁘다고 대답했습니다. 그런데 백설공주가 일곱 살이 되던 해 거울의 대답이 달라졌습니다. 왕비도 보기 드문 미인이지만 백설공주가 그보다 천배는 더 예쁘다고 대답한 것이지요. 왕비는 질투심으로 얼굴이 새파래졌고 급기야 사냥꾼에게 백설공주를 숲으로 데려가 해치우라는 명령을 내렸습니다. 하지만 사냥꾼은 가엾은 백설공주를 놓아주었습니다.

백설공주는 숲속을 헤매다 다행히 작은 오두막을 발견했습니다. 오두막 안은 모든 것이 조그맣고 믿기 어려울 만큼 깨끗하게 정돈되어 있었습니다. 식탁에는 하얀 보자기가 깔려 있었고, 그 위에는 일곱 개의 작은 그릇과 작은 숟가락, 포크, 나이프, 일곱 개의 작은 컵도 있었습니다. 작은 침대 또한 일곱 개가 가지런히 놓여 있었고 그 위에는 새하얀 요가 깔려 있었습니다. 너무나도 피곤했던 백설공주는 그릇에서 조금씩 음식을 덜어먹고 일곱 번째 침대에서 그만 잠이 들고 말았습니다.

날이 어두워지자 일곱 명의 난쟁이가 오두막으로 돌아왔습니다. 난쟁이들은 집이 흐트러져 있는 것을 보고 깜짝 놀랐습니다. 저마다 내 의자를, 내 그릇을, 내 빵을 누가 손댔다고 소리쳤습니다. 그러다 일곱째 난쟁이가 자기 침대에 잠들어 있는 백설공주를 보았습니다. 난쟁이들은 백설공주의 아름다운 모습에 반해 백설공주를 깨울 생각도 하지 못했습니다. 일곱째 난쟁이는 친구들의 침대를 번갈아 가며 밤을 보냈습니다.

다음 날부터 백설공주는 일곱 난쟁이와 함께 살게 되었습니다. 일곱 난쟁이는 백설공주에게 분명히 새 왕비가 찾아올 것이라며 아무도 집에 들여서는 안 된다고 신신당부했습니다. 하지만 백설공주는 장사꾼으로 변장하고 나타난 새 왕비를 알아보지 못했습니다. 그래서 처음에는 허리에 묶는 레이스끈으로, 두 번째는 독이 묻은 빗 때문에 쓰러지고 말았습니다. 다행히 그때마다 난쟁이들에게 발견되어 살아날 수 있었지만 불행히도 새 왕비가 작정하고 만든 독이 든 사과는 피할 수 없었습니다. 독사과를 베어먹고 쓰러진 백설공주는 난쟁이들이 아무리 깨워도 깨어나지 못했습니다. 슬픔에 잠긴 난쟁이들은 투명한 유리관 안에 백설공주를 눕혀 산꼭대기에 올려놓고 번갈아가며 지켰습니다.

그러던 어느 날 한 왕자가 숲에 와서 백설공주를 보고 사랑에 빠지고 말았습니다. 일곱 난쟁이는 백설공주를 보지 않고는 살아갈 수 없을 것 같다는 왕자의 간절함에 결국 백설공주와 유리관을 내주었지요. 그런데 왕자의 시종들이 관을 옮기다 비틀거리는 바람에 백설공주의 목에 걸려 있던 독 묻은 사과 조각이 튀어나왔습니다. 그러자 백설공주가 눈을 뜨고 유리관 뚜껑을 밀어 올린 다음 일어나 앉았습니다. 왕자는 환호성을 지르며 자초지종을 말해주었고 백설공주는 믿음직스럽게 보이는 왕자의 청혼을 받아들여 성대한 결혼식을 올렸습니다.

한편, 새 왕비는 결혼식에 참석했다가 불에 달구어진 쇠로 만든 신발을 신고 죽을 때까지 춤을 추어야 했답니다.

하멜른Hameln

〈피리 부는 사나이〉

"피리 부는 사나이는 아이들을 어디로 데려갔을까?"

'헉! 이게 다 뭐야?'

일요일 낮 12시에 펼쳐질 야외 공연을 보기 위해 우리는 드디어 토요일 저녁 하멜른 호텔에 무사히 도착했다. 이곳에 오기까지 포기해야 할 것들이 얼마나 많았는지를 생각하며 혼자 감격해하는 것도 잠시, 막 트렁크를 펼치고 호텔의 창밖을 내다보다가 황급히 커튼을 닫았다.

"왜요? 밖에 뭐가 있어요?"

"어? 그, 그냥, 건너편 건물에서 우리 방이 보일 것 같아서… 커튼은 계속 닫아놓자. 아늑하고 좋네."

아이의 질문에 애써 태연한 척 대답했지만 머리가 핑그르르 돌았다. 호텔을 예약할 때 위치 확인을 하면서 공원 옆이기에 당연히 좋을 것으로만 생각했다. 설마, 그 공원에 도미노처럼 짙은 회색 묘비가 세워져 있을 줄이야. 나는 공포영화는커녕 어린 시절에 띄엄띄엄 본 〈전설의 고향〉 영향으로 사극 자체를 보지 않는다. 나의 동행자 역시 과학 만화책에 그려져 있는 해골 그림도 무서워서 제발 책을 버려달라고 닭똥 같은 눈물을 뚝뚝 흘린 전적이 있다. 그런 두 사람이 머무는 창밖에 공동묘지라니!

저녁 식사 시간이 되어 배가 고프기도 했지만 갑자기 생긴 무섬증으로 아이를 데리고 밖으로 나왔다. 하멜른의 구시가지까지는 10분 정도 걸어가야 한다. 주유소를 지나고, 슈퍼마켓을 지나고, 네모반듯한 상점들을 지나 지하 차도를 통과하니 어라? 여기가 어디인가 싶다. 우리가 방금 지하 차도를 지나온 것인지, 타임머신을 통과한 것인지 모르겠다. 갑작스레 반질반질한 포석이 깔린 중세도시가 펼쳐진 것도 놀라운데, 터질 듯이 들려오는 록 사운드에 정신이 번쩍 든다. 섬세한 장인이 정성껏 조각한 목조건물이 좌우에 늘어서 있고 그 가운데 길에는 하얀 천막이 쳐진 무대와 음식 트럭이 일렬로 늘어서 있다. 각종 음식 냄새는 물론 곳곳에 설치되어 있는 간이 무대마다 록 사운드, 헤비메탈 사운드, 통기타 사운드가 터져 나와 제대로 흥을 돋운다. 더구나 옆 동네 사람들까지 다 들이닥친 것일까. 발 디딜 틈도 없을 만큼 몰려든 사람들, 사람들. 사람들이 물결을 이루며 이리저리 흘러 다닌다.

"와! 축제다! 음악이에요. 음악!"

뮤지컬 배우인 큰아빠와 사촌 언니를 둔 아이답게 음악을 좋아하는 지안이의 두 눈이 반짝반짝 빛난다. 나 역시 뜻하지 않게 맞닥뜨린 축제에 언제 묘지를 보고 심란했냐는 듯이 기분이 한껏 올라간다.

"저 소시지 좀 봐. 무지 길어. 우리 저것 먹을까? 이쪽에 있는 건 어때? 이탈리아 요리인가봐. 너 좋아하는 치즈가 잔뜩 뿌려져 있어. 다 맛있겠다!"

"우리도 서서 먹어요. 다른 사람들처럼. 엄마! 엄마! 나도 저 솜사탕!"

축제는 이래서 좋다. 온갖 다양한 먹을거리가 넘쳐나고 쿵쿵쿵 들려오는 음악 비트가 가슴을 때리고 마주치는 사람들의 미소가 고향에 온 것처럼 친근하다. 이름 모를 요리를 받아들고 미리 설치된 간이 테이블에 앉는다. 아이와 여행 다닐 때 가장 좋은 것은 나이가 지긋한 분들이 지안이를 보면 무조건적인 미소를 날려준다는 것이다.

"어디서 왔어요? 아이가 참 예쁘네. 몇 살이에요?"

우연히 같은 테이블에 합석하게 된 노부부가 지안이를 향해 말을 건넨다. 이웃 마을에서 놀러 오셨다는데, 두 분 다 하얗게 센 머리카락 아래로 그윽한 눈빛을 지녔다.

“무슨 축제죠? 조금 전에 하멜른에 도착했는데, 뜻하지 않게 축제를 즐기게 되어 너무 좋아요.”

나와 아주머니의 서툰 영어가 만나 제대로 이해한 것인지는 모르겠지만 오늘 축제는 하멜른 거리에 포석을 깐 것을 기념하는 축제라고 한다. 몇 년도에 깔렸다는 말씀도 해주셨는데, 원래부터 숫자에 약한 내가 영어로 숫자를 들었으니 그냥 들은 것만으로 만족하자. 포석이 깔리기 전에는 다른 것이 깔려 있었는지, 아니면 그냥 흙길이었는지 등의 질문을 해도 좋으련만 복잡한 것 역시 사양하기로. 나는 그저 대단하다는 표정을 지어 보이며 미소를 짓는다. 마침 노부부는 음식을 다 먹고 일어서며 내일 있을 〈피리 부는 사나이〉 야외 공연을 보려면 무대 앞자리를 차지하는 것이 좋다는 팁도 던져주신다. 음식도 맛있고, 축제도 흥겹고, 사람들도 친절하다.

"내일도 축제가 계속될까요?"

"아주머니가 내일도 이어진다고 했어. 내일은 〈피리 부는 사나이〉 야외 공연도 보고, 하고 싶은 것 다 하면서 하루 종일 신나게 즐기자!"

하멜른을 방문할 계획이 있는 여행자라면 반드시 5월 중순부터 9월 중순, 일요일 낮 12시 하멜른에 있어야 한다. 그러면 세계적으로 유명한 〈피리 부는 사나이〉의 야외 공연을 볼 수 있다. 비록 30분 동안의 공연이고, 40여 명 정도의 마을 사람으로 구성된 아마추어 무대지만 수년 동안 전 세계에서 온 관광객을 대상으로 펼쳐지는 그들의 연극은 우리를 완벽하게 735년 전의 하멜른으로 이끈다.

다음 날 우리가 〈피리 부는 사나이〉의 야외 공연을 보기 위해 '결혼식의 집' 앞 마르크트 광장에 도착한 시간은 11시 20분.

"이 무대에서 〈피리 부는 사나이〉 연극을 하는 거죠? 빨리 시작했으면 좋겠어요."

정오가 되기를 기다리며 마르크트 광장에 서 있는 우리의 귓가로 기타소리가 들려온다. 연극이 시작되기 전 한 남자가 기타를 치며 노래를 부르고, 무대 끝자락에는 그 남자의 CD를 파는 아내와 아들이 앉아 있다. 남편의 노랫소리에 까딱까딱 손가락으로 박자를 맞추는 아내. 아들은 일요일에 친구들과 놀지 못하고 있

는 것이 불만인지 다소 뚱한 얼굴이지만 누가 CD를 달라고 하면 냉큼 달려가 CD를 건네주고 돈을 받는다. 그렇게 같은 길 위에서 같은 꿈을 가지고 함께하는 가족의 모습은 언제 어떤 식으로 마주치든 감동이다. 더구나 갑작스럽게 소나기가 내렸던 어젯밤과는 달리, 오늘 하늘은 포스터컬러를 뿌려놓은 것 마냥 진한 파란색이다. 손을 내밀면 그대로 시퍼런 물이 뚝뚝 내 손을 물들일 것만 같다. 그런 하늘 아래에서 베저 르네상스Weser Renaissance 양식으로 지어진 우아한 건물들을 타고 흐르는 기타 선율과 나지막한 목소리. 눈을 감으니 삼삼오오 모여드는 사람들의 목소리가 잦아들며 기타소리가 더 크게 가슴을 적신다. 그 옛날 기묘한 피리소리가 울려 퍼지던 하멜른에서 지금 우리는 기타와 하모니카 소리를 들으며 우리가 누릴 수 있는 가장 평화로운 시간을 보내고 있다. 그때 교회 시곗바늘이 12시를 가리키자 교회 옆 결혼식의 집에 달려 있는 종들이 일제히 울리기 시작한다. 청아한 종소리가 맑은 기운으로 쭉쭉 뻗어나가자 우리의 기대감도 잔뜩 고조된다.

"쥐! 드디어 쥐가 나타났어요!"

아이의 달뜬 목소리에 무대 위를 바라보니 어느덧 하멜른의 아이들이 회색 옷을 입은 쥐가 되어 살금살금 기어 들어오고 있다. 주위를 둘러보니 조금 전까지만 해도 한산했던 마르크트 광장에 사람들이 빼곡히 들어차 있다. 분명 우리가 맨 앞에 서 있었는데, 언제 비집고 들어왔는지 동네 꼬마 아이들이 우리 앞으로 우르르 자리를 잡는다. 지안이도 자기 또래의 아이들이 연극하는 것이 흥미로운지 점점 중심이 앞으로 쏠린다. 이어서 중세시대의 복장을 한 어른들이 나타나 평화로운 일상의 삶을 보여주다가도 쥐들을 보면 기겁을 하며 도망친다. 마을 사람들은 마을의 제일 높은 사람에게 달려가 불만을 토로하고 그런 그들 앞에 알록달록 이상한 옷을 입은 남자가 등장한다. 협상이 끝나고 남자가 피리를 불자 구석구석 숨어 있던 쥐들이 나타난다. 그리고 피리 부는 사나이를 따라 행진을 한다. 쥐가 사라진 마을에서 사람들은 만세를 부르고, 잠시 후 피리 부는 사나이가 돌아오지만, 그들은 피리 부는 사나이를 무시한다. 심지어 아이들은 피리 부는 사나이를 둘러싸며 야유를 던진다. 잠시 후 피리 부는 사나이는 어른들이 없는 틈을 타 아이들에게 다가가 피리를 분다. 아이들은 피리소리를 듣고 차례차례 피리 부는 사나이의 뒤를 따른다. 나중에 끝까지 따라가지 못한 두 아이, 귀가 멀고 말을 못 하는 두 아이가 나타나 피리 부는 사나이와 아이들이 사라진 방향을 가리킨다. 아이들을 잃어버린 어른들은 그제야 약속을 지키지 않고 사람을 무시한 자신들의 태도를 반성하며 회한의 눈물을 흘린다. 하지만 그것으로 끝이다. 아이들은 끝끝내 돌아오지 않는다.

누구나 아는 이야기이기 때문에 독일어로 된 대사는 알아듣지 못해도 그만이다. 다소 무뚝뚝하게 들리는 억양이 낯설기는 하지만 기대 이상으로 훌륭한 무대다. 간혹 무대 위에서 연기를 하는 아이들 중에는 쑥스러운 표정, 멍하니 딴 생각에 빠져 있는 표정의 아이들도 있었지만 대체로 열심히, 사실적으로 연기를 해주었다. 광장을 꽉 메운 사람들에게 열렬히 박수를 받은 그들은 이어서 피리 부는 사나이를 따라 마을을 행진한다. 쥐들의 무리가 먼저 따르고 그 뒤로 아이들, 그 뒤로 어른들, 그 사이사이로 관광객들이 끼어든다.

"왜요? 우리도 따라가게요?"

"궁금하잖아. 어디로 가는지…."

"그냥 옷 갈아입으러 가는 거겠죠."

찌릿, 째려보는 엄마의 서슬에 아이는 마지못해 피리 부는 사나이의 뒤를 따른다. 그러더니 그들이 정말로 옷을 갈아입고 가족들이 기다리는 작은 교회 앞마당에 도착하자 피리 부는 사나이와 가장 해맑은 표정으로 사진을 찍는 것이 아닌가. 고맙게도 사진을 찍자는 요청은 우리가 한 것이 아니다. 기다란 꿩의 꼬리가 달린 빨갛고 초록색을 띤 모자를 쓰고 세로줄의 알록달록 옷을 입고 노란색 신발을 신은 피리 부는 사나이가 먼저 다가왔다. 그리고 묻지도 않았는데, 동화 〈피리 부는 사나이〉에 대해 이것저것 이야기를 해준다. 자기네는 마을 주민들이고 팀을 만들어서 돌아가며 일요일마다 공연을 한다는 이야기까지.

"실제로 있었던 일이라고 들었는데, 정말인가요?"

내가 심각한 질문을 던진 것일까? 신나게 웃으며 말을 잇던 피리 부는 사나이의 얼굴이 갑자기 굳어진다.

"아무도 몰라요. 정확히 어떻게 된 일인지는. 하지만 역사에 그렇게 적혀 있으니… 라이트하우스에 가보세요. 거기에 가면 더 많은 정보를 얻을 수 있을 거예요."

동화가 단순한 이야기가 아니라 역사적인 사건에서 모티프를 따온 것이라고 말해주는 피리 부는 사나이의 얼굴이 사뭇 진지해 보인다.

잠시 후 지안이와 나는 피리 부는 사나이가 알려준 라이트하우스에 도착했다. 지금은 피리 부는 사나이 박물관으로 더 잘 알려져 있는 라이트하우스는 1589년에 건축된 부유한 상인의 저택으로 베저 르네상스 양식의 걸작으로 일컬어진다. 베저 르네상스

라이트하우스.

양식이란 베저강 연안 도시에서 주로 볼 수 있는 독특한 건축 양식인데, 건축에 문외한인 나는 정확히 어떤 특징을 일컫는지 잘 모르겠다. 다만 하멜른에 있는 집들을 보면 독일의 다른 집들과 확연히 다른 것은 느낄 수 있다. 먼저 벽은 붉은 벽돌로 쌓아 올리고, 폭이 좁은 세로로 된 창문이 굉장히 많이 달려 있다. 지붕은 위의 두 층이 점점 좁아지면서 삼각형으로 마무리되는데, 따로 지붕다운 것을 얹은 것이 아니라 벽에 장식되어 있는 것과 같은 재료의 조각품으로 마감한 것이다. 라이트하우스만 해도 지붕 위에 촛대처럼 기다란 조각품이 장식되어 있어 마치 초에 불을 켜 놓은 것처럼 보인다. 더구나 각 창문마다 붙어 있는 조각품은 한 편의 예술품처럼 정교하다. 그리고 무엇보다 라이트하우스를 돋보이게 하는 것은 푸른색의 커다란 청동문이다. 빛에 따라 깊이를 달리하는 저 오묘한 청동문을 통과하면 먼 옛날 하멜른이라는 도시에서 130명의 어린이가 한꺼번에 사라져버린, 세상의 그 어떤 비밀 하나와 마주칠 것만 같다. 몰라도 되는 세상의 무시무시한 비밀 하나를 캐내는 느낌이라고나 할까. 그런 장소로 더없이 적합한 집이 바로 라이트하우스다.

"집이 너무 예뻐요. 여기가 피리 부는 아저씨 집이에요?"

"아니. 피리 부는 아저씨 집은 레스토랑으로 사용되고 있고, 여기는 동화 〈피리 부는 사나이〉에 대한 여러 가지 자료를 모아놓은 박물관이야."

아이의 뒤를 따라 들어가면서 이런 생각이 절로 든다. 우리가 살고 있는 아파트가 아무리 크고 좋아도 하나의 예술 작품처럼 보이는 독일의 집들과 비교해보면 우리네 집은 그냥 네모난 상자인지도 모르겠다는.

라이트하우스에서 우리는 기대했던 대로 동화 〈피리 부는 사나이〉에 대한 여러 자료를 찾아볼 수 있었다. 그중 가장 놀라운 것은 3층 문서 전시실에 보관되어 있는 1284년 6월 26일에 있었던 130명 아이의 실종사건이 기록된 옛 문서였다. 그리고 2층 전시실에서는 로봇과 영상으로 〈하멜른의 아이들〉을 공연하고 있었다. 푸르른 영상 속에서 슬픔이 전해지는 음악과 무대 연출은 왁자지껄 한바탕 소동처럼 보였던 야외 공연과는 느낌이 달랐다. 더구나 상징적으로 만들어놓은 것이겠지만 영상실 입구에 진열된 사라진 아이들의 신발은 부모인 나에게 섬뜩한 느낌마저 주었다. 지안이도 놀랐는지 신발들을 보고 다시 한 번 확인한다.

"진짜 옛날에 어떤 아저씨가 아이들을 데리고 사라진 거예요? 어디로 갔을까요?"

"정확한 것은 아무도 모른대. 하지만 130명의 아이가 한꺼번에 사라진 일은 정말 있었나봐."

신발을 바라보는 아이의 눈빛이 흔들린다. 그러게. 이 낡은 신발의 주인들은 도대체 어디로 사라진 것일까? 학자들은 여러 가

지 학설을 제시하곤 한다. 사라진 아이들이 어린이 십자군이었다는 설도 있고, 쥐의 창궐로 인한 중세시대의 흑사병이 아이들의 생명을 앗아갔다는 설도 있다. 또 독일인들이 고향을 버리고 새로운 땅을 찾아 동유럽으로 떠난 역사가 있는데, 피리 부는 사나이 이야기는 거기에서 비롯되었다는 설도 있다. 게다가 당시 하멜른은 제분업이 번성한 도시였던 탓에 실제로 쥐들이 들끓었던 상황도 한몫을 한다. 전문 쥐잡이들이 각광을 받았고, 그들이 이 마을 저 마을 떠돌아다니며 피리나 악기를 연주했다는 것이다. 하지만 도대체 어떤 이야기가 맞는 것인지, 맞는 이야기가 있기는 한 것인지. 이야기만 존재할 뿐 진실은 베일에 싸여 있으니, 그래서 〈피리 부는 사나이〉는 더 마음이 가는 동화인지도 모르겠다.

라이트하우스를 나와 우리는 좀 더 걸어 피리 부는 사나이의

집으로 갔다. 이곳은 1603년에 지어진 르네상스 양식의 집으로, 지금은 가늘게 썬 돼지고기를 쥐꼬리 모양으로 만들어서 파는 라텐슈반체가 명물인 레스토랑이다.

"쥐 모양의 요리를 파는 곳인데, 먹어볼래?"

아이는 생각도 하기 싫다는 듯이 고개를 절레절레 흔든다. 나 역시 아무리 명물이라고 해도 쥐 모양의 음식은 사양하고 싶다.

"이 길이에요? 이 길로 아이들이 사라진 거예요?"

아이가 피리 부는 사나이의 집 옆길인 붕겔로젠 거리를 가리키며 묻는다.

"응. 여기야. 이 길로 아이들이 피리 부는 사나이를 따라갔대. 그래서 그때 이후로 이곳에서는 음악을 연주하지 못하게 한대. 심지어 갓 결혼한 신혼부부를 축복하기 위해 거리를 행진하는 바이올린과 피리, 북조차도 이 길에서만큼은 연주를 멈추어야 한대."

"맞아요. 그래서 지금도 이 길을 '북 없는 길'이라고 불러요. 저도 책에서 읽었어요."

아이도 나도 어느덧 눈을 가늘게 뜨고 좁아지는 골목길을 바라본다. 느낌일까. 왠지 길 자체가 을씨년스럽게 느껴지는 것은. 아이도 영 기분이 이상해지는지 느닷없이 노래를 읊조리기 시작한다.

"안 된다니까. 노래도, 연주도 하면 안 되는 곳이라고."

하지 말라고 하면 더 하고 싶은 심리는 주체할 수 없는 것일까. 다른 사람들은 듣지 못하게, 거의 입만 벙긋거리며 멈추지 않고 노래를 부르는 아이. 간밤 꿈속에서 청개구리라도 삶아먹은 것일까? 아! 진짜 말 안 듣는 저 십대를 어떻게 해야 좋을지 모르겠다.

"마지막 경고야! 노래 안 된다고. 노래 말고, 우리 한번 이 길이 어디로 이어지나 가보자!"

아이는 이번에도 고개를 절레절레 흔든다. 나 역시 말은 그렇게 했지만 찜찜해서 사양하고 싶다.

라이트하우스와 붕겔로젠 거리를 둘러보면서 잠시 먹먹했던 마음이 마르크트 광장 쪽으로 돌아오니 다시 반짝 튀어 오른다. 하늘은 여전히 청명하고 사람들은 유쾌하게 흘러 다니고 음식 냄새가 동동 떠다니고 음악소리가 쿵쿵 가슴을 두드린다. 이제 우리는 사람들의 어깨 너머를 기웃거리며 무엇이든 보아도 되고 무엇이든 즐기면 되는 것이다.

하멜른에는 볼거리가 참 많다. 곳곳에 피리 부는 사나이의 동상이나 분수가 세워져 있고 심심하다 싶으면 쥐 모양의 동상들도 등장한다. 피리 부는 사나이를 따라 행진하는 쥐 인형이 나오는 시계도 하루에 세 번씩 광장에서 돌아가고, 쥐 모양의 빵을 파는 빵집이 있는가 하면, 거리의 포석 위에도 띄엄띄엄 쥐 모양이 새겨져 있다. 그야말로 쥐들의 천국이다.

"우리 둘 다 쥐띠라서 하멜른과는 뭔가 통하는 것 같아요."

그래서일까. 아이는 하멜른에 있는 내내 입가에서 미소가 떠나지 않는다. 여행을 하다보면 가끔은 걷는 것이 힘들다고 짜증낼 때도 있다. 그런데 이 하멜른에서만큼은 예외다. 그럴 수밖에 없는 것이 거리마다 흥겨운 축제의 장에 테마파크처럼 다양한 놀이 행사가 진행되고 있고, 힘들다 싶으면 카페에 들어가 맛난 아이스크림을 핥아먹었으니 얼마나 신이 날까. 심지어 스티커이기는 하지만 타투까지 붙이고 싶다고 해서 고지식한 엄마가 간신히 말렸을 정도다.

그렇게 신나는 하루를 보냈으니 창밖의 공동묘지쯤이야. 아닌 게 아니라 정말이지 지안이는 물론 나 역시 신기하게도 하멜른에 와서야 비로소 숙면을 취했다. 불을 끄면서 '맞다, 지금 저 창밖으로 그것이 있지…'라고 떠올리기는 했지만 그러다 기억이 끊겨버렸다. 그리고 다음 날 아침 어찌나 개운하던지. 몸도 마음도 쭉쭉 늘어나는 듯한 그 상쾌함이란! 무서워서 절대로 불을 끌 수도 없을 줄 알았는데, 잔다고 해도 시간마다 깨거나 온갖 악몽을 다 꿀 줄 알았는데 그야말로 반전이다.

하지만 동화 〈피리 부는 사나이〉에는 반전이 없다. 피리 부는 사나이를 따라 무려 130명이나 되는 아이가 사라졌는데도 그것으로 끝이다. 다음 날이나 며칠 후에라도 아이들이 다시 마을로 돌아온다거나 피리 부는 사나이가 아이들을 인질로 협상을 요구하는 그 어떤 반전도 없다. 동화가 현실보다 더 현실적이고 냉혹하다.

동화든 현실이든 반전이 있었으면 좋겠다. 당연히 우리 인생에도. 빤하지 않는, 예측 불가능한 결말이 때로는 희망일 수도 있기에.

피리 부는 사나이

1284년 무렵 베저 강가에 자리 잡은 하멜른에 사는 사람들은 아주 행복했습니다. 강가의 물레방앗간은 곡식을 찧느라 쉬지 않고 돌아갔고 시장에서는 가득 쌓인 밀가루, 빵, 채소, 고기가 불티나게 팔려나갔지요. 사람들은 아무 걱정 없이 행복했고 이렇게 좋은 날이 언제까지고 영원히 계속될 줄 알았습니다.

그러던 어느 날 마을에 갑자기 쥐들이 나타났습니다. 처음에는 그저 몇 마리가 음식을 몰래 훔쳐가더니 얼마 지나지 않아 탐욕스러운 쥐 떼가 거리마다 들끓기 시작했습니다. 마을 사람들은 두려움과 분노에 휩싸이게 되었지요. 그런 마을 사람들 앞에 알록달록한 옷을 입은 기이한 남자가 나타났습니다. 남자는 마을 사람들에게 자신을 쥐 잡는 사냥꾼이라고 소개하면서 자신에게 충분한 대가를 치르면 쥐를 마을에서 몰아내주겠다고 말했습니다. 당연히 마을 사람들은 기뻐했고 쥐만 물리쳐준다면 많은 돈을 주겠다고 약속했습니다.

다음 날 남자는 피리를 불면서 골목골목을 누비고 다녔습니다. 지금까지 한 번도 들어본 적 없는 음악소리에 신기하게도 쥐들이 몰려나왔습니다. 부엌과 지하실과 곳간과 우리에서 쏟아져 나온 쥐떼는 피리 부는 사나이만 졸졸 쫓아가더니 성 밖 베저 강에 모조리 빠져 죽고 말았습니다.

마침내 쥐떼로부터 자유로워지자 마을 사람들은 뛸 듯이 기뻐했습니다. 하지만 쥐 사냥꾼에게 많은 돈을 주기로 약속한 것을 후회하기 시작했습니다. 그들이 보기에 쥐 사냥꾼은 그저 피리를 분 것밖에 특별히 한 일이 없어 보였거든요. 결국 마을 사람들은 갖은 핑계를 대며 약속했던 돈을 내놓지 않았고 피리 부는 사나이는 치를 떨며 하멜른을 떠났습니다.

그해 6월 26일, 피리 부는 사나이가 다시 하멜른에 나타났습니다. 이번에는 사냥꾼 옷차림을 하고 머리에는 붉은색 모자를 쓰고 눈빛은 분노로 번쩍이고 있었습니다. 남자는 마을 사람들이 교회에 모여 미사를 올리는 사이 피리를 불며 마을 곳곳을 다녔습니다. 그랬더니 쥐떼가 그랬던 것처럼 집집마다 아이들이 거리로 뛰어나왔습니다. 아이들은 마치 마법의 피리소리에 홀리기라도 한 듯 그의 뒤만 졸졸 따라가기 시작했습니다. 피리 부는 사나이는 아이들을 데리고 성문을 지나 산으로 향했습니다. 그러고는 흔적도 없이 사라졌습니다.

전해오는 이야기에 따르면 그 이후 두 아이가 마을로 돌아왔다고 합니다. 앞을 보지 못하는 아이와 말을 하지 못하는 아이였기에 두 아이 모두 무슨 일이 있었는지는 말해줄 수가 없었다고 합니다.

아이를 잃은 부모들은 모두 성문 앞으로 달려나갔고 무엇과도 비교할 수 없는 큰 슬픔에 잠겨 아이들을 찾아 헤맸습니다. 그러나 모두 헛된 일이었습니다.

이날 하루 하멜른에서 사라진 아이들은 모두 130명이었습니다.

지안이의 일기

맨 앞줄에서 〈피리 부는 사나이〉 연극을 보는데, 나도 그 연극에 참여하고 싶었다.

쥐 분장을 한 아이들과 함께 쥐 흉내를 내며 쭈그리고 길거리를 신나게 누비고 싶었다.

피리 부는 사나이 박물관에서 사라진 아이들의 신발을 보았는데, 그 신발을 보니까 내가 아이들의 부모님인 것처럼 마음이 찡하고 안쓰러웠다.

피리 부는 사나이를 따라가 사라진 아이들은 피리소리를 들을 때는 정신이 없었겠지만 그래도 무서웠을 것 같다.

거의 끌려가는 거니까.

그래서 나는 〈피리 부는 사나이〉의 뒷이야기를 쓰고 싶다.

★ 지안이가 지은 〈피리 부는 사나이〉의 뒷이야기 ★

피리 부는 사나이는 아이들을 놀이동산으로 데리고 갔다.

그곳에서 아이들은 신나고 재미있게 놀았다.

그래서 아이들은 피리 부는 사나이가 좋은 사람이라고 생각하고 믿고 따랐다.

아이들은 피리 부는 사나이의 집에도 갔다.

사나이의 집은 아이들이 모두 들어갈 정도로 아주 컸다.

사나이는 해맑은 아이들의 모습을 보며 '한 달 뒤 아이들을 다른 나라에 데리고 가서 비싸게 팔아야지'라고 생각했다.

사나이는 자기도 모르게 아이들이 이것저것 말하자 칭찬을 해주었다.

사실 사나이는 악마의 부하였다.

그런데 피리 부는 사나이가 아이들 때문에 점점 착해지자 악마는 사나이를 불러 다시 악의 힘을 주었다.

피리 부는 사나이에게 아이들에 대한 미움이 되살아났다.

하지만 아이들과 함께 있다보니 선이 악을 물리치고 피리 부는 사나이는 착한 마음을 가지게 되었다.

"얘들아! 미안해. 이제 너희를 가족에게 돌려보내야 할 것 같다."

피리 부는 사나이는 아이들과 함께 하멜른으로 돌아가서 마을 사람들에게 사과를 했다.

이후 피리 부는 사나이는 마을에 머물며 피리로 마을에 있는 온갖 재앙을 물리쳤다고 한다.

폴레Polle

〈재투성이〉

"엄마라는 역할이 주는 비극의 요소"

내가 왜 그랬을까, 정말이지 왜 그랬을까….

하멜른에서의 마지막 밤, 나는 어깨까지 내려온 내 머리카락을 쥐다 뜯고 싶었다. 도대체 내가 왜 또 그런 결정을 내렸을까?

"드디어 차를 빌리는 거예요? 무슨 색 차예요? 우리 차랑 똑같을까? 왠지 재미있을 것 같아요."

아이는 '드디어'라는 접속어를 쓰며 렌터카에 대한 기대감을 감추지 않는다. 하지만 나에게는 '마침내' 그날이 도래하고 만 것이다. 속도 무제한이라는 아우토반이 있는 독일에서 감히 운전이라니! 아무래도 내 정신이 잠깐 가출했었나보다. 이제 와서 취소

할 수도 없고 헤어날 길이 없는 걱정에 가슴이 뛴다. 아이를 재우고 불안감에 잠을 이룰 수 없는 나는 인터넷을 뒤져가며 '독일에서의 운전 시 주의 사항'을 속성으로 암기한다.

'무조건 오른쪽 차선 차량이 우선이라는 거지. 추월 차선은 1차선이고, 추월하고 나면 바로 2, 3차선으로 빠져야 한다는 것. 우회전도 방향 지시등을 반드시 켜야 하고, 마을 진입 시 속도는 무조건 50킬로미터 이하로 낮출 것.'

몇십 년 동안 운전을 해왔으면서도 낯선 나라에서의 운전은 늘 이렇게 머리가 아프고 복통을 동반한다. 심지어 핸들이 오른쪽에 있는 영국과 일본에서도 운전을 해보았고, 대한민국 서울에서 운전을 할 수 있으면 세계 어디를 가도 문제없을 것이라는 이야기를 웃으며 들었으면서도 정말이지 오늘 밤은 너무 힘들다.

아침 일찍 일어나 아이를 위해 하멜른 구시가지에 있는 쇼핑센터로 달려가 가장 싼 부스터를 하나 샀다. 렌터카 회사에서 어리숙한 동양 아주머니로 보여 무시당하지 않기 위해 마스카라로 눈썹도 빳빳하게 올렸다. 가방도 야무지게 싸고 옷도 제대로 갖추어 입은 뒤 당당하게 트렁크를 끌고 렌터카 회사를 찾았다. 호텔에서 5분 거리에 있는 렌터카 회사는 아주 자그마했다. 책상 두 개, 손님 테이블 하나. 사무실로 들어서는 우리를 보더니 덩치 큰 중년 남자가 E렌터카 회사 로고 앞 책상에 앉아 있다가 내가 예약한 A렌터카 회사 로고 앞 책상으로 옮겨 앉는다. 한 사람이 작은 사무실을 차려놓고 두 곳의 렌터카 회사 일을 보는 것인가? 영국에서 처음으로 차를 렌트할 때 여직원들의 쌀쌀맞은 태도에 잔뜩 기가 죽었던 나는 편안하고 소박한 분위기의 이곳이 마냥 고맙다. 비싸지만 모든 것이 무사통과인 풀 커버full cover 보험도 들고 몇 가지 확인 작업을 마치는 동안 지안이는 사무실 직원이 가리킨 하리보(독일 젤리) 바구니 앞에서 행복한 고민에 빠져 있다. 서류 작업이 끝날 무렵 할아버지 한 분이 들어오더니 방금 몰고 온 커다란 트럭을 가리키며 너의 차라고 농담을 건넨다. 나는 짐짓 놀라는 시늉을 하며 우리에게는 아주아주 작은 차가 어울린다고 맞장구를 친다. 하지만 여전히 가슴속에서는 쿵쾅거리며 공룡들이 떼 지어 달리는 중이다.

"이제는 음악 틀어도 돼요?"

운전한 지 10분이 지나고 아이가 나에게 조심스럽게 묻는다. 처음에 안전벨트를 매자마자 음악이 듣고 싶다고 했을 때는 안 된다고 했다. 일단 시내를 빠져나가고 나서 생각해보자고 했다. 대도시도 아니고 고작 하멜른의 작은 시내를 헤쳐 나오는데도 엄마의 등줄기로 땀이 주룩주룩 흐른다. 긴장으로 두 어깨에 힘도 잔뜩 들어가 있다. 엄마의 모든 신경세포가 민감하게 반응하고 있다는 것을 눈치챈 아이는 조용히 앉아 있다가 드디어 창밖으로

푸른 들판이 펼쳐지자 또다시 묻는 것이다.

"응."

엄마의 짧은 대답.

"어떤 음악을 틀까요?"

"그냥 아무거나. 아무거나 너 듣고 싶은 것 들어 지안아. 그나저나 이 내비게이션은 왜 자꾸 유턴을 하라는 거니? 정신없게. 지워지지도 않아."

아이는 분명 엄마의 허락이 떨어졌는데도 음악을 틀지 않는다. 시골길을 달리고 있기는 하지만 여전히 엄마의 혼이 반쯤 나가 있는 것을 짐작한 것이리라. 다시 10분 뒤. 아이는 또 묻는다.

"엄마, 음악…."

"틀어도 돼. 이제 진짜 괜찮아. 엄마 좀 익숙해졌어."

아이도 엄마의 어깨가 조금 이완된 것을, 자동차 속도가 한결 빨라진 것을 느꼈으리라. 그래 봤자 시속 50킬로미터로 달리는 중이지만. 아무튼 이제야 오른쪽과 왼쪽을 번갈아가며 창밖을 바라볼 여유도 생긴다. 아이는 안도의 한숨을 쉬며 가뿐한 마음으로 음악을 튼다. 나름 엄마를 위한 선곡이었을까?

"Waiting for the time to pass you by~"

제드와 알레시아 카라가 함께 부르는 'stay'가 흘러나온다. 아이는 이제 더이상 동요를 듣지 않는다. K-pop 스타들의 노래를 듣고, 어디에서 알았는지 빌보드 차트의 상위권을 달리고 있는 팝송을 들으며 심지어 따라 부르기까지 한다. 그리고 이런 순간에는 상큼하지만 시끄러운 걸그룹 노래보다는 귓가에 부드럽게 감기는 팝송이 좋음을 아는 나이가 된 것이다. 덕분에 긴장으로 딱딱해진 엄마의 마음도 조금씩 녹는다. 찰싹 감기는 알레시아 카라의 매력적인 목소리에 엄마도 까딱까딱 손가락으로 운전대를 두드리며 박자를 맞추어본다. 그런 엄마를 보며 룸미러 속의 아이가 하얀 이를 드러내고 웃는다.

그래, 이제 더이상의 긴장은 사양하자. 독일이라고 해도 대도시도 아니고 아우토반도 아니다. 지금 나는 하멜른에서 재투성이 성이 있는 폴레를 향해 구불구불 이어지는 시골길을 달리고 있지 않은가. 앞뒤로 가끔씩 나타나는 자동차들이 알아서 추월해주니 고맙다. 정말이지 나를 향해 빵빵대지도 않고 잘들 피해가 준다.

창밖에는 낮은 구릉들이 초록의 담요처럼 대지를 덮고 있고 군데군데 짙은 색상의 나무들이 서 있는 모습 또한 평화롭기 그지없다. 그러니까 지금 이 순간을 조금은 즐겨보자. 다행히 우리 뒤를 바짝 쫓아오던 오토바이도 센스 있게 추월해간다. 뒤에서 쫓아올 때는 온 세상에 오토바이 엔진소리만 울리는 것 같더니 앞에서 길을 열어주니 마치 우리를 호위해주는 것 같다. 심지어 오토바이를 타고 다니는 남편이 잠깐 우리의 가이드가 되어주기 위해 나타난 것 같아 반가운 마음까지 든다.

그렇게 1시간쯤 달리니 드디어 폴레다.

"만세! 드디어 도착했어. 우리가 폴레까지 무사히 잘 왔다고."

내비게이션이 목적지에 도착했다고 알리자마자 나는 반사적으로 만세를 부른다. 지금 내 얼굴은 거울을 보지 않아도 한껏 의기양양한 표정이리라.

"축하해요, 엄마! 잘했어요."

아이도 엄마의 달뜬 목소리에 축하 인사를 잊지 않는다. 잘했다는 아이의 말에 뿌듯함이 배로 부풀어 오른다. 차를 렌트하기 전까지 배가 아플 정도로 고민한 것이며 운전대를 잡고도 계속 달달 떨고 있던 마음이 이제야 비로소 차분히 가라앉는다. 아이가 네 살 때였나, 다섯 살 때였나? 그때도 이런 느낌을 받은 적이 있다. 당시 나는 일주일에 두 번, 방송 작가로 방송국에 가서 녹음을 하고 오는 워킹맘이었다. 그날도 돌개바람이 거리를 휩쓸고 가버리듯 후닥닥 녹음을 마치고 부리나케 어린이집 종일반에서 놀고 있을 아이에게 달려갔다. 그랬더니 층계에서 선생님 손을 잡고 콩콩 내려오던 아이가 엄마 품으로 폴짝 뛰어들더니 이렇게 말해주었다. "엄마 잘했어." 그러고는 그 작은 단풍잎 같은 손으로 엄마의 등을 토닥토닥 두드려주었다. 그때의 그 뭉클함이란. 엄마는 저 혼자 감격에 겨워 그 옛날 추억까지 끄집어내며 아이를 다시 바라보는데, 아이는 휴대전화에 저장되어 있는 음악들을 고르느라 엄마는 쳐다보지도 않는다.

그러나저러나 어디로 가야 하는 것일까? 막상 폴레에 도착은 했지만 어찌할 바를 모르겠다. 무심한 휴대전화 속 내비게이션은 목적지에 도착했다며 입을 다물어버리는데, 아무리 둘러보아도 재투성이가 왕자와 손을 마주잡고 춤을 추었던 성은 보이지 않는다. 재투성이 성으로 가기 위해 강을 건넜다는 사람도 있었는데, 도대체 강이 어디에 있다는 것인지. 사잇길로 빠졌더니 막다른 골목이 나오고, 이곳도 어쩌나 작은 시골인지 길에 사람이 없다. 다짜고짜 평온한 남의 집 대문을 두드려볼 수도 없어 사람을 기다려볼 요량으로 잠시 길옆에 차를 세워보지만, 정말이지 고양이 한 마리 지나가지 않는다.

"어떡하지? 드디어 폴레에 도착했는데, 어디로 가야 할지 모르겠어."

"그냥 길 따라 조금 더 가봐요. 아니면 다시 돌아오면 되니까."

"그럴까? 여기 무작정 서 있는 것보다는 어디든 가보는 게 낫겠지?"

다행히 나의 여행 촉은 죽지 않아서 근처를 살피다보니 작은 강이 보인다.

"어? 여기 강이 있어. 그럼 성도 저기 건너편 어딘가에 있다는 이야기인데…."

"엄마! 저기 말고 여기예요. 성이 이쪽에 있어요."

강폭은 생각보다 훨씬 좁다. 강물이 깊지만 않다면 가로질러 걸어가는 편이 훨씬 빠르게 느껴질 정도다. 그래도 사람들은 강 건너편으로 가기 위해 배에 올라타고 있는데, 배는 우리가 상상하는 일반 배가 아니다. 뭐랄까. 속초 아바이마을에서 본 갯배처럼 생겼다. 갑판만 있는 것 같은 납작한 생김새인데, 사람도 태우고 강아지도 태우고 자전거도 태우고 자동차도 태운다. 우리도 이 배를 타야 하나 싶어 일단 강 건너편에 있어야 할 성을 찾기 위해 눈을 가늘게 뜨는데, 아이가 톡톡 엄마를 건드린다.

"저기 말고 여기라니까요. 우리 뒤에!"

아이가 가리키는 곳을 바라보니 야트막한 언덕 위에 둥근 성의 기둥과 그 위에서 휘날리는 파랗고 하얀 깃발이 보인다. 기둥 아래로는 온통 연두와 초록의 나뭇잎이 무성하게 반짝이며 성을 감싸고 있다.

"사람들이 폴레 성으로 가려면 강을 건너야 한다고 했는데, 우

폴레 성.

린 이미 건너와 있었던 거구나. 완전 좋은데~"

기쁨에 넘쳐 주차를 하는데, 아이가 갑자기 화장실이 급하다고 한다. 다행히 강가 앞에 작은 레스토랑이 하나 보인다. 서둘러 아이의 손을 이끌고 들어서니 우리가 언덕 위의 성을 까치발로 쳐다보고, 나무 그늘 아래에 주차를 하고, 잰걸음으로 레스토랑까지 오는 것을 다 본 것일까? 내내 우리를 쳐다보고 있었던 것 같은, 야외 테이블에 앉아 있던 손님들이 묻지도 않았는데 화장실을 가리킨다. 하긴 동양인은커녕 길을 물어볼 현지인조차 만나기 힘든 독일의 시골마을에서 지안이와 내가 눈에 띄지 않는다면 오히려 거짓말일 것이다. 내친 김에 우리도 그곳 야외 테이블에 자리를 잡는다.

"일단 점심부터 먹고 폴레 성에 올라가보자."

음료수를 시키고 슈니첼(독일식 포크커틀릿)과 감자튀김을 시킨다. 음식이 나오기 전까지 그 어떤 가공도 하지 않은 나무 의자에 앉아 있는데, 세상이 이보다 더 평화로울 수 없다. 따뜻하다 못해 후텁지근하게 느껴지는 바람이 불고 있고 아이는 파란 하늘과 파란 들판, 파란 강물 사이에서 도저히 가만있을 수가 없는지 자꾸 엉덩이를 들썩인다. 손님이 앉아 있는 세 개의 테이블 위에서 두런두런 이야기 소리가 들리고 좀 더 귀를 기울이면 강가에서 물 흐르는 소리와 풀을 쓸고 가는 바람소리도 들릴 것 같다.

"여기가 신데렐라 성인 거예요?"

"응. 그런데 독일에서는 신데렐라라고 하지 않고 아셴푸텔이라고 해."

"아셴푸텔? 그게 무슨 뜻이에요?

"재투성이. 신데렐라도 재투성이라는 뜻이잖아. 독일어로는 아셴푸텔이라고 한대."

1812년 그림 형제가 《어린이와 가정을 위한 민담》을 출판하기

이전 독일에는 이미 프랑스 작가 샤를 페로의 작품이 널리 알려져 있었다. 페로는 그림 형제보다 150년 앞선 작가인데, 원래는 비평가였으나 프랑스의 민담을 모아 1697년《교훈이 담긴 민담 또는 콩트》라는 단편집을 엮었다. 그중에 하나인 〈상드리용 또는 작은 유리신〉의 상드리용Cendrillon이 영어로 번역되면서 신데렐라로 바뀌었고, 이것이 우리가 아는 동화 〈신데렐라〉로 탄생한 것이다. 그리고 디즈니가 이를 토대로 1950년에 장편 애니메이션을 선보여 지금의 신데렐라 이미지가 각인되었다. 재미있는 것은 이런 신데렐라의 스토리, 계모와 이복자매의 구박, 높은 신분의 남자와의 결혼 등을 담은 이야기가 세계적으로 1000여 종에 달한다는 사실이다. 우리나라만 해도 〈콩쥐팥쥐〉가 〈신데렐라〉와 비슷하다. 그런데 그중 지금까지 발견된 가장 오래된 〈신데렐라〉 이야기는 유럽이 아니라 중국의 것이라고 한다. 당나라 사람 단성식의 수필집《유양잡조酉陽雜俎》에 등장하는 예쉔葉限 이야기가 그것. 먼 옛날 계모의 학대를 받던 오씨의 딸 섭한이 물고기 신령의 도움으로 마을 축제에 갔다가 황금 신 한 짝을 잃어버리지만 마침내 왕비가 된다는 내용이다. 학자들은 〈신데렐라〉 이야기의 분포 지역을 토대로 중국의 설화가 실크로드를 타고 서역으로 전래된 것이라고 본다. 비슷한 이야기가 전 세계에 흩어져 있다니, 어느 쪽이 먼저인지가 중요하기보다는 사람들이 감동을 받거나 재미를 느끼는 부분이 세계적으로 공통적이라는 점이 그저 신기할 따름이다.

물론 그림 형제의 〈재투성이〉는 우리가 알고 있는 〈신데렐라〉와는 전체적인 흐름은 같아도 요소요소 다른 점이 많다. 신데렐라가 무도회에 갈 수 있었던 것은 요정이 호박으로 마차를 만들고 쥐로 말을 만들고는 유리 구두까지 선물해주었기 때문이다. 하지만 독일판 재투성이가 무도회에 갈 수 있었던 것은 엄마의 무덤가에 심어놓았던 나무로 날아온 새가 드레스와 구두를 가져다주었기 때문이다. 〈신데렐라〉의 두 언니는 못생겼지만 〈재투성이〉의 두 언니는 그래도 생김새는 아름답고 깨끗하다는 표현이 나온다. 〈신데렐라〉에서는 왕자가 유리 구두를 신은 신데렐라를 한눈에 알아보지만 〈재투성이〉에서는 왕자가 처음에는 발가락을 자른 큰 언니를, 두 번째는 발뒤꿈치를 자른 작은언니를 말에 태워 데리고 가다가 되돌아온다. 이렇게 같은 이야기에서 서로 다른 점을 찾아가며 읽는 재미도 민담에서 파생된 동화에서 느낄 수 있는 색다른 포인트이리라.

"엄마! 엄마! 나 사진 찍어달라고요."

신데렐라든 재투성이든, 프랑스어판이든 독일어판이든 지금 아이에게 그런 것은 문제가 되지 않는다. 동화 속 배경이 된 세상에 들어온 것 자체만으로 좋은 것이다. 그 옛날 아름다운 옷을 입고 춤을 춘 재투성이로 빙의한 것일까. 갑자기 어설픈 발레 동작

으로 날아다니며 사진을 찍어달라고 재촉한다. 재투성이가 신발을 떨어뜨리고 달아난 계단으로 추정되는 곳에서는 아예 제 신발을 벗어던지고 도망가기까지 한다.

폴레 성은 1200년대에 지어졌다고 했다. 규모가 크지는 않지만 분명히 한때는 아름다웠을 성 안을, 그러나 지금은 폐허가 된 곳을 나도 아이를 뒤쫓아 둘러본다. 붉은 벽돌로 지어진 성곽 안에는 붉은 흙과 대조적인 푸른 풀밭이 구간별로 잘 정리되어 있다. 성의 뼈대인 성곽만 남아 있어 햇빛 한 점 가릴 그늘도 없지만 붉은 흙 위에 놓인 벤치도 예사롭지 않다. 이미 독일에 오기 전부터 폴레 성은 30년 전쟁과 제2차 세계대전으로 파괴되어 폐허로 남아 있다고 들었기 때문에 성에 대한 기대는 없었다. 하지만 폐허를 보기 흉한 폐허로 두지 않고 여러 가지 소품으로 야외 갤러리처럼 꾸며놓은 것이 근사해 보인다.

"집들이 코앞에 있어요. 이 마을 사람들은 성에 올 때 마차 탈 필요 없이 걸어왔을 것 같아요."

아이가 성 주변을 둘러보더니 한마디 한다. 흔히 성이라고 하면 마을과는 뚝 떨어진, 그야말로 말이나 마차를 타고 가야지만 도달할 수 있는 그런 특별한 위치에 있는 곳을 상상하기 쉽다. 그런데 폴레 성은 아니다. 성문을 나서서 길 하나만 건너면 바로 서민들의 집이 있다. 평소 두 언니가 그렇게 구박해도 대들지 않고 자기주장도 하지 않던 재투성이가 왜 그렇게도 성에서 열리는 무

도회에는 가고 싶어했는지 그 마음을 조금은 알 것 같다. 눈앞에서 흥겨운 음악이 흘러나오고 하늘거리는 드레스가 어른거리고 맛있는 냄새가 코를 찌르니 십대 소녀의 마음이 흔들리지 않을 수 없었을 듯하다.

성에서 내려와 베저 강가를 걸어본다. 노부부가 간이 의자를 펼쳐놓고 나란히 앉아 조용하고도 아름다운 폴레의 풍경에 마음을 담금질하고 있다. 그 뒤를 살금살금 지나가는데, 갑자기 젊은 연인 한 쌍이 자전거를 타고 자갈을 튕기며 지나간다.

"독일에 오면 우리도 자전거 타기로 했잖아요. 지금 타요."

모든 것이 완벽한 날이다. 하늘은 높고 강물은 잔잔하며 자동차가 지나는 길도 아닌 푸른 잔디밭과 경계가 없는 흙길이 끝없이 펼쳐져 있다. 날이 조금 덥기는 하지만, 햇볕이 조금 따갑기는 하지만, 예쁘게 사진 찍어주려고 지안이에게 치마를 입히기는 했지만 그래도 자전거를 타려면 여기 폴레가 제격이라는 생각이 확실히 든다. 마침 강가에 하나밖에 없는 레스토랑에는 대여해주는 자전거도 있다. 그런데 아이스크림을 사면서 자전거 대여료를 물어보다가 깜짝 놀랐다. 가격이 터무니없이 비싸다. 기껏 타봐야 30분에서 1시간 정도밖에 타지 않을 텐데, 직원은 하루 종일 대여하는 가격만 제시한다. 할인도 없고, 무엇보다 아이에게는 헬멧을 씌워주어야 하는데 헬멧이 없다는 말에 자전거로 향하던 발걸음

이 멈춘다.

“나 자전거 잘 타잖아요. 동네에서는 헬멧 없이도 매일 탔잖아요.”

“알아. 너 자전거 잘 타는 거. 하지만 헬멧을 안 쓰고 여기에선 탈 수가 없어. 우리나라에서는 동네 놀이터고 네 자전거였으니까, 익숙한 곳이니까 헬멧을 안 쓸 때도 있지만, 여기에서는 곤란해. 외국이고, 처음 타보는 자전거고, 흙길이잖아. 영임이 이모 헬멧 안 쓰고 자전거 타다가 크게 다쳤던 거 기억 안 나? 여기에서 다치면 너도 큰일이고, 나머지 여행도 완전 망친다고!”

아이도 속상하고 나도 속상하다. 자전거를 탄다는 아이디어까지는 좋았는데, 나는 아이의 안전을 먼저 생각해야 하는 엄마다. 둘만의 여행에서는 즉흥적인 행동으로 여행의 즐거움을 높이기보다 최악의 경우까지 생각하며 안전을 중시해야 하는 엄마다. 차에 올라탄 아이의 입이 깔때기만큼 튀어나온다. 나 역시 그냥 타버릴까, 그러다 다치기라도 하면 하는 마음 사이에서 오락가락하느라 기분이 안 좋은데 아이까지 토라져 있으니 마음이 더 안 좋다.

죽어서도 편히 땅에 묻히지 못하고 기어이 새가 되어 딸 주위를 맴돌아야만 했던 재투성이의 엄마와 딸을 왕비로 만들기 위해 냉혹하게도 엄지발가락을 잘라버리라고 말하는 재투성이의 계모와 자전거를 타기에 더할 나위 없이 좋은 날임을 알면서도 안 된다고 돌아설 수밖에 없는 나.

자식들은 알까? 이렇게밖에 할 수 없는 엄마의 마음을. 하지만 종종 엄마도 이런 역할을 때려치우고 싶을 때가 있다. 물론 재투성이의 엄마와 계모에게는 물어보지 않았지만 나는 그렇다. 분명 내 안에도 말괄량이 삐삐가 살았던 적이 있는데, 지금은 기숙사 사감이 들어앉은 것만 같아 가끔 못 견디게 벗어나고 싶다.

재투성이

어떤 부자의 아내가 병석에 누워 자신의 죽음이 그리 멀지 않았다는 것을 느끼고 외동딸을 불러놓고 말했습니다.

"착하고 신앙심 깊은 아이가 되어라. 그러면 하느님께서 항상 너를 도와주실 거다. 나도 하늘에서 내려다보며 널 보살펴주마."

어머니가 세상을 떠나자 소녀는 날마다 어머니의 무덤으로 가서 눈물을 흘렸습니다.

겨울이 지나고 다시 봄이 올 때쯤 아버지는 새 아내를 맞아들였습니다. 새 아내는 두 딸을 데리고 왔는데, 그들의 얼굴은 아름답고 깨끗했으나 마음씨가 심술궂고 사악했습니다. 새 언니들은 소녀의 아름다운 옷을 빼앗고 잿빛 누더기를 입힌 채 부엌으로 밀어 넣었습니다. 소녀는 아침부터 밤까지 힘들게 부엌일을 해야만 했고 침대에서도 쫓겨나 아궁이 옆 잿더미 위에서 자게 되었습니다. 그래서 모두 소녀를 ' 재투성이'라고 부르게 되었습니다.

어느 날 아버지는 장에 가면서 딸들에게 무엇을 사다줄까 하고 물었습니다. 언니들은 아름다운 옷과 보석을 이야기했고 재투성이는 집에 돌아올 때 아버지 모자에 닿는 첫 번째 나뭇가지를 꺾어달라고 부탁했습니다. 아버지는 딸들의 부탁을 들어주었고 재투성이는 아버지가 가져다준 개암나무 가지를 어머니 무덤 옆에 심은 뒤 하염없이 울었습니다. 재투성이가 흘린 눈물은 나뭇가지를 흠뻑 적셨고 이내 쑥쑥 자라 아름다운 나무가 되었습니다. 재투성이는 매일 세 차례씩 어머니 무덤에 가서 울며 기도했는데, 그때마다 조그맣고 하얀 새 한 마리가 날아와 소녀가 필요한 것들을 가져다주곤 했습니다.

한편, 그 나라의 왕은 왕자에게 신붓감을 고를 기회를 주기 위해 잔치를 벌이기로 했습니다. 새 언니들이 잔치에 갈 채비를 하자 재투성이도 너무나 가고 싶었습니다. 하지만 재투성이를 잔치에 데려가고 싶지 않았던 새어머니는 잿더미 속에 콩을 쏟아놓고 시간 안에 다 골라 담으면 잔치에 가게 해주겠다고 말했습니다. 재투성이가 새들에게 부탁하자 하늘 아래에 있는 모든 새가 부엌으로 날아와 좋은 콩들을 단지 속에 넣어주었습니다. 그래도 새어머니는 재투성이를 잔치에 데려가지 않았습니다.

그들이 떠나버리자 재투성이는 개암나무 밑에 가서 울었습니다. 그러자 새 한 마리가 금실과 은실로 지은 드레스 한 벌과 비단 수를 놓은 신 한 켤레를 떨궈주었습니다. 재투성이는 그 옷을 입고 왕자님의 잔치에 갔습니다. 왕자는 물론 모든 사람이 재투성이의 아름다움에 깜짝 놀랐습니다. 새어머니와 두 언니는 재투성이를 알아보지 못했습니다.

밤이 되자 재투성이는 집으로 돌아가야 했고 왕자는 어느 집 처녀인지 알고 싶어 쫓아갔지만 번번이 재투성이의 집 앞에서 처녀를 놓쳤습니다. 비둘기장 속으로 배나무 위로 도망간 재투성이를 왕자는 찾을 수 없었지요. 사흘째 되던 날 왕자는 꾀를 내어 궁궐에서 밖으로 내려가는 계단에 송진을 발라놓았습니다. 왕자의 추측대로 재투성이가 계단을 달려 내려갈 때 그녀의 왼쪽 신이 거기에 달라붙고 말았습니다. 그 신을 집어 든 왕자는 그것이 작고 우아하며 순금으로 된 신발이라는 것을 알았습니다.

이튿날 아침 왕자는 재투성이의 아버지를 찾아가 황금신이 꼭 맞는 아가씨만이 자신의 신부가 될 수 있다고 말했습니다. 아름다운 발을 가지고 있었던 두 언니는 매우 기뻤습니다. 하지만 두 언니에게 황금신은 너무나 작았습니다. 새어머니는 신발이 작아 맞지 않는 두 딸에게 각각 엄지발가락과 뒤꿈치를 자르라고 명령했습니다. 왕비가 되면 직접 걸을 일이 없을 거라고 말이지요.

언니들은 지독한 아픔을 참으며 황금신에 왼발을 집어넣은 뒤 왕자에게 갔습니다. 왕자는 깜빡 속아 가짜 신부를 궁전으로 데리고 갔습니다. 하지만 그들이 재투성이의 어머니 무덤 옆을 지날 때마다 두 마리의 비둘기가 부르는 노랫소리를 들었습니다.

"그 처녀가 신고 있는 신발을 좀 보세요. 온통 피투성이잖아요. 그 처녀의 발에는 신발이 너무 작지요. 그 처녀는 무도회에서 만난 처녀가 아니랍니다."

왕자는 가짜 신부의 발을 내려다보았고 황금신에서 피가 줄줄 새어나오는 것을 보았습니다. 한 번은 재투성이의 큰언니를, 두 번째는 작은언니를 데려갔던 것이지요.

마침내 왕자는 재투성이를 만나게 되었습니다. 왕자가 건네준 황금신이 꼭 맞는 재투성이. 왕자는 드디어 자신이 사랑에 빠져 춤을 추었던 소녀를 알아보게 된 것이지요.

왕자와 재투성이의 결혼식 날, 두 새 언니는 재투성이에게 아첨을 해서 행운을 나누어가질 마음으로 재투성이을 찾아갔습니다. 하지만 비둘기들이 달려들어 두 눈을 앗아가고 말았습니다. 두 언니는 심술궂고 못된 마음씨 때문에 남은 평생 앞을 못 보게 된 것입니다.

〈헨젤과 그레텔〉

“과자로 만든 집은 없었지만”

유로화로 통합되기 전 독일의 가장 큰 화폐 1000마르크에 그려진 인물은 그림 형제였다. 1000마르크짜리가 가장 큰 크기이다 보니 화폐 디자인상 두 명을 넣기에 충분했기 때문이라는 이야기도 있지만, 그만큼 독일에서 그림 형제의 위상을 알 수 있는 부분이기도 하다. 하지만 그림 형제가 《어린이와 가정을 위한 민담》 초판본을 펴냈을 때는 이런 분위기를 상상도 할 수 없었다고 한다. 당시 비평가들은 그림 형제가 펴낸 책에 대해 어린이들에게 유해한 내용이 담긴 동화라며 격렬하게 비난했다. 잔인할 뿐 아니라 비교육적이고, 심지어 기독교 정신에 반한다는 것이 그 이

유였다. 이에 대해 그림 형제는 할 말이 많았다. 그들은 자연문학의 힘을 전하고 싶었다. 특히 민담은 당시 사회상을 반영하고 인간의 집단행동을 연구하는 데 학술적으로 매우 중요하기 때문에 개작하거나 변형하는 일은 극도로 자제해야 한다는 것이 그들의 생각이었다. 한마디로 민담을 원형 그대로 전하는 것이 자신들이 해야 할 일이라고 생각했던 것이다.

하지만 어쩔 수 없이 제2판을 찍을 때는 빌헬름의 주도 아래 수정할 수밖에 없었다. 어린이의 눈높이에 맞게, 기독교라는 종교 이념에 맞게, 보다 조심스럽게, 한결 부드럽게. 그래서 〈라푼첼〉에서 "고텔 부인, 제 옷이 점점 꽉 끼어 더이상 맞지 않으니 어찌 된 일일까요?"는 "고텔 부인, 젊은 왕보다도 당신을 끌어올리기가 더 힘드니 어찌 된 일일까요?"로 바뀌었다. 옷이 꽉 낀다는 의미는 임신한 것으로 해석될 수 있어 음란하다는 이유에서였다. 또 〈헨젤과 그레텔〉 〈백설공주〉에서 계모는 원래 친어머니였으나 이 시기에 모두 계모로 바뀌었다. 친어머니가 자식을 버린다는 설정은 당시에도 받아들일 수 없었기 때문이었을 것이다.

그렇다고 해도 친어머니든 계모든 마귀할멈이든 그림 동화에서 악역은 주로 여자다. 많은 여자가 주체적으로 나쁜 일을 저지르고 남자들은 무기력하게 끌려간다. 〈라푼첼〉도 그렇고 〈재투성이〉도 그렇다. 그리고 가장 극에 달하는 것은 〈헨젤과 그레텔〉이다. 그림 동화는 물론 전 세계 그 어떤 동화와 비교하더라도 〈헨젤과 그레텔〉만큼 양면성을 지니고 있는 동화는 없는 듯하다. 잔인함과 순수함이 극과 극을 넘나든다. 기근을 이유로 아이들을 버리자고 남편을 꾀는 계모, 싫다고 하면서도 아내의 꾐에 넘어가는 아버지, 아이들을 잡아먹기 위해 과자집을 지은 능구렁이 같은 마귀할멈, 아이들을 굽기 위한 오븐 속에서 비명을 지르며 타 죽은 마귀할멈의 최후 등. 분명 개정판이 꾸준히 나왔는데도 현대 동화에서는 절대로 용납할 수 없는 잔인한 설정들로 가득하다. 반면 어린 나이에도 동생을 안심시키기 위해 돌멩이를 떨어뜨린 헨젤과 그가 떨어뜨린 돌멩이가 달빛에 하얗게 반짝이며 길을 안내해주는 장면, 상상만 해도 행복해지는 숲속의 과자집, 계모가 사라진 집에서 마녀의 보석으로 아버지와 행복하게 살게 되는 결말 등은 얼마나 순진무구한지. 그래서 어린 시절 〈헨젤과 그레텔〉을 읽으며 '집을 못 찾아가면 어떡하지?' '아무리 과자집이라 해도 남의 집을 함부로 먹으면 큰일날 텐데….' '마귀할멈이 언제 잡아먹을까?'라는 생각으로 책장을 넘길 때마다 심장이 조이며 입이 바짝바짝 타 들어갔다. 그 〈헨젤과 그레텔〉의 마을이 메르헨 가도에 있다는 사실이 기쁜 한편, 당장 가서 누구라도 붙잡고 따지고 싶었다. 예쁜 과자집과 영리하고 지혜로운 아이들을 만날 수 있을 것 같은 기대감이 빵처럼 부풀어 올랐지만, 자식을 버리는 말도 안 되는 설정에 대해 누구에게라도 해명을 듣고 싶었던 마음이 있었기 때문이다.

〈헨젤과 그레텔〉의 마을인 획스터는 독일 서쪽 노르트라인베스트팔렌주에 위치한 인구 3만 명이 넘지 않는 작은 도시다. 처음 메르헨 가도가 만들어졌을 때 획스터는 포함되지 않았다고 한다. 그러던 것을 메르헨 가도가 만들어진 지 25주년이 되던 2000년 10월에 획스터는 메르헨 가도의 관광도시가 되겠다고 선포했다. 이에 획스터 저축은행에서 도심 한가운데에 헨젤과 그레텔, 마귀할멈의 동상을 세우면서 본격적으로 동화 마을이 되었다.

나는 분명 휴대전화에 주차장 앱을 깔았지만 내비게이션을 보면서 운전을 하다 주차장 앱까지 검색할 전천후가 되지 못하는 탓에 획스터에 들어섰음에도 같은 거리를 몇 바퀴째 돌았는지 모른다.

“여기는 아까 왔던 곳 같은데요?”

“맞아. 지금 우린 계속 같은 길을 돌고 있는 중이야.”

“왜요?”

“주차장을 못 찾아서. 하지만 조금 전에 돌면서 봐둔 데가 있어. 이번에는 놓치지 않고 거기로 들어갈 수 있을 거야.”

외국에서는 운전도 운전이지만 주차가 쉽지 않다. 모르고 아무 곳에 주차를 했다가는 딱지를 떼게 되고 야외 주차를 하면 강도를 만날 수도 있으니 주차장을 잘 골라야 한다고 들었다. 그래서 미리 주차장 앱까지 깔았지만 그러면 뭐 하나. 운전하랴, 주차장 찾으랴 혼자 정신없는 나는 주차장 표시를 알아본 것만으로도 그저 기특할 뿐이다.

쇼핑센터 야외 주차장에 주차한 뒤 가장 먼저 향한 곳은 구시청사 옆에 있는 관광안내소다. 차로 서너 바퀴 돌았더니 굳이 구글 지도를 켜지 않아도 관광안내소가 어디에 있는지 알게 되었다.

"그런데 왜 엄마는 관광안내소에 가면 꼭 이렇게 말해요? '저희가 여기에 지금 막 도착했거든요. 이곳에서는 어디 어디 가면 될까요?' 만날 그렇게 말하는 거 되게 웃겨요."

오호라! 네가 지금 엄마를 비웃는 것이로구나. 하지만 비웃어도 어쩔 수 없다. 나는 이곳 획스터 관광안내소에 들어가서도 아이가 놀린 그대로 질문할 것이다.

처음 도착하면 관광안내소를 가야 하는 도시가 있고, 가지 않아도 되는 도시가 있다. 이미 알려진 유명한 도시는 그 도시를 소개하는 안내책도 있고, 인터넷에도 여러 정보가 있어 굳이 관광안내소까지 갈 필요가 없다. 하지만 유명하지 않은 도시는 정보를 얻을 곳이 관광안내소밖에 없다. 우리가 여행 중인 메르헨 가도의 도시들은 특히 그렇다. 대체로 작은 도시들이기 때문에 정보를 얻을 곳이 거의 없었고, 획스터는 바트빌둥겐과 쌍벽을 이룰 정도로 심했다. 아무리 인터넷을 뒤져보아도 어느 누구 한 명 획스터에 가보았다는 사람이 없었다. 그래서 유일하게 믿을 곳은 관광안내소뿐이었다. 획스터가 어떤 곳인지, 헨젤과 그레텔과는 어떤 인연이 있는지 꼭 물어보고 싶었다.

그런데 소득이 없어도 이렇게 없을 줄이야. 일단 관광안내소

여직원은 독일어만 할 줄 안다. 나도 영어를 못하는데, 나보다 더 못하는 영어로 대답을 해주니 그야말로 몸 둘 바를 모르겠다. 관광안내소에서 일을 하면 적어도 자신의 마을에 대해서는 공부를 좀 하고 있어야 하지 않을까? 실망스럽게도 자신의 마을과 〈헨젤과 그레텔〉의 연결고리를 전혀 알지 못하고, 이곳의 가장 유명한 건축물인 '아담과 이브의 집'에 대해서도 아무런 설명을 해주지 못한다. 그저 미안하다며 해맑게 웃기만 하는 그녀. 처음에는 답답하고 조금 어이가 없었지만 관광안내소를 나오면서는 나도 그냥 웃기로 한다. 그래, 뭐 꼭 다 알아야지만 여행을 할 수 있는 것은 아니니까. 따뜻하다 못해 아이스크림을 부르는 후텁지근한 공기와 파랗다 못해 시퍼런 하늘을 즐기며 예쁜 집들 사이를 걸어 다니는 것만으로도 오늘 하루 우리는 찬란할 것이다.

관광안내소가 있는 구시청사에서는 세 시간마다 종소리로 독일 국가를 울린다고 하던데, 아쉽게도 우리가 관광안내소 주위를 맴돌 때는 그 시간이 아니었나보다. 온 사방이 조용할 뿐이다. 이렇게 고즈넉한 마을에서 알스펠트의 시청사 못지않게 베저 르네상스 양식으로 아름답게 지어진 획스터 시청 건물을 올려다보는 것만으로도 기분이 좋아진다.

"창가의 꽃들이 너무 예뻐요."

"우리는 보통 내가 보려고 집에다 꽃을 심고 화분도 가꾸잖아.

그런데 여기 사람들은 지나가는 사람들 보라고 저렇게 창문 밖에 꽃을 심어놓네. 저런 마음은 우리도 배우면 좋겠다."

우리는 아이스크림가게에서 아이스크림을 사고 풍선도 하나 얻은 뒤 시청사 건너편에 있는 헨젤과 그레텔 동상으로 향한다.

"헨젤과 그레텔이다! 근데, 너무 말랐어요. 불쌍해 보여."

길을 건너 은행 앞 분수대 옆에 서 있는 헨젤과 그레텔, 마귀할멈의 청동상으로 다가가다 아이는 물론 나도 너무 놀랐다. 이렇게 앙상하게 생긴 아이들일 줄이야. 우리의 손에 아이스크림이 들려 있다는 사실이 민망할 정도였다. 대개 동화책에 나오는 삽화들은 예쁘다. 그래서 아무리 헨젤과 그레텔이 기근 때문에 버려진 아이들이라고 해도 우리는 그들을 그저 귀여운 아이들로만 생각해왔던 것이다. 실제로 이렇게 마르고 핏기 없는 모습일 것이라고는 부끄럽지만 상상도 하지 못했다. 배고픔을 경험해보지 못한 나는 미안했고, 마귀할멈에게 끌려갈 것 같은 아이들의 모습에 지안이는 답답했는지 마귀할멈을 한참 동안 노려보았다.

"엄마! 여기는 뭐 하는 곳이에요?"

"글쎄… 엄마도 아까부터 그게 제일 궁금했어."

헨젤과 그레텔 동상을 지나 길을 따라 더 걸으니 너무나도 아름다운 건물 두 채가 나란히 서 있다. 먼저 '호르스코테 하우스 Horskotte House.' 관광안내소 언니가 손수 지도 위에 동그라미를 쳐준 곳이라 오기는 왔는데, 어떤 의미가 담겨 있는 곳인지는 모르겠다. 안내서를 읽어보니 1554년에 지어진 초기 르네상스 스타일의 장식이 풍성한 부르주아의 집이라고 한다. 그래서일까? 정말이지 기둥마다 동화의 주인공일 것 같은 중세시대 사람들의 모습이 화려하게 그려져 있고, 동글동글한 형태의 용 장식과 꽃 장식이 너무나도 섬세해 멀리서도 눈에 확 띈다.

"진짜 예쁘다. 나도 이런 집에서 살 거예요."

"오케이. 그럼 엄마는 지안이네 자주자주 놀러가야지."

"그런데 진짜 여기는 어딜까요?"

나도 궁금하지만 알 길이 없는데 아이가 자꾸 묻는다.

"지안아! 우리 궁금하니까 한번 들어가서 물어볼까?"

말은 그렇게 했지만 낯선 사람에게 먼저 말을 건네는 것을 즐

기지 않는 나는 잠시 고민했다. 아이도 활발하기는 하지만 낯선 사람에게 쉽게 다가가는 스타일이 아니라서 망설이는 눈치다. 그러다 우리 둘 다 오늘은 용기를 내보기로 했다. 유명한 장소이니 분명 우리 같은 궁금증을 가지고 문을 열고 들어서는 관광객들이 많지 않을까.

삐거덕 문을 열고 들어서니 하얀 가운을 입은 두 명의 여성과 한 명의 남성이 일제히 우리를 바라본다.

"안녕하세요. 저희는 관광객인데요. 이 건물이 뭐 하는 곳인지 알고 싶어서 들어와봤어요."

그들이 가리키는 쪽을 바라보니 의족이 떡 하니 서 있다.

"여기는 의족 같은 의료기기를 파는 곳이에요. 휠체어도 팔고요."

"아, 네."

"마음껏 둘러보아도 좋아요."

내부는 고급스러운 병원 느낌이다. 의족과 휠체어가 띄엄띄엄 있고 내가 보아서는 알 수 없는 여러 가지 도구도 있다. 하멜른에서 피리 부는 사나이의 집은 레스토랑이더니 획스터의 유서 깊은 건물은 의료기기를 파는 가게다. 역사적인 건물이 방치되어 있지 않고 현재의 삶에 자연스럽게 녹아 있는 방식이 낯설면서도 묘하게 매력적이다.

아담과 이브의 집은 문이 잠겨 있어 들어갈 수 없다. 다행이다 싶기도 하고 아쉽기도 하여 우리는 그저 기둥에 새겨진 아담과 이브만을 한참 동안 바라보다 돌아선다.

주차장을 향해 오는 길, 무언가 아쉬운 마음에 발길이 무겁다. 당연히 획스터에는 과자로 만든 집같이 우리를 놀라게 할 만한 거리가 없을 것이라고 짐작은 했다. 하지만 이대로 떠나기에는 무언가 부족하게만 느껴진다. 더구나 폴레에서 아이가 그렇게 타고 싶어한 자전거를 못 타게 한 것도 내내 마음에 걸린다. 그래서 불쑥 떠오른 생각을 아이에게 이야기했더니 아이는 방방 뛰며 좋아서 어쩔 줄 몰라 한다.

"진짜? 진짜? 엄마, 나 실은 옛날부터 과자집 같은 걸 만들어보고 싶었어요. 엄마! 고마워요. 진짜 고마워요!"

그리하여 우리는 오늘 밤 우리만의 과자집을 만들기로 하고,

아이는 여전히 믿기지 않는다는 표정을 지으며 슈퍼마켓으로 달려간다. 그러고는 산더미처럼 쌓여 있는 과자·초콜릿·사탕·젤리 앞에서 달콤한 고민에 빠지기 시작한다.

"엄마! 진짜 내가 사고 싶은 과자를 다 사도 되는 거죠?"

고개를 끄덕이는 엄마를 보는 아이의 두 눈이 싱그럽다. 언제 엄마의 말에 삐친 적이 있었냐는 듯이 애정이 담뿍 담긴 눈빛을 던지고 과자들 속으로 사라진다. 그 모습을 보니 내가 참 생각을 잘 했지 싶다. 〈헨젤과 그레텔〉의 마을에 왔으니 과자집 하나 정도는 만들어야지 이야기가 될 것 같다. 그리고 사실 지금까지는 먹고 싶은 과자가 있어도 짐이 무거워지는 것이 겁나서 마음대로 살 수 없었다. 하지만 지금 우리에게는 비장의 무기 렌터카가 있다. 과자쯤이야 얼마든지 원 없이 담을 수 있다. 덕분에 아이는 신나게 슈퍼마켓을 탐험 중이다. 하지만 그 탐험이 이렇게 길어질 줄이야. 처음에는 슈퍼마켓을 혼자 구경하다 나중에는 아이의 뒤를 졸졸 따라다니다 포기하고 급기야 계산대 밖으로 나와 쭈그리고 앉은 엄마의 외침.

"지안아! 아직 멀었니? 이러다가 여기서 날 새겠다!"

익숙한 엄마의 목소리에 초콜릿과 과자를 한 아름 든 아이가 진열대 사이에서 빠끔히 얼굴을 내밀며 씩 웃는다. 아무래도 오늘 밤 우리는 이곳에서 밤을 지새울 것 같다.

가난한 나무꾼이 아내와 두 아이를 데리고 숲에서 살았습니다. 남자아이 이름은 헨젤이고 여자아이 이름은 그레텔이었습니다. 어느 해 큰 기근이 나라 전체를 휩쓸고 가자 아내는 먹을 것이 없다며 아이들을 숲속에 버려야 한다고 나무꾼을 조르기 시작했습니다. 아내는 새어머니였거든요. 나무꾼은 아이들이 불쌍하다며 그럴 수 없다고 말했지만 아내가 같은 말을 되풀이하면서 괴롭히자 마침내 아내의 말에 따르기로 했습니다.

그날 밤 배가 고파서 잠을 이룰 수 없었던 헨젤과 그레텔은 새어머니가 아버지에게 하는 말을 다 들었습니다. 그레텔이 슬퍼하며 눈물을 흘리자 헨젤은 동생을 안심시킨 후 옷을 걸쳐 입고 살그머니 문을 열고 밖으로 나갔습니다. 그러고는 가능한 한 많은 자갈을 주워 호주머니 속에 넣었습니다.

이튿날 새벽 아직 해가 떠오르지도 않았는데 새어머니가 와서 두 아이를 깨웠습니다. 새어머니는 아이들에게 빵 한 조각씩을 쥐어주며 나무를 하러 숲으로 가야 한다고 다그쳤습니다. 네 식구가 숲속으로 들어갈 때 헨젤은 몰래몰래 윤이 나는 하얀 자갈을 일정한 간격을 두고 떨어뜨렸습니다. 숲 한가운데에 이르렀을 때 아버지는 모닥불을 피워주며 나무를 해오는 동안 이곳에서 기다리라고 말하고는 새어머니와 함께 떠났습니다. 모닥불 앞에서 깜빡 잠이 든 오누이가 깨어났을 때는 이미 칠흑 같은 어둠이 숲을 가득 메우고 있었습니다. 얼마 후 보름달이 뜨자 헨젤은 그레텔의 손을 잡고 은화처럼 반짝이는 자갈들을 따라 집으로 돌아왔습니다.

얼마 지나지 않아 또다시 온 나라에 기근이 닥쳐왔습니다. 새어머니는 아버지를 또 졸라댔습니다. 아버지는 슬펐지만 새어머니의 말을 듣지 않을 수 없었고 아이들은 이번에도 부모님의 이야기를 엿들었습니다. 그런데 한밤중이 되어 헨젤이 자갈을 줍기 위해 밖으로 나가려는데, 새어머니가 문을 잠가놓는 바람에 나갈 수가 없었습니다.

다음 날 헨젤은 숲으로 가는 길에 주머니 속에서 빵을 조금씩 뜯어내 길바닥에 뿌려두었습니다. 하지만 한밤중이 되어 집으로 가는 길을 찾으려 했을 때 그들은 빵 부스러기를 찾을 수가 없었습니다. 숲과 벌판에 사는 새들이 빵 부스러기들을 모두 쪼아먹었기 때문입니다.

헨젤과 그레텔은 숲을 헤매다 눈처럼 하얀 새 한 마리를 보았습니다. 너무나 고운 목소리로 노래를 부르던 새는 따라오라는 듯이 앞으로 날아갔고 남매는 새의 뒤를 따라갔습니다. 그랬더니 지붕은 케이크로, 창문은 설탕으로 만들어진 과자집이 나타났습니다. 너무나 배가 고팠던 헨젤과 그레텔은 정신없이 집을 뜯어먹기 시작했습니다. 잠시 후 집 안에서 "내 집을 갉아먹는 게 누구냐?"는 고함소리와 함께 늙은 할머니가 나타났습니다. 할머니는 두 아이의 손을 잡고 집 안으로 데리고 들어가 맛있는 음식을 먹이고 하얀 시트가 덮인 조그만 침대도 내주었습니다.

그런데 사실 그 할머니는 아이들을 노리는 못된 마녀였습니다. 아이들을 유혹하기 위해 과자로 된 집을 만들었던 것이지요. 이튿날이 되자 마녀는 잠들어 있는 헨젤을 움켜쥐고 조그만 우리에 가두었습니다. 그레텔에게는 힘든 일을 시키기 시작했습니다. 헨젤에게 맛있는 음식을 먹여 살찌게 한 다음 잡아먹을 속셈이었지요. 그리하여 헨젤은 날마다 아주 맛있는 요리를 먹게 되었습니다. 마녀가 얼마나 살쪘는지 만져보게 손가락을 내밀어보라고 하면 헨젤은 조그만 뼈를 내밀곤 했는데, 눈이 어두운 마녀는 이를 알아차리지 못했습니다. 한 달이 지났는데도 헨젤이 여전히 깡마른 채로 있자 마녀는 헨젤을 그냥 잡아먹기로 했습니다.

다음 날 마녀는 그레텔까지 잡아먹을 요량으로 그레텔에게 오븐 안으로 들어가서 온도가 적당한지 살펴보라고 했습니다. 그레텔이 오븐 속으로 들어가면 오븐의 문을 닫을 속셈이었지요. 하지만 눈치를 챈 그레텔이 오히려 어떻게 오븐 안으로 들어갈 수 있느냐고 마녀에게 물었고 마녀가 시범을 보여줄 때 얼른 쇠문을 닫고 문의 걸쇠를 잠가버렸습니다. 그러고는 곧바로 오빠를 구했습니다.

헨젤과 그레텔은 마녀의 집에서 보물을 챙긴 후 숲속을 몇 시간 동안 걸어 큰 강이 흐르는 곳에 도착했습니다. 헨젤이 강을 어떻게 건너야 할지 고민하자 그레텔이 헤엄을 치고 있는 오리에게 부탁을 했습니다. 헨젤과 그레텔은 오리가 힘들지 않도록 한 사람씩 오리 위에 올라타 무사히 강을 건넜습니다. 그렇게 해서 남매는 아버지의 집으로 돌아올 수 있었지요. 다행히 그동안 새어머니도 죽어 아버지는 혼자 지내고 있었습니다. 헨젤과 그레텔은 마녀의 집에서 가져온 보석들로 드디어 더할 수 없이 행복하게 살 수 있게 되었습니다.

트렌델부르크Trendelburg

〈라푼첼〉

“라푼첼은 왜 스스로 탑에서 나오지 않았을까?”

이번 여행에서 나는 아이를 위해 세 가지 선물을 준비했다. 첫 번째는 독일의 고성古城에서 잠자기, 두 번째는 독일의 마지막 여행지이자 메르헨 가도의 종착지인 브레멘에서 놀이동산 가기, 마지막은 독일여행이 끝나면 네덜란드로 건너가 아이의 소꿉친구 만나기. 남들은 엄마를 따라 유럽여행을 하는 열 살짜리가 부럽다고 말한다. 하지만 그것은 어른들의 생각일 뿐, 실제 아이의 생각은 다를 수 있다. 아이의 입장에서 보면 어쩔 수 없이 따라나선 길일 수도 있고, 엄마 눈치를 보며 억지로 기뻐하는 척해야 할지도 모른다. 행복할 때도 있지만 나름의 스트레스도 있지 않을까?

그러니 여행 중에, 그리고 여행이 끝난 후 엄마는 아이에게 고맙다는 인사를 해야 할 것 같아 세 가지 선물을 준비했고 오늘은 드디어 그 첫 번째 선물을 풀어볼 시간이다.

독일은 기차 노선의 체계가 상당히 잘 구축된 나라다. 무엇보다 인원 구성을 잘 하면 아주 저렴한 비용으로 기차여행을 할 수 있다. 독일은 16개의 주마다 자신의 이름을 건 교통 티켓을 발행하는데, 이를 테면 프랑크푸르트·하나우·슈타이나우가 속해 있는 헤센주에서는 '헤센 티켓'을 발행하는 식이다. 이 티켓 한 장이면 한 명부터 다섯 명까지 하루 동안 헤센주 내에서 무제한으로 기차를 탈 수 있다. ICE나 IC(대도시를 연결하는 일등 전용 특급 열차) 같은 고급 기차는 제외되지만 그에 못지않게 시설 좋은 일반 열차는 물론 버스나 지하철도 이용이 가능한데, 가격은 25유로에서 35유로다. 한 명이 이용해도, 다섯 명이 이용해도 동일한 가격이다. 그러므로 독일은 많은 여행자들이 블로그를 통해 열심히 동반자를 찾는 여행지이기도 하고 현지인들도 역 앞에서 푯말을 들고 함께 탑승할 인원을 구한다.

하지만 처음부터 아이와 둘만의 동화여행을 계획한 나는 여행 동반자를 구할 생각이 없었기에 아깝다는 생각을 하면서도 둘만의 기차표를 구입했다. 그나마 미리 예매하면 50퍼센트 이상 할인된 가격으로 구입할 수 있기 때문에 일정이 애매한 몇 구간을 제외하고는 두세 달 전에 기차표 예매를 끝냈다. 그런데 정말 몇 도시가 문제였다. 기차역으로 연결이 안 되는 도시도 있었고, 이웃 도시와 가깝기는 해도 이동하려면 두세 번씩 버스나 기차를 갈아타야 하는 곳도 있었다. 특히 〈라푼첼〉의 배경이 된 트렌델부르크와 〈잠자는 숲속의 공주〉의 배경지인 자바부르크가 그랬다. 동화 속에 등장한 성이 있고 그 성에서 잠도 잘 수 있는데, 기차역이 없었다. 더구나 성은 일반 버스가 다니지 않는 산에 있어서 한참 동안 오르막길을 걸어 올라가야 하는 탓에 포기 아니면 렌터카라는 결론이 나올 수밖에 없었다. 물론 그 렌터카를 타고도 목적지를 지나쳐서 다시 되돌아와야 하는 사태가 발생하기도 했지만 어쨌거나 그래서 우리는 차를 빌린 것이었고, 그렇게 해서 드디어 아이에게 주는 첫 번째 선물, 라푼첼 성 입구에 도착하게 된 것이다.

"엄마! 엄마! 저기 저 탑 위에 라푼첼 머리카락이 있어요."

알스펠트 동화의 집 꼭대기 층에도 드리워져 있던 라푼첼의 머리카락이 또 언제 여기까지 달려와서 대롱거리고 있는 것일까. 마녀든 왕자든 저 머리카락을 잡고 올라가려면 좀 더 길게 땅까지 내려와 있어야 할 것 같다며 혼자 웃고 있는데, 아이는 마음이 급한가보다. 냉큼 성문을 통과해 안뜰을 거쳐 아예 혼자서 탑 위로 올라갈 기세다.

"지안아! 잠깐만. 체크인부터 하자. 우리가 공주 놀이를 할 성부터 들어가봐야지."

아이는 깜빡했다는 듯이 얼른 자기 트렁크를 들고 담쟁이 넝쿨로 둘러싸인 성으로 방향을 바꾼다. 그런 아이를 따라 나도 호텔로 개조된 성안으로 들어서는데 왜 이리도 가슴이 콩닥거리는지 모르겠다. 그동안 웬만큼 유명하다는 성은 거의 다 가본 듯싶었다. 영국의 윈저, 프랑스의 베르사유, 오스트리아의 쇤브룬, 스페인의 알함브라를 비롯해 이번 여행에서는 가장 아름답다는 퓌센의 노이슈반슈타인까지…. 그 규모며 화려함에 늘 압도당했고 그 성들이 아름답다고는 느꼈어도 한 번도 가슴 떨린 적은 없었다. 그런데 나는 다른 성들에 비하면 단출하기 그지없는 라푼첼 성 앞에서, 크기도 아담한 저택 정도여서 만만해 보이기까지 한 이 작은 성 앞에서 결혼식장으로 들어서는 신부처럼 설렜다.

짙은 오크색 나무문을 통과해 1층으로 들어서니 문 바로 옆에 안내 데스크로 보이는 높다란 책상이 있다. 정확히 언제부터 호텔로 이용되기 시작했는지는 모르겠지만 1300년대에 지어진 이 성에 그동안 얼마나 많은 사람이 다녀간 것일까. 각종 책을 비롯한 엽서·그림·메모 등이 책상과 벽에 가득하다. 더구나 보통 호텔 안내 데스크는 우리와 눈높이가 같은데, 이곳은 책상 너머에 단이 놓여 있는지 우리보다 훨씬 높은 위치에서 지배인이 부드러운 미소를 지으며 우리를 내려다본다. 다소 거북할 수도 있을 배치인데 성이라는 공간 때문인지 이 또한 굉장히 자연스럽게 느껴진다.

미리 인쇄해간 호텔 예약서를 보여주려고 하자 그는 사양하며 이름만으로 체크인을 도와준다. 영화에나 나올 법한 대저택의 집사처럼 흰머리 성성한 지배인이 체크인을 하느라 분주한 사이 나는 지안이와 얼른 로비의 구석구석을 살펴본다. 성인 열 명만 서 있어도 꽉 찰 것 같은 좁은 공간. 하지만 크기는 문제되지 않는다. 하나부터 열까지 모든 인테리어가 고급스럽고 정성이 가득하다. 안쪽에는 누구라도 와서 쉴 수 있도록 붉은색 벨벳이 덮인 긴 의자와 다채로운 빛깔을 뿜어내는 각종 유리병이 장식되어 있는 콘솔이 놓여 있다. 그 옆으로는 클래식한 나무문이 반쯤 열려 있는데, 그 문을 통해 지금은 레스토랑으로 사용되는 그 옛날의 응접실 공간과 그 너머의 테라스가 보인다. 높다란 천장에는 왕관처럼 생긴 조명이 동그란 촛불 모양으로 빛을 품고 있고 벽이나 테이블 위에도 온통 촛불 모양의 조명이 켜져 있어 전체적으로 아늑한 느낌을 준다. 안내 데스크 바로 앞으로는 우아한 곡선의 층계가 2층으로 휘돌아 길을 내고 있다. 객실로 가려면 이 층계를 통해 직접 트렁크를 들고 올라가야 하는 것 같지만 그래도 빨리 가고 싶다는 마음이 저절로 들게 만든다.

이런 곳에서의 하룻밤이라니. 체크인을 하고 있으면서도 현실임을 인지하지 못한다. 자꾸만 웃음이 나온다. 사는 동안 한 번쯤

성에서 잘 수 있을 것이라고 생각해보는 이가 몇이나 될까. 대출금 걱정하랴, 아이 학원비 내랴 늘 빠듯한 생활을 해온 나로서는 상상조차 못 한 일이다. 그런데 생전 꿈꾸어보지도 못한 그 일이 지금 현실에서 이루어지고 있으니…. 여행은 그래서 마법이라고 하나보다.

"편히 쉬십시오."

부드럽고 정중한 인사말과 함께 우리의 어마어마한 트렁크를 가뿐하게 2층 방까지 올려다준 지배인이 나가자 문이 딸각 잠긴다. 동시에 지안이와 나는 환호성을 지르고 싶은 것을 가까스로 참으며 서로를 꼭 껴안는다. 그런 뒤 아이는 곧장 파스텔 톤의 꽃무늬 휘장이 드리워진 침대로 달려간다. 침대 위에는 신혼여행 때도 볼 수 없었던 침대 스프레드로 만들어놓은 하얀 하트가 있고 그 주위로 붉은 장미꽃잎이 살포시 내려앉아 있다. 하트 안의 포장된 젤리와 초콜릿이 커튼을 통과해 들어온 햇빛을 받아 반짝인다. 아이는 하트를 풀면 절대로 안 된다고 엄마에게 신신당부하고는 잔잔하게 레이스 커튼이 내려져 있는 창가로 간다. 까치발로 라푼첼이 더 높은 탑 위에서 내려다보았을 푸른 숲이 펼쳐져 있는 풍경을 내다본다. 그러고는 이내 거실 한가운데로 돌아와 꽃무늬 커버가 덮여 있는 소파 의자에도 앉아보고, 싱싱한 꽃이 꽂혀 있는 화병이 놓인 둥근 테이블도 손으로 쓸어본다. 보고

향기를 맡는 것만으로도 모자라 푹신하고 보드랍고 매끄러운 감촉을 그대로 손 마디마디에 새기고 싶은 것일까. 아이는 우리의 공주방에서 꿀벌처럼 분주하다.

"엄마! 고마워요."

좋은 것을 보고 좋은 곳에 있다보면 저절로 좋은 마음이 든다. 예쁜 방에 있으니 아이의 표정도, 마음도, 말도 더욱더 예뻐진다.

"엄마도 지안이가 고마워. 싸우기도 했지만, 이렇게 우리가 지금 같이 있으니까. 행복이 배가 되는 것 같아."

엄마와 딸 사이의 오글거리는 멘트가 충분히 오간 뒤 우리는 다시 숲 냄새가 가득한 성 밖으로 나왔다. 저녁을 먹기 전 라푼첼의 탑부터 올라갈 생각인 것이다. 성벽과 연결된 라푼첼 탑은 일반 관광객들에게는 3유로의 입장료를 받고 있다. 하지만 우리는 이 성의 투숙객. 당연히 공짜다. 라푼첼의 기분도 느끼고 투숙객의 특권도 누리고 싶은 우리는 탑 아래 조그맣게 뚫려 있는 문을 통과해 조심스럽게 내부로 들어선다. 좁은 탑 한가운데에는 동글동글 철제 계단이 나선형으로 길게 뻗어 있다. 라푼첼 성이야 당연히 탑 위가 하이라이트라는 걸 벌써 눈치 챈 아이는 물어보지도 않고 위로 올라간다. 아이를 따라 나도 나선형 계단을 올라가기 시작하는데, 몇 발짝 떼지도 않고 아이가 멈추어 선다. 층계가 갑자기 끊기면서 작은 공간이 나오고, 그 안에는 사람 크기의 라푼첼과 마녀가 그려진 종이 인형과 갑옷 같은 몇몇 소품이 놓여 있다. 흐린 조명 하나를 의지해 그런 소품들을 보니 썩 유쾌하지는 않다. 아이도 나도 다시 탑 꼭대기를 올려다본다. 분명 라푼첼은 저 꼭대기에서 생활했으니 우리도 올라가야겠지만 조명이 없다.

"뭐 해? 올라가다 말고."

"잠깐 생각 좀 하고 있었어요."

태양이 조금씩 서쪽 하늘로 떨어지려는 시간, 사람도 없고 창문도 없어 캄캄하고 고요한, 우리의 속삭이는 목소리조차 웅웅 울리는 텅 빈 탑 안. 솔직히 말하면 나도 더이상은 못 올라가겠다.

"우리 그냥 내일 아침에 환할 때 다시 올까?"

"응 엄마! 나 아까부터 배가 고프더라고요."

그러고는 누가 뭐라고 할 것도 없이 우리 둘은 서둘러 탑에서 나오고 만다. 누구는 열두 살 때부터 이 탑에

트렌델부르크

갇혀 한 발자국도 밖으로 나오지 못한 채 십대를 보냈는데, 누구는 5분도 못 견디고 그냥 뛰쳐나온 것이다. 아, 이 겁쟁이 모녀 같으니라고!

급격하게 배가 고파진 우리는 곧장 1층에 자리 잡은 레스토랑에 도착한다. 성곽 바로 옆에 너무나도 예쁜 야외 테이블과 의자가 세팅되어 있고 한 무리의 단체 관광객이 와인잔과 맥주잔을 흥겹게 주고받고 있다. 그들에게 방해되지 않도록 조심스럽게 한쪽 구석에 자리를 잡는다. 기다렸다는 듯이 잘생긴 웨이터들이 나타나 우리에게 인사를 건넨다. 메뉴판을 받으면서 라푼첼 성에 대해 물은 뒤 요리를 추천받고 비로소 주문을 한다. 잠시 후 그들이 내 잔에 따라주는 와인을 한 모금 마시고 주위를 둘러보니 하늘에는 그제야 푸른빛이 스며들기 시작한다. 성벽을 따라 붉게 핀 꽃들이 기분 좋은 바람에 흔들리고 아이는 진즉부터 셀카 삼매경에 빠져 있다. 저렇게 시크한 표정도 지을 줄 아는구나. 엄마가 쳐다보는 것조차 모르고 자기만의 세계에 빠져 있는 아이를 보니 새삼 내 나이가 훅 다가온다. 꿈을 꾸는 것조차 쑥스러운 나이에 용기를 내어 이곳까지 온 나 자신이 새삼 기특하고 감동스럽다. 그리고 지금 이 순간은 용기를 낸 내가 응당 받아야 할 인생의 선물 같은 순간이다. 성 아래에 우거진 라인하트 숲에서는 여전히 100만 가지의 초록 냄새가 난다. 나무 사이로 띄엄띄엄 붉

은색 지붕이 보이고 푸른 목초지 위에는 둘둘 말려 있는 하얀 마시멜로 같은 것도 보인다. 독일인 단체 손님이 주고받는 와인잔 부딪치는 소리, 이따금 날아가는 새들의 날갯짓 소리, 내 아이가 찰칵찰칵 셀카를 찍는 소리. 이 모든 풍경과 이 모든 소리가 그대로 나에게 흡수된다. 그와 동시에 이미 비워진 머리와 가슴에 무언가 찰랑찰랑 차오르기 시작한다. 짠하면서도 찌릿한 이 느낌! 바로 이거다. 이 기분, 이 마음이 필요해 나는 여행을 한다. 여행의 하루하루, 매 순간순간은 바로 오늘을 위해, 이 느낌을 느끼고 싶어 차곡차곡 쌓아 올리는 것이다.

"맛있다! 엄마 지금 너무 행복해!"

아이가 웃는다. 아이의 가슴에 빵빵하게 차오르는 행복이 엄마의 눈에는 보인다.

"궁금한 게 있는데, 마녀는 왜 라푼첼을 탑에 가두었을까요?"

"글쎄… 왜 그랬을까?"

"진짜 엄마 아빠가 데려갈까봐 그랬나?"

아이는 입을 오물거리며 생각에 잠긴다. 아이의 말을 듣고 보니 라푼첼의 이야기가 새삼 다르게 다가온다. 라푼첼을 탑에 갇혀 있는 소녀라고만 생각했지 마녀가 왜 라푼첼을 그 탑에 가두었는지는 생각해본 적이 없다. 그런데 아이의 말대로 마녀가 라푼첼을 친부모에게 빼앗기고 싶지 않아서 문도 없는 탑에 가두었다면 이야기는 백팔십도 달라진다. 마녀가 라푼첼을 사랑했기 때문이라고 해석할 수도 있는 것이다. 라푼첼이 너무나도 사랑스러워 세상 그 어떤 세속적인 것에도 물들지 말라는 의미에서 탑에 가두어놓고 혼자 라푼첼을 차지하고 싶었던 것인지도 모른다. 아니, 아이의 말처럼 라푼첼이 자기를 버리고 친어머니를 찾으러 갈까봐 두려운 마음 때문이었는지도 모른다. 그렇게 보면 마녀 역시 미성숙한 어른이었던 것이다. 부모는 어떤 방식으로든 함부로 자식을 소유하려고 하면 안 된다는 것을 몰랐던 외롭고 불쌍한 어미였던 것이다. 우리도 때때로 그러하듯이.

"엄만 솔직히 이게 더 궁금해. 라푼첼은 왜 스스로 탑에서 나오려고 하지 않았을까? 답답했을 텐데. 세상천지가 궁금했을 텐데.

어떻게 탑에만 있었지?"

"엄마한테 혼날까봐. 라푼첼은 마녀가 엄마인 줄 알았잖아요."

3학년다운 아이의 대답에 미소가 절로 지어진다. 4학년만 되어도 "엄마 몰래 밖에 나가 놀다가 엄마 볼 때만 탑에 있었을 거예요"라는 대답이 나오지 않을까?

"네가 만일 라푼첼이면 어떻게 했을 거야? 탑에만 있을 거야? 아니면 몰래 놀다 들어올 거야?"

아이는 라푼첼이 되었을 때는 또 어떻게 해야 하나 더 깊이 생각에 잠긴다.

사람들은 누구에게나 자신만의 탑이 있다. 견고하게 잘 쌓아놓고 종종 그곳에 스스로를 가두기도 한다. 세상의 기준에, 착한 사람의 역할에, 엄마라는 이름에, 나이라는 그물에. 하지만 우리가 아무리 오랫동안 갇혀 있다고 해도 동화에서처럼 어느 순간 구원자가 나타나 우리를 구해주지 않는다. 아니 현대판 동화는 그렇게 흘러가서도 안 된다. 21세기의 라푼첼은 스스로 탑에서 뛰어내려야 한다. 마녀가 자신의 머리카락을 밧줄 삼아 이동 수단으로 사용하게 해서도 안 되고, 왕자를 보고 한눈에 사랑에 빠지는 우물 안 개구리가 되어서도 안 되고, 탑 꼭대기에 서서 바깥세상을 내다만 보며 동경하고 있어서도 안 된다.

그러니 내 아이도 엄마에게 혼날까봐 탑에 갇혀 있지 말고 스스로 뛰쳐나오는 아이가 되기를…. 혹여나 미성숙한 마녀가 저질렀던 것처럼 이 엄마가 너를 그 어떤 편견이나 아집의 탑에 가두게 되더라도 엄마를 이해시키고 세상 밖으로 뛰쳐나올 수 있는 그런 용기 있는 아이가 되어주기를….

라푼첼 성 주위로 어둠이 찾아온다. 음식은 식었지만 여전히 빛깔과 냄새는 우리를 행복하게 해준다. 지금은 물잔으로 건배하는 아이와 언젠가는 와인으로 건배하는 날이 오겠지? 그때도 여전히 우리의 꿈과 열정이 지금처럼 찰랑찰랑했으면 좋겠다.

아이는 엄마의 마지막 한 모금을 끝까지 기다려준 뒤 벌떡 일어선다. 이제는 우리가 공주 놀이를 할 시간. 이 성에서는 가장 작은 방이지만 우리 마음의 성에서는 가장 큰 방에서 오늘 우리는 어떤 밤을 보내게 될까? 카펫을 밟으며 방으로 올라가는 아이와 나의 발걸음이 나비처럼 사뿐하다.

라푼첼

옛날에 한 남편과 아내가 살고 있었는데, 오랫동안 아이를 원하던 이들에게 마침내 아이가 생겼습니다. 그들 부부가 사는 집은 집 뒤쪽으로 조그만 창이 하나 나있었는데, 그 창으로는 매우 아름다운 꽃과 채소가 가득한 정원이 내다보였습니다. 그러나 담으로 둘러싸인 그곳의 주인은 누구나 두려워하는 마녀였습니다.

어느 날 아내가 창가에 서서 마녀의 정원을 내다보다가 탐스럽게 자란 상추를 발견했습니다. 아내는 입에 군침이 돌면서 상추가 몹시 먹고 싶어졌습니다. 하지만 그것을 먹을 수 없다는 것을 누구보다도 잘 알고 있었기에 아내는 참느라고 몰라보게 쇠약해져갔지요. 그 모습을 본 남편이 놀라서 묻자 아내는 상추 이야기를 하고 말았습니다. 아내를 사랑한 남편은 어느 날 저녁 담을 기어올라 마녀의 정원으로 뛰어내렸습니다. 그러고는 급히 상추를 한 줌 뽑아 아내에게 가져다 주었습니다. 아내는 상추로 샐러드를 만들어먹었는데, 그 맛이 어찌나 좋던지 이튿날이 되자 상추를 먹고 싶은 마음이 더 강해졌습니다.

남편은 아내를 위해 한 번 더 모험을 감행했습니다. 그러나 담을 넘어 정원으로 뛰어내린 순간, 기절할 정도로 놀라고 말았습니다. 바로 눈앞에 마녀가 서 있었기 때문입니다. 사정을 들은 마녀는 상추를 가져가되, 아내가 아이를 낳으면 그 아기를 달라고 했습니다. 남편은 두려운 나머지 그만 그러겠다고 대답을 하고 말았지요.

시간이 흘러 아내가 딸을 낳자 마녀가 나타나 '라푼첼(상추를 뜻하는 독일어)'이라는 이름을 지어주고는 아기를 데려갔습니다. 라푼첼은 무럭무럭 자라 세상에서 가장 아름다운 소녀가 되었습니다. 그러나 라푼첼이 열두 살이 되자 마녀는 라푼첼을 숲속에 있는 탑 속에 가두어버렸습니다. 그러고는 그곳으로 들어가고 싶을 때면 탑 밑에 서서 "라푼첼, 라푼첼, 네 머리카락을 내려 다오."라고 크게 소리쳤습니다.

몇 년이 흐른 뒤 어떤 왕자가 우연히 말을 타고 그 탑을 지나게 되었습니다. 왕자는 라푼첼의 아름다운 노랫소리에 반해 탑 위로 올라가고 싶었지만 어디에서도 문을 찾을 수가 없었습니다. 왕자는 매일같이 탑으로 와 노랫소리에 귀를 기울이다가 어느 날 마녀가 라푼첼의 머리카락을 타고 탑으로 올라가는 것을 보았습니다. 이튿날 왕자도 똑같이 그렇게 해보았습니다. 그가 탑으로 들어서자 라푼첼은 몹시 두려워했습니다. 남자를 생전 처음 보았거든요. 하지만 왕자가 다정하게 말을 건네며 진심을 이야기하자 라푼첼도 마음이 끌리기 시작했습니다. 심지어 어머니보다 자기를 더 사랑해줄 것이 분명하다고 믿게 되었지요. 라푼첼은 왕자에게 올 때마다 비단실을 가지고 와달라고 부탁했습니다. 그것으로 사다리를 엮어서 타고 내려갈 생각으로 말이에요. 하지만 사다리가 만들어지기도 전에 라푼첼은 무심코 마녀에게 어머니가 왕자보다 더 무겁게 느껴지는 것은 무슨 일인지 모르겠다고 말실수를 하고 말았습니다. 라푼첼이 바깥세상과 접촉한 것을 알게 된 마녀는 너무나 화가 나 라푼첼의 아름다운 머리카락을 싹둑싹둑 잘라버렸습니다. 그러고는 라푼첼을 황량한 땅으로 내쫓았습니다.

라푼첼을 쫓아버린 바로 그날 마녀는 가위로 잘라낸 라푼첼의 머리카락을 걸어 놓아 왕자를 탑 위로 불러들였습니다. 라푼첼이 사라진 것을 알게 된 왕자는 깊은 절망감으로 탑에서 뛰어내렸습니다. 다행히 목숨은 건졌지만 가시에 눈을 찔려 장님이 되고 말았습니다. 앞을 보지 못하는 왕자는 숲을 방황하며 사랑하는 여자를 잃은 슬픔과 비탄에 싸여 지냈습니다. 그렇게 여러 해를 떠돌아다니다가 마침내 라푼첼이 자신의 아이인 아들과 딸 쌍둥이를 낳아 살고 있는 황량한 땅에 이르렀습니다. 귀에 익은 목소리에 이끌려 가보니 라푼첼이 있는 곳에 당도한 것입니다. 라푼첼은 한눈에 왕자를 알아보고 끌어안고 울었습니다.

라푼첼의 눈물이 왕자의 두 눈에 떨어지자 왕자가 눈을 다시 떴습니다. 왕자는 라푼첼과 두 아이를 자신의 왕국으로 데려갔습니다. 그 후 그들은 오랫동안 행복하게 잘 살았습니다.

지안이의 일기

라푼젤 성에 있는 방에 처음 들어올 때 나는 별 기대를 하지 않았다.

다만 '성이니까 뭔가 조금 다를 수도 있겠다'라고는 생각했다.

그러면서 방으로 들어왔다.

방 안에서는 10초 동안 아무 말도, 아무 행동도 할 수 없었다.

정말로 놀랐고, 이 기분을 어떻게 표현해야 할지 몰라서 멀뚱멀뚱 서 있기만 했다.

나는 '이 기분을 어떻게라도 표현해야지' 하며 "우~~와!"라는 탄성을 내뱉었다.

방 안에는 우아한 색의 벽지부터 쿠션이 빵빵한 귀족들이 앉는 소파와 의자, 깨끗하고 예쁜 화장실이 있었다.

또 빼먹을 수 없는 것은 그토록 내가 원하던 공주 침대!^^

침대 위에는 그물망 같은 레이스가 달려 있었고, 하트 모양으로 접은 이불이 놓여 있었고, 장미꽃잎까지 예쁘게 뿌려져 있었다.

나는 정말정말 놀라서 쉴 새 없이 사진을 찍어댔다.

나중에 아빠와도 같이 오고 싶다.

라푼젤 성 바깥쪽에는 라푼젤의 예쁘게 땋은 머리카락이 탑부터 내려와 있었다.

탑 안에도 들어갔는데, 계단이 너무 무서워서 다는 못 올라갔다.

탑 곳곳에 라푼첼과 관련된 조형물도 있었다.

예쁘게 사진도 찍었다.

밖으로 나와서 성 주변을 걷고 있는데, 라푼첼 모형이 있고 얼굴 부분만 뚫려 있어서 거기에 얼굴을 넣어 사진도 찍었다.

내가 정말로 라푼첼이 된 것같이 사진이 나왔다.

신이 나서 곳곳을 돌아다니며 사진을 찍었다.

이 예쁜 라푼첼 성이 오랫동안 있어서 많은 사람이 예쁜 성을 볼 수 있으면 좋겠다.

한뮌덴Hann. Münden

'강철수염 박사'

"세상천지에 내 마음대로 안 되는 유일한 것"

모든 것이 완벽하다. 성에서 눈뜨는 아침이라니! 세상에 평화가 있다면 바로 이 순간이 아닐까. 나무문 너머로 누군가 층계를 밟는 삐거덕 소리에 눈을 떴다. 하지만 전혀 잠을 설쳤거나 불쾌한 기분은 아니다. 고풍스러운 계단을 타고 올라오는 커피향이 좋고, 구름 위에 있는 듯 공주 침대도 포근하기만 하다. 끔뻑끔뻑 눈을 뜨고 방 안을 둘러보는데, 여전히 이곳에 누워 있다는 것이 현실로 와닿지 않는다. 그래, 난 아직 꿈을 꾸고 있는 거야. 아주 오래오래, 시리즈로 꾸고 싶은 꿈!

부스스 일어나 창문가로 가본다. 꽃무늬 커튼을 살짝 들추어보니 파란 하늘 아래로 아침 햇살이 수천, 수만 가닥으로 부서지고 있다. 깨고 싶지 않은 꿈인 것은 분명한데도 현실 또한 빛나는 하루를 약속하고 있는 듯해서 일어나지 않을 수가 없다. 먼저 세수를 하고 자고 있는 아이의 이마에 입을 맞춘다. 이제는 시차 적응이 되었는지 꿈틀꿈틀 몸은 반응을 하는데 온갖 인상을 쓰며 눈을 뜨는 아이. 아기 때는 뽀뽀로 깨우면 엄마 품에 쏙 들어오더니 이젠 조금 컸다고 로켓 발사 포즈로 기지개부터 켜며 이불을 공중으로 날린다.

"좀 더 먹어. 이렇게 맛있는 게 많은데, 어떻게 시리얼만 먹냐. 우유도 좀 마시고."

호텔 1층의 레스토랑. 이곳도 모든 것이 꽃과 레이스와 파스텔톤이다. 향이 진한 커피 냄새와 구수한 빵 냄새가 텅 빈 위를 자극하는데, 아이는 아무리 권해도 바스락바스락 시리얼만 삼키고 있는 중이다. 빵도 종류가 저렇게 많은데, 햄과 치즈도 너무나 다양하게 차려져 있는데, 과일도 안 먹고 마른 시리얼만 입에 넣고 있는 아이. 본전 생각도 나지만, 좀 더 먹어주었으면 하는 엄마의 바람은 번번이 묵살당한다. 참자. 이 좋은 날, 모든 것이 완벽한 날 치사하게 아침부터 먹을 것으로 싸워서야 되겠느냐 말이다. 오늘 우리는 트렌델부르크에서 좀 더 남쪽에 위치한 한뮌덴으로 향한다. 한뮌덴은 카셀에서 버스로 20분 거리여서 원래는 카셀에서 가려고 했던 도시다. 하지만 일요일 낮의 하멜른 야외 공연을 보기 위해 나는 일단 카셀에서 하멜른까지 점프했고, 이제 차를 빌려 다시 폴레·획스터·트렌델부르크·한뮌덴까지 거꾸로 내려오고 있는 중이다.

인구는 2만 4000여 명이며 베라강과 풀다강이 합쳐져 베저강을 이루고 있는 물의 도시 한뮌덴. 사실 한뮌덴은 메르헨 가도에 포함되어 있기는 하지만 그림 형제와는 아무런 관련이 없는 곳이다. 이곳을 메르헨 가도에 포함시킨 인물은 1663년에 태어나 1727년에 세상을 떠난 외과의사 '요한 안드레아스 아이젠바르트', 일명 '강철수염 박사'로 불리는 인물이다. 메르헨 가도의 홈페이지에서는 그를 '바로크시대의 가장 유명한 여행 의사'라고 소개하고 있는데, 당시에는 여행을 하듯이 이곳저곳을 떠돌아다니며 치료해주는 의사가 있었나보다. 분야도 다양해 골절, 실명, 가래, 암성 궤양 환자 200명을 치료해주었다는 기록이 있다. 백내장 바늘과 용종 갈고리를 포함한 의료 기구를 직접 디자인했고, 독일에서 주사기를 처음으로 사용해 의학계에서는 널리 알려진 인물이라고 한다. 재미있는 것은 그는 여행을 보통 120명의 측근과 함께했는데, 그들 중에는 악사들이나 서커스단도 포함되어 있어 시술할 때 그들이 옆에 있었다고 한다. 그래서일까? 어떤 자료에는 돌팔이 의사로 기록되어 있을 만큼 매우 특이한 사람이었

아이젠바르트가 말년을 보낸 집.

다. 바로 이 아이젠바르트의 일화를 작가 아이케 피스가 《나는 의사 아이젠바르트다》라는 제목의 동화로 출간했다. 세계적으로 유명한 동화책이라고 하는데, 아쉽게도 우리나라에서는 찾아볼 수가 없다. 아무튼 바로 그 동화 때문에 아이젠바르트가 말년을 보내고 묻힌 이곳이 메르헨 가도에 속하게 된 것이다.

"지안아! 엄마가 속도를 줄일 테니까 사진 좀 찍어봐. 여기 진짜 근사하다."

트렌델부르크에서 한뮌덴으로 가는 길. 한적한 독일의 국도가 이렇게 예쁠 줄 몰랐다. 마음 같아서는 잠깐 정차하고 대자연을 흠뻑 만끽하고 싶은데, 아무 곳에 정차하는 것이 두려운 나는 그저 속도를 최대한 줄여본다. 다행히 앞뒤로 차도 없으니 눈치를 볼 필요도 없다. 그런데 웬걸, 번번이 아이가 타이밍을 놓친다.

"또 못 찍었어? 뭐 하고 있는데?"

"음악 듣고 있어요."

"음악을 들으면서 창밖을 봐야지. 왜 자동차 시트만 바라보고 있어?"

"앞으로는 볼게요."

영혼 없는 대답이 또 날아온다. 너무나도 형식적이고 짧고 명료한 답변. 이런 말투, 참 마음에 안 든다.

"엄만 이해가 안 돼. 풍경을 봐야겠다는 생각이 전혀 안 들어? 이렇게 좋은데? 낯설고 새롭고 신기한 이 풍경 속에서 넌 아무것도 안 느껴지는 거야? 좋은 걸 모르겠어?"

"…."

"혼내는 말투가 되어서 미안한데, 엄만 진짜 이해가 안 돼서 그래. 귀로는 음악을 들으니까 눈으로는 창밖을 보면 좋잖아. 자동차 시트는 봐서 뭐 하려고. 엄만 지안이가 좀 더 눈을 크게 뜨고 많이 봤으면 좋겠어. 그러다 정말로 마음에 드는 풍경이 나오면 사진으로 찍어서 운전하느라 잘 못 보는 엄마한테도 보여주길 바란다고."

이게 아닌데 하는 마음은 처음 말을 꺼낼 때부터 들었다. 그런데 엄마들은 꼭 이렇게 된다. 아이에게 무언가 엄마의 의견을 말하게 되면 처음에는 분명 그냥 시작한 것인데 점점 감정적이 되어간다. 더구나 감정이 실린 말은 중간에 멈춰지지도 않는다. 좋을 것이 하나도 없는 것을 알면서도 끝까지, 갈 데까지 가야 입이 다물어진다.

"죄송해요. 앞으로는 안 그럴게요…."

결국 아이의 입에서 이런 대답이 나온다. 아이는 이제 눈치를 보며 사진을 찍을 것이다. 아무런 감흥도 없으면서 엄마에게 또 한소리 들을까봐 대충, 적당하다는 느낌이 들 때 그냥 찰칵.

한뮌덴까지는 그리 오래 걸리지 않았다. 일부러 장시간의 운전을 피해 동선을 짧게 잡기도 했지만, 메르헨 가도는 비슷비슷한 동화 마을이 옹기종기 모여 있기도 하다. 마을에 도착하니 어김없이 내비게이션이 입을 다문다. 아직 주차장을 찾지도 못했는데. 큰길에서 오른쪽으로 흐르는 강을 건너야 구시가지로 들어가는 것 같은데 자동차가 진입할 수 없는 다리만 보인다. 어쩔 수 없이 이번에도 뱅뱅 돌다가 구시가지 건너편에 있는 주택가로 들어선다. 마침 주차를 하는 분이 있어 주차장 위치를 물었더니 그냥 자기 집 앞에 주차하고 구시가지는 걸어서 가라고 한다. 그래도 괜찮으냐고 물었더니 아무 문제 없다며 오히려 구시가지로 차를 가지고 가는 것이 더 복잡할 것이라는 말을 해준다. 이럴 때면 기분이 참 묘해진다. 여행 오기 전 각종 여행 사이트에서 읽은 흉흉한 이야기는 도대체 누가 겪은 일인지 모르겠다. 다들 이렇게 친절하고, 너그럽고, 다정한데 다른 여행자들이 경험한 쌀쌀맞고, 야박하고, 인정사정없는 사람들은 어디서 마주치는 것인지.

우리는 허락된 불법 주차를 한 뒤 구시가지로 향한다. 두 개의 강이 만나 하나의 강을 이루는 마을이라 하더니 구시가지가 강으로 둘러싸여 있나보다. 시원하게 흐르는 강물 위로 오래되었지만 단단해 보이는 다리가 놓여 있고, 그 다리를 건너니 지금까지 보아온 집들과 비슷하면서도 다른 느낌의 오래된 가옥들이 오밀조밀 다가온다.

한뮌덴은 물의 도시이니만큼 광장에서 우리가 가장 먼저 맞닥뜨린 것도 시원한 분수다. 가운데가 특정한 구조물로 봉긋 솟아 있는 평범한 분수는 사양하고 싶은 것일까. 분수가 가로로 누워 있고 각각의 꼭지는 한 방향으로 물을 뿜어대고 있어 누구라도 쉽게 물줄기를 넘나들며 물장난을 할 수 있는 구조다. 덕분에 지안이가 신이 났다.

"저기 교회 좀 들어가보자."

"더 안쪽으로 들어가면 강철수염 박사가 살았던 집이 있대. 거기부터 가보면 안 될까? 강철수염 박사 무덤도 어떻게 꾸며져 있는지 엄만 궁금하다고."

때때로 아이들은 엄마의 말이 외계어로 들리나보다. 엄마가 뭐라고 말하니 알았다고 고개는 끄덕이는데, 몸은 분수대에서 떠날 줄 모른다. 그런 아이를 바라보는데 한숨이 절로 나온다. 올 때도 한소리를 한 터라 더 후회할 거리를 만들고 싶지 않아 꾹 참고 있지만 열이 뻗쳐오르는 것까지는 막을 수 없다. 더구나 눈치도 없는 아이는 제가 하고 싶은 것을 다 하려고 한다. 햇살은 너무나 뜨겁게 직선으로 내리꽂고 있고 응달진 곳은 멀리 도망가 있는 광장. 엄마는 앉을 곳과 쉴 곳이 필요한데, 아이는 시원한 물줄기 속에서 혼자 즐겁게 첨벙대고 있다.

"배고파. 그만하고 밥부터 먹자."

"나 먹고 싶은 거 있어요."

"알았어. 너 아침 조금밖에 안 먹었으니까, 네가 먹고 싶은 메뉴로 먹자. 뭔데?"

"국수…."

헉, 뭐 먹고 싶으냐고 물은 것 자체가 실수다. 독일의 작은 마을에서 먹고 싶은 것이 스파게티도 아니고 국수라니. 도대체 이 말도 안 되는 발상은 어떻게 나올 수 있는 것일까. 그런데 나도 나다. 구시렁대면서도 폭풍 검색을 해 기어이 중국 음식점을 찾아내 국수를 먹인다. 게다가 급격히 더워지는 날씨에 반소매 티셔츠를 사러 들어간 옷가게에서는 엄마가 추천하는 옷은 다 마다 하고 결국 자기가 고른 옷을 입고 나오는 아이. 모자를 이쪽으로 쓰라고 하면 저쪽으로 쓰고, 여기 좀 가보자고 하면 저기부터 가보자 하고 사사건건 반대로만 하니, 오늘 아침 성에서 뭘 잘못 먹은 것일까? 아니면 공주방에서 자고 일어나더니 자기가 진짜 공주라도 된 줄 착각하고 있는 것일까? 마침내 엄마의 속이 부글부글 끓기 시작한다. 눈에서, 귀에서, 코에서 금방이라도 하얀 수증기가 뿜어져 나올 것만 같다. 그런데 아이는 하루 종일 얄미운 짓만 골라서 하더니 급기야 이렇게 외친다.

"나 진짜 필요한 게 있어요. 색종이! 색종이 좀 사주세요!"

여행 오기 전 그렇게 색종이를 챙기라고 일러두었건만 필요 없다고 딱 잘라 거절해놓고는 이제 와서 진짜 필요하다니, 도대체 열 살이나 된 아이가 왜 저러는 것일까?

독일의 언어학자이자 철학자인 훔볼트는 한뮌덴을 가리켜 세계에서 가장 아름다운 지형학적 위치에 있는 일곱 개의 마을 중 하나라고 묘사했다. 30분 만에 마을 전체가 한눈에 그려지는 한뮌덴을 둘러보니 훔볼트가 언급한 나머지 여섯 개의 마을이 궁금해진다. 시원하게 에둘러 흐르는 강이 있고, 살랑거리는 푸른 나무가 있고, 1층보다 2층이, 2층보다는 3층이, 위로 갈수록 조금씩 넓어지는 희한한 구조의 목조건물이 즐비한 이 마을만큼 아름다운 나머지 여섯 마을도 걸어보고 싶다는 욕심이 생긴다.

파란색 시계가 인상적인 시청 앞 광장에는 시침이 낮 12시, 3

시, 저녁 7시를 가리킬 때마다 관광객이 모여든다. 지나칠 정도로 화려하게 느껴지는 시청사 건물 창에서 하루에 세 번 아이젠바르트를 묘사하는 회전 인형들을 볼 수 있기 때문이다. 시간을 알리는 종소리가 울리면 닫혀 있던 벽이 열리면서 우스꽝스러운 표정의 인형들이 줄지어 나온다. 의사가 커다란 집게를 들고 환자의 이를 빼려 하고, 그 모습을 과장된 표정으로 지켜보는 사람들과 그들을 따라다니며 저글링하고 물구나무를 서는 인형들이다. 회전하는 인형 시계는 이미 뮌헨에서도 보고 하멜른에서도 보았지만 볼 때마다 우리를 꿈꾸는 동화 속 세상으로 데려가주는 듯해 봐도 봐도 즐겁다. 이곳에서도 여름철이면 매주 일요일에 〈강철수염 박사〉 야외 공연이 펼쳐진다고 한다. 동화 내용을 모르니 누구나 다 아는 하멜른의 〈피리 부는 사나이〉 공연 대신 차라리 〈강철수염 박사〉 공연을 보았어야 했나 하는 후회가 뒤늦게 든다. 늘 이런 식이다. 꼭 보지 못한 것, 가보지 못한 길에 대한 미련이 우리를 못난이로 만든다.

아이는 다행히 제가 좋아하는 국수를 먹고 정신을 좀 차린 듯하다. 아이젠바르트가 마지막으로 살았던 집을 올려다보며 그가 주사위를 들고 있는 것을 가리키며 재미있어한다. 그가 잠들어 있는 교회에서는 다른 동네 유지들과 함께 묻혀 있는 그의 비석을 찬찬히 바라보기도 한다. 다시 시청 앞 광장을 가로질러 유난히 간판이 예쁜 골목으로 들어서도 아무 말 없이 따라나선다. 그러다 마을 끝에서 발견한 목조다리에 성큼성큼 올라선다. 엄마는 다리가 아파 이제 어디에라도 앉아서 쉬고 싶은데, 오히려 다리 끝이 궁금하다며 혼자 열심히 뛰어갔다 뛰어온다. 그 와중에 엄마가 사진기를 슬그머니 들어 올리면 어떻게 알아차렸는지 고개를 홱 돌리며 사진을 안 찍겠다고 도망가는 아이. 어떤 날은 자기가 찍어달라고 그렇게 야단이면서 또 어떤 날은 안 찍겠다고 저 야단이다. 도무지 일관성이 없다.

"아 진짜. 너 너무해!"

"엄마가 너무한 거예요. 사진 찍기 싫다니까."

"좀 찍으면 어때서? 너 나중에 사진 안 찍었다고 후회할걸."

"후회 안 해요."

"됐어. 그럼 나 혼자 찍을 거야."

도무지 협조를 안 해주는 아이를 포기하고 커피숍에 앉아 나 혼자 셀카라도 찍으려고 하는데, 아이가 생글생글 웃으며 얼굴을 들이댄다. 그러더니 셀카를 찍으려고 할 때마다 손바닥으로 엄마의 얼굴을 가리거나 카메라 렌즈를 가리거나 엄마를 간질여 사진을 못 찍게 하는 것이 아닌가.

"너 뭐야? 진짜 이럴래?"

"그럼 나 색종이 좀 사주세요."

"됐거든."

"그럼 나도 계속 방해해야지."

"저리가. 엄마 찍을 거라고. 좀 비켜봐."

우리 둘이 장난치는 모습을 보더니 옆 테이블에 앉아 있던 어르신 네 분이 동시에 웃는다. 심지어 지안이에게는 응원이라도 하는 듯 윙크까지 날려주는 분도 있다. 그러고 보니 한뮌덴에는 유독 어르신이 많다. 관광객으로 보이는 분들도, 자전거를 타고 교회 앞을 지나가는 분들도, 다리 끝에서 길을 비켜준 분들도 모두 머리가 하얗고 얼굴에 잔주름이 가득한 분들이다.

아이젠바르트는 왜 말년을 이곳 한뮌덴에서 보냈을까? 가만히 귀를 기울이면 마을을 휘감고 도는 강물소리가 들리고, 햇볕 따가운 날이면 분수를 바라보며 더위를 식힐 수 있고, 골목마다 야외 테이블이 즐비한 카페들이 있어 지인들과 담소 나누기에도 좋

은 곳. 시간이 거꾸로 흐르는 듯 한가하고 유유자적한 이곳 한뮌덴이 어쩌면 이 근방 어르신들에게는 꿈의 낙원일지도 모르겠다.

낮 12시에도 한바탕 돌고 돌았던 아이젠바르트 인형들이 오후 3시가 되니 더 신나게 공기를 휘젓는다. 저녁 7시에도 인형들은 변함없는 기운으로 편안한 미소가 오가는 이곳 한뮌덴에서 춤을 추겠지?

하루 종일 청개구리처럼 말 안 듣던 아이가 그늘진 노천카페에 앉아 아이스크림 하나를 다 먹고 나더니 졸리다며 눈을 감는다.

그렇게 말을 안 들어도 잠든 아이의 모습이나 자는 척하는 아이의 모습은 늘 사랑스럽다. 하지만 그런 아이 곁에서 엄마는 머지않아 닥쳐올 미래가 걱정된다. 앞으로 너는 점점 더 내 마음대로 안 되는 것 중 하나가 되겠지? 벌써부터 립스틱은 빨간색이 예쁘다고 말하는 너이니 조금 더 크면 틴트를 바르려고 할 테고, 염색을 해달라고 조를 테고, 치마 길이도 점점 짧아질 것이다. 그런 모습을 두 눈 동그랗게 뜨고 꿋꿋하게 지켜봐줄 내공을 이 엄마가 빨리 길러야 할 텐데, 아직까지는 인정하기가 왜 이리도 힘이 드는지.

허락은 받았지만 불법 주차를 한 렌터카가 못내 걱정되어 아이를 흔들어본다.

"안 자는 거 다 알거든. 일어나봐. 차 때문에 이제 가야 할 것 같아."

"…."

"지금 안 일어나면 엄마 혼자 간다. 그래도 돼?"

역시나 말이 없다. 한낮의 기운을 온몸으로 흡수한 채 깊이깊이 잠든 척하는 아이. 이럴 때는 또 어떻게 하는 것이 좋을까? 엄마 혼자 쌩하니 가는 척하는 것이 좋을지, 부드럽게 일으켜 세우는 것이 좋을지. 내공 없는 엄마는 10년째 여전히 갈팡질팡이다.

〈거위치기 소녀〉

"잘 말하기도,
잘 듣기도 쉽지 않다"

"눈을 감을까요?"

"그건 기대할 때 하는 거 아니야? 그냥 눈 뜨고 들어가."

"아니에요. 눈 감을래요. 걱정 마세요. 기대 안 해요."

분명 기대하지 않겠다고 하면서 방문 손잡이를 잡는 아이의 저 표정은 완벽히 기대하는 표정이다. 아, 내가 왜 라푼첼 성에서 잠을 잔 것일까. 아니 성에서 잠잔 것을 후회하는 것이 아니다. 나는 순서를 바꿨어야 했다. 예쁘고 넓은 공주 침대에서 먼저 자는 것이 아니라 이곳 괴팅겐의 호스텔, 공동화장실에 2층 침대 하나로도 꽉 차는 좁디좁은 호스텔 방을 먼저 예약했어야 했다. 그런데 웬걸. 아이는 방문을 열자마자 폴짝폴짝 뛰며 이렇게 외친다.

"2층 침대잖아! 엄마! 2층 침대란 얘길 왜 안 했어요? 어제보다 더 좋아. 그제보다 더 좋아. 독일에서 오늘이 제일 좋은 방이에요!"

우당탕 신발을 벗어던지고 삐걱대는 2층 침대로 뛰어드는 아이의 표정은 구름 한 점 없이 맑음이다. 그런 아이를 바라보는 나와 트렁크만 멋쩍게 서 있을 뿐 아이는 정말이지 세상을 다 가진 의기양양한 표정으로 2층 침대를 뒹군다. 천장이 낮아 머리를 콩콩 찧어도 재미있다는 듯 까르르 까르르.

"내가 2층에서 잘 거예요. 빨리 밤이 되면 좋겠다."

힘들다고 투덜대고 인상 쓸 때는 세상에 둘도 없는 원수 같더니 엄마의 걱정을 덜어주려고 일부러 크게 기뻐하고 즐거워할 때는 세상에 둘도 없는 사랑스러운 인형이 된다. 이러니 엄마와 딸이겠지만.

이번 독일여행에서는 주방이 딸린 숙소를 거의 예약하지 못했다. 그런 숙소가 많지도 않았고 비용이 호텔과 비슷하거나 더 높은 경우가 많았다. 그러다보니 요리는커녕 챙겨간 라면이나 햇반도 속이 느글느글해서 어쩔 수 없을 경우에만 호텔 창문을 열어놓고 몰래몰래 끓여먹었을 뿐이다. 우리가 2인실을 예약했기 때문이기도 하지만 괴팅겐의 호스텔도 호텔과 가격이 비슷한데도 굳이 이곳을 예약한 이유는 두 가지다. 하나는 이미 여섯 살 때

영국에서 호스텔과 민박을 경험해보았지만 그때의 인상을 다 잊어버렸을 아이에게 세계 여러 나라 사람들이 소박하게 여행하는 모습을 보여주고 싶었다. 그리고 또 하나는 주방이 있어서 요리할 수 있을 것이라는 판단에서였다. 그런데 막상 호스텔에 도착하니 상상이 여지없이 깨졌다. 주방은 있는데, 그 주방에는 냄비는커녕 프라이팬 하나 없는 것이다. 그저 작은 냉장고 하나만 심심하게 자리를 차지하고 있을 뿐.

"이 주방에서는 요리를 못 하겠다. 고기 사서 구워먹으려고 했는데."

"고기 말고 라면 끓여먹어요. 난 아침부터 라면이 먹고 싶더라고요."

그나마 공용 냉장고가 있으니 내일 아침은 신선한 우유를 마실 수 있다. 아이와 나는 짐을 푼 뒤 가장 먼저 슈퍼마켓으로 향한다.

"그런데 엄마! 여기 도시 이름이 너무 웃겨요. 괴팅겐? 이상한 괴물 이름 같아요."

"여기 사람들이 들으면 우리 이름도 이상할걸."

"하긴, 그렇겠다. 그런데 여긴 어떤 동화의 마을이에요?"

"〈거위치기 소녀〉잖아."

"〈거위치기 소녀〉, 무슨 내용이지?"

"어? 너 진짜 몰라?"

메르헨 가도에 포함되는 동화 중 〈거위치기 소녀〉처럼 우리가 모르는 것들이 꽤 있다. 독일에서는 매우 유명하지만 지금까지 나는 한 번도 들어본 적 없는 동화들도 있는데, 예를 들면 베개를 털어 눈을 내려주는 〈홀레 할머니〉, 마녀인 계모의 구박으로 도망쳐온 남매 중 동생이 사슴으로 변하는 〈어린 오누이〉, 7년간 일한 대가로 금덩이를 받은 한스가 사람들에게 속아 결국 빈손이 되고 나서야 무거운 금덩이에서 자유롭게 된 자신이 가장 행복한 사람이라고 기뻐하는 〈한스의 행운〉이 그렇다. 독일여행을 시작하기 전 아이와 함께 관련되는 그림 동화를 다 읽었다고 생각했는데, 그만 깜빡하고 〈거위치기 소녀〉는 챙기지 못했나보다. 슈퍼마켓으로 가는 길, 아이에게 열심히 〈거위치기 소녀〉의 줄거리를 이야기해주니 아이는 연신 이상하다는 듯이 고개를 갸웃거린다.

"왜 공주는 하녀가 자기 대신 공주인 척하는데, 그걸 사람들한테 말하지 않았을까요? 겁쟁이인가?"

"여왕이 공주를 시집보내면서 하녀 하나만 딸려 보낸 것도 말이 안 돼요."

"왜 말하는 말은 죽기 전에 사실을 말하지 않고 죽고 나서야 말했을까요? 도움이 하나도 안 되게."

아이도 제법 컸나보다. 이제는 동화를 있는 그대로 받아들이기보다 제가 아는 선에서 비판할 줄도 알고, 의문을 제기할 줄도 안다. 사물이나 현상에 궁금증을 제기하는 일, 이것이 논리적 사고의 시작이기에 엄마는 제법 뿌듯하다.

다음 날 우리는 괴팅겐의 구시청사 광장에 분수대로 세워져 있는 '거위치기 소녀' 동상 앞에 섰다. 동화에 나오는 표현에 따르면 거위치기 소녀는 누더기를 입어도 기품이 넘쳤다고 하던데, 아닌 게 아니라 청동 동상의 모습이 꽤 예쁘다.

"이 거위치기 소녀 동상이 세계에서 가장 키스를 많이 받은 소녀일 거래."

"그게 무슨 말이에요?"

"괴팅겐대학에서는 박사학위를 받으면 전통적으로 이 분수대에 올라가 거위치기 소녀에게 감사의 키스를 하는 전통이 있대. 그래서 졸업 시즌만 되면 졸업생들이 너도나도 분수대 위로 올라가 동상에게 키스를 하고 꽃다발을 준다나봐."

"어? 저기 꽃다발이 있어요. 저것도 누가 준 건가?"

"그러네? 사실 지금은 너무 많은 사람이 동상에 올라가서 아예 키스를 하지 못하게 금지령을 내렸대. 그런데도 사람들이 몰래몰래 계속해서 키스도 하고 꽃다발도 준다더니, 저 꽃다발도 밤새 누가 몰래 와서 주고 갔나보다."

어떻게 보면 낭만적이고 재미있는 전통 같지만 사실 난 이 이야기를 듣고 인상이 찌푸려졌다. 아무리 말 못 하는 동상이어도 그렇지, 아무나 다가와 키스하는 것을 참아야 하는 거위치기 소녀의 마음은 어떨까? 그런데 생각해보니 거위치기 소녀는 동화 속에서도 그랬다. 하녀가 자신의 옷을 빼앗아 입고 공주인 척하면서 누구에게라도 이 사실을 발설하면 죽이겠다고 위협하자 입을 닫고 참아낸다. 심지어 자초지종을 알게 된 왕이 이제는 사실을 말해도 된다고 해도 소녀는 푸른 하늘을 두고 맹세했다며 끝끝내 진실을 말하기를 거부한다. 거위치기 소녀의 이야기가 완성될 당시의 독일 사회가 그렇게 순종적인 여성을 최고로 생각했던 것일까? 왜 거위치기 소녀가 그런 캐릭터로 굳어졌는지는 알 수 없지만 나는 영 마음에 들지 않는다. 그래서 실은 거위치기 소녀의 동상이 어떤 연유로 이곳 괴팅겐에 세워진 것인지 궁금하다. 전혀 괴팅겐이라는 장소와 어울리지 않기 때문이다.

독일 중부 니더작센주에 있는 괴팅겐은 〈거위치기 소녀〉 때문이 아니라 그림 형제가 이곳에서 대학교수로 생활했기 때문에 그들의 발자취로 메르헨 가도에 포함된 도시이다. 그림 형제는 마르부르크대학을 졸업하고 카셀에서 도서관 사서로 지내다 1829년 괴팅겐대학이 소속된 하노버 왕국의 왕에게 정식 초청장을 받고 이곳으로 왔다. 괴팅겐대학의 정교수 겸 도서관 책임자로 발령받은 것이다. 초청장을 먼저 받은 야콥은 단 하나의 조건을 제시했다. 동생 빌헬름도 함께 와서 연구를 해야 한다는 것. 그리하여 두 형제는 이번에도 따로 떨어지지 않고 괴팅겐대학에서 교수직을 맡게 되었다. 더구나 이곳 월급이 꽤 넉넉했던 덕에 형제는 오랜만에 경제적으로 걱정 없는 시기를 보냈다고 한다. 물론 노동의 강도가 생각보다 심해 빌헬름의 건강이 다소 악화되기는 했지만 야콥은 연구에만 몰두할 수 있어 1835년에는《독일 신화학》을, 1837년에는《독일어 문법》을 발표했다. 빌헬름도 이곳에서《어린이와 가정을 위한 민담》에 대한 후속 자료를 모으고 정리해 제3판을 출판하게 되었다. 그런데 문제가 터지고 만다. '괴팅겐 7교수 사건'으로 야콥과 빌헬름 모두 8년 만에 하노버 왕국에서 추방당하게 된 것이다. '괴팅겐 7교수 사건'이란 1837년 하노버 국왕 에른스트 아우구스투스 1세가 자유주의적 헌법을 폐지하자 괴팅겐의 일곱 명의 교수가 항의하는 성명서를 내어 교수직에서 해임된 사건을 말한다. 대부분의 교수가 왕의 헌법 파기에 불만을 품었지만 침묵으로 일관할 때 그림 형제를 비롯해 프리드리히 크리스토프 달만, 빌헬름 에두아르트 알브레히트 등의 지식인들은 분연히 일어나서 행동에 나선 것이다.

"학문은 진실을 가르치는 것뿐 아니라 필요한 경우에는 목숨을 걸고 그것을 지키기 위해 행동에 나서야 한다."

이것이 학문에 대한 야콥의 자세다. 평생 경제적으로 어려움을 겪으며 책과 글자, 민담만 파고든 야콥이 결혼을 못한 데는 이유가 있겠거니 하고 생각했다. 그런데 괴팅겐에 대해 조사하면서 비로소 나는 그림 형제의 'ㄱ'을 알아가는 느낌이 들었다. 비겁하게 숨거나 눈치를 보지 않고 가장 적당한 말과 행동으로 자신들이 일어서야 할 자리에서 분명한 목소리를 낸 야콥과 빌헬름. 그림 형제가 괜히 그림 형제가 아니구나 하는 생각이 들었다. 그리고 바로 이것이 〈거위치기 소녀〉가 과연 괴팅겐에 어울리는 동화일까 하는 의문이 생기는 이유다. 작가들은 목소리를 냈는데, 작품의 주인공은 오히려 입을 닫았으니 말이다. 관광안내소에 가서 물어보았지만 시원한 대답은 들을 수 없었다.

해가 직선으로 내리꽂는 광장으로 다시 돌아와 '거위치기 소녀'를 바라본다. 그저 누군가 역설의 의미로 '거위치기 소녀'의 동상을 이곳에 세운 것이 아닐까 혼자 추측하고 결론을 내본다.

"이제 어디 갈 거예요?"

대개 아이의 질문이 이렇게 시작될 때는 이미 자신의 마음속에 정답 같은 해답을 가지고 있다는 의미다. 사실 나는 괴팅겐대학을 둘러볼 생각이었다. '괴팅겐 7교수 사건'으로 명예가 실추되고 한동안 깊은 시름에 잠겼다는 괴팅겐대학은 그래도 1737년 설립된 이래 무려 40여 명의 노벨상 수상자를 낳은 독일의 명문 대학이다. 독일에 와서는 아직까지 대학교를 방문한 적이 없으니 분위기도 살필 겸 방문해보면 좋을 듯싶었다. 그런데 자기 목소리를 너무나도 잘 내는 아이는 단호하게 선언한다.

"우리 좀 쉬어요. 여기에 굉장히 맛있는 케이크집이 있다고 했잖아요. 케이크와 커피 먹으면서 오랜만에 뒹굴뒹굴 야외 테이블에 앉아 사람들 구경해요. 네?"

어느 도시를 가도 웬만하면 한두 시간쯤 쉬는 시간을 가졌는데, 그때마다 가만있지 못하고 폭주 기관차처럼 뛰어다닌 것은 자기였으면서도 툭 하면 못 쉬었다는 아이. 그런 아이를 바라보며 길 한복판에 서서 어떻게 할까 고민한다. 관광안내소 직원의 말에 의하면 괴팅겐대학까지는 꽤 걸어야 한다. 과연 아이가 불평 없이 잘 따라올 것인가 하고 아이의 상태를 살펴보는 중이다. 그때 20대로 보이는 한 젊은 여성이 불쑥 우리 사이를 파고들더니 나에게 영어를 할 줄 아느냐고 묻는다. 무슨 일인가 싶어 쳐다보니 종이 한 장을 보여주는데, 순간 내가 잘못 보았나 싶을 만큼 당황스러운 문구로 가득하다. 지금은 우리나라에서도 잘 볼 수

없는, 지하철이나 지하도에 몸이 불편한 사람이 구구절절 자신의 사연을 써놓고 돈을 달라고 하는 문구가 영어로 적혀 있는 것이다. 멀쩡한 이십대 젊은 여성이 대학가 도시에서 구걸 행위라니 황당하다 못해 불쾌하게 느껴지는 것은 나의 편견일까? 차라리 카페에서 아르바이트를 하든지, 그런 일자리도 못 구해 이러는 것이라면 청소를 하거나 시골로 가서 일자리를 찾아보든지 할 일이지 구걸이라니. 순간 나는 급피로를 느낀다. 세상을 너무나도 쉽게 뻔뻔하게 살아가는 태도와 타인을 전혀 고려하지 않는 행동이 순식간에 나를 지치게 만든 것이다. 내가 만만해 보였는지 세 번이나 들이대는 아가씨를 피해 우리는 결국 괴팅겐에서 가장 유명하다는 빵집으로 들어섰다. 한눈에 보아도 달달함이 지나친 초코케이크로 급격하게 떨어진 당을 보충해주어야만 할 것 같았다.

"아까 그 언니는 왜 돈을 달라고 하는 거예요?"

아이가 초코케이크를 먹으며 묻는다.

"진짜 이유는 엄마도 모르지. 하지만 너무 화가 났어. 젊은데, 몸도 멀쩡한데, 심지어 영어까지 할 줄 알면서 왜 일을 안 하고 남에게 돈을 달라고 하는 걸까? 보는 엄마가 부끄러웠어."

"그 언니는 부끄럽지가 않나?"

"그럴 수도 있지. 가끔 세상에는 부끄러움을 모르는 사람들이 있거든."

괴팅겐대학 방문을 포기하고 나니 갑자기 시간이 넘쳐난다. 어차피 괴팅겐대학에 가도 그림 형제의 흔적이라고는 문헌학과·언어학과 건물을 '그림 형제 강의 동'이라고 명명한 것뿐이라고 했으니 오늘은 마음 넓은 엄마가 되어 내 아이의 목소리에나 귀를 기울여야겠다.

"가고 싶은 데가 또 어디야? 괴팅겐에서는 우리 지안이가 가고 싶은 곳으로 가보자!"

아이는 그런 것쯤은 문제가 안 된다며 자신 있게 고개를 끄덕인다. 그러고는 엄마를 끌고 열심히 괴팅겐대학 언니오빠들이 누볐을 옷가게를 다닌다. 날씨가 더워졌으니 엄마도 반소매 옷을 하나 사 입으라는 아주 기특한 의미가 담긴 행동이다. 괴팅겐은 대학가답게 우리나라에도 들어와 있는 중저가 패션 브랜드는 물론 부티크처럼 보이는 고급 옷가게와 젊다 못해 독특한 디자인의

옷가게가 참 많다. 지금까지 우리가 시골로만 돌아다녀서 그런지 오랜만에 둘러보는 화려한 옷가게에 눈이 핑핑 돌아간다. 우리나라 대학의 패션가에 비할 바는 못 되지만 나도 지안이도 여자인지라 이런 구경이 시간 가는 줄 모르고 재미있기만 하다.

"오늘은 엄마가 내 말을 들어주어서 너무 기뻤어요."

오늘이 기뻤다면 어제는 슬펐다는 이야기인가? 나는 아이의 말에 괜스레 가슴이 뜨끔해진다. 여행 중에 허튼 실수나 사고가 일어나지 않도록 조심한다는 것이 그만 아이의 말을 덜 들어주는 엄마가 되어 여행을 하고 있었나보다.

"그런 말이 어디 있어. 지안이 말은 엄마가 늘 귀를 쫑긋 세우고 가장 크게 듣는 말인데."

아이는 말도 안 된다는 듯이 입을 삐죽 내민다.

"가끔 무시하기도 하면서. 내 말 안 들을 때도 있잖아요."

종종 아빠와 엄마의 대화 중에 불쑥 끼어들어 자기 말은 안 들었다고 토라지거나 자기는 모르는 이야기를 한다며 삐치는 아이. 대화 도중 불쑥불쑥 끼어드는 제 잘못은 아무리 말해주어도 인정 안 하고 자기 말을 안 들었다는 것에만 초점을 맞추는 것은 몇 년째 그대로다.

말하기와 듣기는 우리가 매일매일 하는 것이면서도 할 때마다 어렵다. 꼭 해야 할 말을 포기하지 않고 당당하게 말하는 것도 어렵고, 솔직하게 내 마음을 전하는 것도 어려우며, 상대방의 마음에 상처를 주지 않고 이야기하는 것도 어렵다. 그래서일까. 사람들과 만나고 돌아오는 길, 유난히 피로하다 느껴지는 날은 쓸데없는 말을 했거나 남의 말을 했을 때다. 더구나 엄마가 되니 아이의 끊이지 않는 이야기를 간섭하지 않고 진득하니 들어주는 일도 쉽지 않다.

아이는 오늘따라 엄마가 제 말을 너무나도 잘 들어준다는 생각이 들었는지 쉬지 않고 재잘거린다. 칭찬도 받았겠다 열심히 들어주는데, 이야기가 길어지자 예외 없이 딴생각을 하게 된다. "응, 그렇구나. 정말?" 등의 추임새는 이제 거의 자동적이다. 그런데도 의심 없이 열심히 이야기하는 아이. 아, 지금이다. 이쯤에서는 "뭐라고?"를 해주며 아이가 한 말을 되물어야 한다.

잘 말하기도, 잘 듣기도 쉽지 않은 세상이다.

거위치기 소녀

먼 옛날 늙은 여왕의 아름다운 외동딸이 이웃 나라 왕자와 약혼을 했습니다. 결혼식이 다가오자 여왕은 보석과 지참금을 챙겨 말을 할 수 있는 말 팔라다와 하녀 한 명을 공주와 동행하게 했습니다. 그리고 여왕은 여행 중에 어려운 일이 생기면 펼쳐보라며 하얀 손수건에 자신의 피 세 방울을 떨어뜨려 공주에게 주었습니다. 공주는 손수건을 고이 간직하고 여행길에 올랐습니다.

1시간쯤 갔을 때 갈증을 느낀 공주가 하녀에게 물을 떠오라고 하자 하녀는 이렇게 대답했습니다.

"목이 마르면 직접 떠먹을 것이지, 왜 나한테 시키는 거죠? 나는 이제 당신의 하녀가 아니란 말이에요."

할 수 없이 공주는 직접 냇가에서 물을 마시다가 그만 어머니의 피가 묻은 손수건을 떨어뜨리고 말았습니다. 그것을 본 하녀는 이제야 공주를 제 손아귀에 넣을 수 있게 되었다고 기뻐하며 공주를 위협해 옷을 바꾸어 입고 말도 바꾸어 탔습니다. 그러고는 아무에게도 이 일을 말하지 말라고 협박했습니다.

공주 일행은 얼마 후 왕자가 있는 왕궁에 도착했습니다. 하녀는 자신이 공주인 것처럼 행동하고 왕자에게 부탁해 말을 할 줄 아는 팔라다의 목을 치게 했습니다. 자신이 공주에게 했던 못된 짓을 말이 폭로할까봐 두려웠기 때문이지요. 한편, 왕궁에서 거위치기 소년을 돕게 된 공주는 이 사실을 알고 도살업자에게 부탁했습니다. 팔라다의 목을 버리지 말고 자신이 드나드는 통로에 매달아달라고 말입니다.

다음 날 이른 아침 공주는 거위를 몰고 그 통로 밑을 지나면서 이렇게 말했습니다.

"오 가엾은 팔라다. 애처롭게도 이곳에 매달려 있구나."

그러자 팔라다의 머리가 대답했습니다.

"존경하는 공주님. 만일 당신 어머니께서 이 사실을 아신다면 가슴이 찢어지실 거예요!"

거위를 몰고 들판으로 나간 공주는 풀밭에 다다르면 황금빛으로 반짝이는 금발을 풀었는데, 그 머리카락이 어찌나 아름답던지 거위치기 소년은 몰래 몇 가닥을 뽑으려고 했습니다. 하지만 그때마다 공주는 노래를 불러 소년의 모자를 날아가게 했고 소년이 모자를 찾아 돌아왔을 때는 이미 공주가 머리를 단정하게 묶은 뒤였습니다. 이런 일이 되풀이되자 화가 난 소년은 공주와 있었던 일을 늙은 왕에게 달려가 일러바쳤습니다.

다음 날 늙은 왕은 직접 어두운 통로에 숨어 그녀가 팔라다의 머리와 말하는 내용을 들었습니다. 그런 다음 들판으로 나가 몸을 숨기고 공주를 지켜보았습니다. 그리고 그날 저녁 공주를 불러 그동안 공주에게 어떤 일이 일어났는지 물었습니다.

"저는 한 마디도 말을 할 수가 없답니다. 푸른 하늘을 두고 맹세했기 때문입니다. 만약 한 마디라도 한다면 저는 죽음을 면치 못할 것입니다."

그러자 늙은 왕은 무쇠 난로에 들어가 슬픈 사연을 이야기하라고 자리를 비켜주고 연통을 통해 무쇠 난로 속에서 읊조린 공주의 한 맺힌 이야기를 들었습니다. 모든 사실을 알게 된 왕은 공주에게 왕실의 옷을 내주고 왕자에게 너무나도 아름답고 고결한 공주야말로 진짜 공주라고 소개를 해주었습니다.

성대한 잔치를 열어 왕실 친구들과 친척들이 초대된 자리에서 왕은 여전히 공주인 척 떠들고 있는 하녀에게 수수께끼를 냈습니다.

"사악한 방법으로 주인을 속인 하녀에게 어떤 형벌을 내리는 것이 옳겠는가?"

하녀가 저지른 모든 일을 둘러서 이야기한 것이지요. 하지만 하녀는 그 이야기를 듣고도 눈치채지 못하고 아주 끔찍한 형벌을 이야기했습니다.

"그렇게 될 여자가 바로 그대라는 것을 아는가. 그대는 자신이 받아야 할 벌을 스스로 선고했다. 이제 그대가 말한 대로 이루어질 것이다."

하녀가 그 벌을 받는 동안 새로 왕이 된 왕자는 진짜 공주와 결혼식을 올렸습니다. 그리고 두 사람은 그들의 왕국을 평화롭게 다스리며 행복하게 살았습니다.

자바부르크Sababurg

〈잠자는 숲속의 공주〉

"오늘 밤, 잠들기는 틀렸다!"

눈을 감으니 시냇물이 차르르륵 흐르는 소리가 들린다. 가슴 가득 청명함이 차오른다. 오른쪽 먼 곳에서부터 차츰차츰 다가와 내 가슴을 관통해 왼쪽으로 사라지는 푸르른 시냇물 소리. 처음 알았다. 하늘을 나는 새소리가 시냇물이 종알대며 흐르는 물소리로 들릴 수 있다는 것을. 그것도 기포 많은 탄산수가 뽀글뽀글 올라오듯이 지금 내 안에는 차가운 물방울들이 톡톡 터지는 중이다.

"지안아! 잠깐만 이리 와봐. 와서 눈 좀 감아봐."

"엄마! 나 급해요. 새들한테 빨리 먹이 줘야 한다고요."

"급하긴 뭐가 급해. 우리한텐 시간이 이렇게 많은데…. 그러지 말고 잠깐 눈 감고 새소리 좀 들어봐. 새소리가 물소리, 시냇물 소리처럼 들린다니까."

아이는 마지못해 눈을 감더니 코를 찡긋거린다.

"잘 모르겠어? 시냇물 소리처럼 안 들려?"

"어? 그러고 보니까 그런 것도 같아요."

말을 마치자마자 냉큼 다시 모이를 들고 새를 찾아가는 아이. 이제는 립서비스가 거의 프로급이다. 상황에 따라 어떤 말이 자신에게 유리한지를 알고 있다. 이미 품에서 날아가버린 아이에게 시선을 거두고 다시 눈을 감아본다. 눈을 감자마자 또다시 시냇물이 내 가슴을 관통하는 소리가 들린다. 거침이 없다. 살 것 같다.

생각해보니 이번 여행에서 나는 오늘 처음으로 한낮에 눈을 감은 듯싶다. 잠을 자기 위해서가 아니라 세상을 좀 더 깊이 흡수하기 위해, 내 오감을 열어보기 위해 눈을 감은 것이다. 뭐가 그리 급해서 나는 여태 두 눈을 부릅뜨고 돌아다녔던 것일까. 이렇게 미동도 없이 가만히 앉아 눈을 감고만 있어도 살 것 같은 것을….

아이는 벌써 2시간 가까이 1유로나 주고 산 새 모이를 들고 새들을 쫓아다니고 있다. 하지만 이곳의 새들은 하루 종일 모이를 먹었는지 관심이 없다. 안달 난 아이들만 쫑쫑대며 새들 곁에 달라붙어 모이를 들이밀 뿐.

우리는 지금 자바부르크 성 아래에 위치한 자바부르크 동물공원 새장 속에 들어와 있다. 입장료를 낼 때 받아든 지도에 표시된

바에 의하면 우리가 있는 곳은 입구 쪽이다. 사자, 코끼리 같은 비현실적인 동물은 없지만 안쪽으로 들어가면 엘크나 사슴도 있다고 안내서에 적혀 있다. 그런데 웬걸, 아이는 염소를 보러 외양간 문을 열고 들어갔다가 갑자기 다가오는 염소에 한 번 놀라더니 더이상 다른 동물은 볼 필요도 없다는 듯이 2시간 가까이 여기 새장 속에만 있다. 아무래도 새 모이가 다 없어지기 전까지는 이곳에서 나갈 수 없을 것 같다.

자바부르크 동물공원은 유럽에서 가장 크고 가장 오래된 동물공원이다. 1571년 자바부르크 성의 동물들을 위해 만들어진 것이 그 시초라고 한다. 130헥타르 목초지에 순록이나 흰사슴 같은 희귀 동물과 사냥을 위한 야생소·사슴·엘크·말 등을 방목해둔 것이 지금까지 이어진 것이다. 늑대 정도가 맹수라면 맹수일까, 그냥 순한 동물이 울타리 너머 끝이 보이지 않는 목초지에서 유유히 자신의 삶을 영위해가고 있다. 원하는 사람은 얼마든지 울타리 문을 열고 들어가 가까이에서 동물들을 쓰다듬고 먹이를 줄 수도 있다. 동물들을 가장 비교육적인 방법으로 만날 수밖에 없는 다른 동물원과는 차원이 다르다.

"엄마! 엄마! 빨리 사진 찍어주세요."

아이가 다급하게 불러 바라보니 어느새 모이로 새들을 유인하는 데 성공한 아이는 제 손바닥 위에 올라와 있는 새를 바라보며

행복한 표정을 짓는다.

"따갑지 않아? 엄만 느낌이 이상할 것 같은데…."

"전혀요. 조금 간지러울 뿐, 좋아요."

아이는 자신의 손바닥 위에서 요리조리 모이를 먹고 있는 새가 너무나 신기한가보다. 눈에 넣어도 아프지 않을 것 같은 표정으로 파랗고 연둣빛이 도는 조그마한 생명체를 보고 또 본다. 이럴 때마다 짠한 느낌이 드는 것은 어쩔 수 없다. 형제자매도 없이 달랑 혼자이니 강아지 친구를 하나 만들어주면 좋으련만, 우리집에서 강아지는 불가하다. 엄마로 말할 것 같으면 초등학교 때 모르는 개가 쫓아와 두려움에 떨었던 트라우마가 있어 여전히 낯선 동물들이 몸에 닿으면 기겁을 한다. 반대로 아빠는 동물들을 너무 좋아한다. 끔찍하게 좋아해 키웠다가는 회사도 가기 싫어질 것 같다며 스스로 자신 없음을 선언했다. 그러니 지안이에게 강아지는 그림의 떡. 그랬더니 아이는 벌써부터 스무 살이 되면 독립하겠다고 외친다. 어른이 되어 혼자 살면서 강아지 네 마리를 키우겠다는 것이다. 그리고 그것만으로는 성에 안 찼는지 재작년 겨울, 학교 방과 후 생명과학 수업에서 햄스터를 들고 왔다. 그 햄스터 한 마리 때문에 우리집은 난리가 났다. 이미 구피 여섯 마리를 키우기 위해 인터넷 카페에 가입한 적 있는 남편은 몇 날 며칠을 검색해 궁전 같은 햄스터 집을 주문하고 놀이 기구와 먹이를 주문하며 밤마다 길들이기 모드에 도입했다. 그러더니 어느 날 새벽, 늦게 온 남편의 인기척에 자다가 깨서 방문을 여니 순간 휙 하고 하얀 것이 내 발가락을 스쳐 굴러가는 것이 아닌가. 소스라치게 놀라는 나에게 천진한 표정의 얼굴로 남편이 하는 말.

“여보! 얘가 이제 내 목소리를 알아들어.”

이건 뭐, 곧 말도 알아듣고 심부름도 한다고 주장할 기세다. 하지만 그렇게 지극정성으로 기르던 햄스터도 우리가 독일로 떠나오기 정확히 일주일 전에 하늘나라로 갔다. 주위에서는 1년 6개월을 살았으니 오래 산 것이라고 위로를 해주지만 남편과 아이에게는 전혀 위로가 되지 않은 듯했다. 하루에 한 번은 꼭 햄스터를 묻어준 아파트 1층 화단을 서성거렸으니 말이다. 눈길을 잘 안 주던 나도 밤마다 쳇바퀴를 돌리며 달그락거리던 소리가 들리지 않으니 허전하던데, 매일매일 먹이를 챙겨주고 운동도 시키고 나름 훈련도 시킨 남편과 아이는 어떤 기분일까? 비겁한 핑계라고 할지라도 나는 정을 주는 것도, 정을 떼는 것도 힘들어 다른 생명체가 두렵다. 그런 엄마의 속도 모르고 아이는 한참 동안 새에게 야무지게 먹이를 먹이더니 갑자기 엄마를 향해 순둥이 눈빛을 날린다. 애니메이션 〈슈렉〉에 나오는 '장화 신은 고양이'의 바로 그 일렁이는 눈빛 말이다.

"새를 키워도 예쁘겠죠?"

이럴 때는 절대 휘말려서는 안 된다. 엊그제에도 꿈속에서 메르시(기르던 햄스터 이름)가 나왔다며 울다 깬 아이를 다독이느라 어찌나 혼쫄이 났던지. 동물은 키우는 것도 자신 없지만 보내고 난 뒤가 더욱더 자신 없으므로 우리집에서 동물은 안 된다.

"이제 그만. 우리 가야 해. 진짜로 여기 문 닫을 시간이라고."

오후부터 아이를 설득했지만 결국 우리는 퇴장 시간에 임박해 자바부르크 동물공원을 나섰다. 이곳에서 나는 세 가지에 놀랐다. 첫째, 이곳은 동물들을 우리에 가두어두고 인간이 동물들을 구경하는, 우리가 알고 있는 기존의 동물원이 아니다. 이름 그대로 '동물들의 공원'이다. 동물들이 먹고 뒹굴고 사랑하고 잠을 자는 쉼터에 인간들이 때때로 나타나 조용히 지나갈 뿐이다. 둘째, 그 어느 곳을 바라보아도 온통 커다란 나무들과 목초지만 보인다는 것이다. 자연의 깊숙한 핵에 내가 도달한 듯 모든 것이 너무나도 고요하고 투명하다. 셋째, 그럼에도 불구하고 내가 오늘 둘러본 곳은 전체 동물공원의 50분의 1이 될까 말까 한, 입구 쪽의 아주 작은 구역일 뿐이라는 것이다.

"아쉬워요. 더 있고 싶은데…."

"엄마도 너무너무 아쉬워. 계속 여기 있었으면 좋겠다. 만날 새소리 듣고 잠에서 깨게."

"그렇죠? 그럼 진짜 좋을 텐데…."

"그런데 지안아! 엄만 여기만 아쉬운 것이 아니라 가는 곳마다 다 아쉬워. 떠나올 때도 아쉽지만 그곳에 있을 때도, 그곳을 바라보고 있을 때도 마냥 다 아쉽다…."

정문을 나서면서 다시 한 번 뒤를 돌아본다. 우리 뒤로 키 큰 전나무와 떡갈나무가 빽빽이 줄지어 있는 숲속 길이 끝도 보이지 않게 이어져 있다. 저 길 끝까지 걸어가면 어떤 느낌이 들까? 아니 좀 더 욕심을 내본다. 이렇게 인간의 손길이 최소한으로 닿은 숲속에서 동물들의 부스럭거리는 소리를 들으며 일주일만 산다면 나는 어떻게 달라질까?

독일인, 게르만족에게 숲은 정신의 고향이라는 말이 있다. 숲을 뜻하는 독일어 '발트wald'를 모르고는 독일을 안다고 말할 수 없다고 한다. 자바부르크 성을 둘러싸고 있고 이곳 동물원으로도 연결되어 있는 하르츠 숲이 그림 형제가 수집한 민담에 자주 등장하는 그 메르헨 숲이다. 그러니 이 숲에 좀 더 머무를 수 있다면 살아온 동안 누적된 독소가 빠지면서 보다 환하고 맑은 나, 온 마음으로 동화를 받아들일 수 있는 여백 가득한 나로 재탄생할 수 있지 않을까 하는 생각이 드는 것은 어쩔 수 없다.

"엄마 얼굴 좀 봐줘. 어때? 편안해 보이지 않니?"

그림 형제도 막히는 일이 있으면 숲속을 산책했다고 하던데, 얼결에 숲속에서 반나절을 보낸 나는 세상에서 가장 아름다운 침대에서 100만 년 동안 잠을 자고 일어난 공주처럼 몸도 마음도 개운하기 그지없다.

동물공원을 뒤에 두고 나오는 아이는 아쉬움이 컸던 것일까. 잠시 자동차 안으로 낮은 회색빛 아쉬움이 스며들고 있는데, 그 회색빛 아쉬움은 금방 핑크빛 반가움으로 바뀐다. 눈앞에 자바부르크 성이 나타난 것이다.

"잠자는 숲속의 공주의 성이 이렇게 가까워요?"

"자바부르크 동물공원이 이 자바부르크 성에 사는 동물들을 보호하기 위해 만들어진 공원이니까. 거의 같은 곳에 있다고 볼 수 있지."

"동물공원에서는 성이 안 보이던데요?"

"보이면 안 되지. 이곳은 거의 100년 동안 장미꽃과 가시넝쿨

로 둘러싸인 성이잖아. 밖에서 쉽게 볼 수 없는 구조의 성이기 때문에 잠자는 숲속의 공주의 성이 된 것 아닐까?"

"그런데 진짜 장미가 많다. 여기에도 장미! 저기에도 장미! 어? 이건 하트 열쇠예요. 하트 열쇠가 왜 여기 있지? 엄마! 물레는 어디에 있을까요? 저 탑에 올라가면 물레가 있을까요? 나도 만져볼 수 있어요?"

"찔리면 어떻게 해."

"네?"

"괜히 물레 만지다가 찔려서 100년 동안 잠들면 어떻게 하냐고?"

"에이, 엄마아~"

이번에는 내가 아쉬워진다. 다섯 살이라면 놀라서 눈이 휘둥그레지거나 무섭다고 엄마한테 안겼을 텐데, 딱 그 두 배인 열 살은 유치한 상상은 하지도 말라며 엄마를 나무란다.

자바부르크 성은 유난히 정원이 아름답게 꾸며져 있다. 장미뿐 아니라 온갖 아름다운 색깔과 향기를 내뿜는 꽃들이 가득하고, 누구나 이 정원에서는 들장미 공주의 이야기를 생각해내야 한다는 듯이 곳곳에 동화 장면이 은색 그림판에 새겨져 있다. 그 이야기를 따라가며 정원을 구경하는 재미가 쏠쏠하다.

"이렇게 해서 왕자와 공주의 키스로 사람들이 다 깨어나 해피엔딩이 된 거예요."

순서대로 그림판을 다 찾고 나니 마침내 동화 한 편이 뚝딱 완성된다. 물론 아이에게 이제 공주 이야기 정도는 시시할 것이다. 대접할 그릇이 12개밖에 없어 지혜로운 여인 한 명을 빼놓고 초대해 나쁜 마법에 걸리게 된 것이나, 왕자가 키스하자 공주는 물론 성안의 모든 사람이 깨어났다는 부분도 의심스러울 것이다. 하지만 그래도 좋다. 우리는 지금 책으로만 읽으며 상상해왔던 동화 속 바로 그 성에 들어와 정원을 뛰어다니고 있다. 그리고 최대한 눈높이를 맞추어가며 서로가 알고 있는 동화 이야기를 나누고 있다. 바로 이 순간을 위해 우리가 메르헨 가도를 걷고 있는

것이다.

“어쩌지? 우리가 너무 늦게 왔나봐. 지금은 내부로 들어갈 수 없대.”

“괜찮아요. 괜히 성안을 둘러보다 물레에 찔려서 여기서 100년 동안 잠들면 어떻게 해요. 오히려 잘된 거예요.”

엄마가 흘겨보자 아이가 능구렁이처럼 웃는다.

자바부르크 성은 14세기 중엽에 만들어져 19세기에 한동안 폐성廢城이 되었다가 1959년에 개조를 마치고 지금까지 호텔로 운영 중이다. 당연히 내부 객실이 궁금하다. 하지만 우리는 이미 트렌델부르크에서 공주의 성을 경험했기에 자바부르크 성은 욕심내지 않기로 한다. 더구나 자바부르크 동물공원으로 오는 길에 우연히 외델스하임에서 잡은 숙소에서 오늘 밤 바비큐 파티가 열린다고 하니 레스토랑도 건너뛸 생각이다. 소문에 의하면 자바부르크 성의 레스토랑에서는 들장미 성답게 장미꽃잎을 얹은 스파게티가 나오는데, 모양에 비해 맛은 별로라고 하니 그것도 다행이라는 생각이 든다.

자바부르크 성에서 내려와 아스팔트가 깔린 도로 위로 막 올라서려는데 왼쪽으로 성인의 키 열 배가 넘는 커다란 목상이 보인다.

"저건 누구지? 잠자는 숲속의 공주인가? 그러기엔 너무 못생겼는데…."

아이가 언급하자 그제야 독일에 오기 전에 읽었던 책 한 권이 떠오른다.

"여기가 자바부르크 성 앞이니까 저건 자바라는 전설의 여인일 거야."

"자바요?"

"응. 엄마가 깜빡했는데, 트렌델부르크에도 저런 목상이 있대. 그 목상의 이름은 트렌둘라. 이 지역 전설의 주인공들이야."

그림 형제의 민담에는 수록되어 있지 않지만 자바부르크와 트렌델부르크 인근에서 구전으로 내려오는 전설은 다음과 같다. 옛날 옛날에 이곳 숲속에 크루코라는 거인이 살고 있었다. 크루코에게는 트렌둘라·브라마·자바라는 세 딸이 있었는데, 브라마와 자바는 기독교도인 데 반해 트렌둘라는 이교도였다. 더구나 성격도 몹시 까칠해 아버지가 죽자 동생들을 괴롭히기 시작했다. 이에 항상 울며 지내던 브라마가 실명을 하게 되고, 브라마와 자바는 언니의 눈을 피해 브라마는 브란부르크로, 자바는 자바부르크 성으로 도망을 갔다. 그러고는 밤이면 자바는 눈이 먼 브라마를 찾아가 위로하며 서로의 슬픔을 달랬다. 뒤늦게 이 사실을 알게 된 트렌둘라는 분노에 휩싸인 채 브라마를 찾아가는 자바를 만나 죽였다. 한편, 그런 줄도 모르고 자바를 애타게 기다리던 브라마 역시 죽고 말았다.

시간이 흘러 마을에 홍수가 났다. 마을 사람들은 트란델부르크 성에 숨어 사는 트렌둘라를 붙잡아 재물로 바치기 위해 숲속으로 끌고 갔다. 트렌둘라가 동생들을 죽여 하늘의 노여움을 샀기 때문에 마을에 재앙이 내린 것이라고 생각했기 때문이다. 그런데 그들이 숲속에 이르자 갑자기 천둥 번개가 트렌둘라에게 내리쳤고 동시에 트렌둘라가 사라졌다. 그리고 그 자리에는 깊고 커다란 구멍이 생겼다. 일주일 넘게 이어지던 홍수도 멈추었다. 그 후 구멍에 물이 고여 깊은 연못이 만들어지고 지금도 트렌델부르크에 남아 있다는 이야기다.

아이가 전설을 듣더니 대뜸 묻는다.

"독일의 민담이나 전설은 왜 이렇게 무서운 이야기가 많아요? 어떻게 언니가 동생을 죽이지? 새엄마가 아이들을 버리기도 하고, 괴롭히고 구박하는 이야기도 너무 많아요."

아이에게 해줄 답변이 궁색해지는 이유는 나도 이 부분이 궁금했기 때문이다. 물론 민담이나 전설은 동화와는 다르기 때문에 선한 이야기로만 꾸며질 수는 없다. 아이들을 염두에 두고 만들어진 이야기도 아니므로 더더욱 그렇다. 하지만 그래도 이상하다. 왜 이렇게 사람들의 입으로 전해져 내려온 이야기에 잔인한 부분이 많은 것일까. 그림 동화에도 툭 하면 죽이고 버리고 가두고 벌주는 등 언급하고 싶지 않은 설정들이 너무 많다. 이에 대해 독일의 부퍼탈대학 교수 하인츠 뢸레케는 이렇게 이야기했다.

"동화의 내용 중 잔인한 부분은 그림 형제가 생각해낸 판타지가 아닙니다. 그건 그냥 구시대의 법과 질서 체계를 반영했을 뿐입니다."

구시대의 법과 질서 체계의 반영이라…. 설명을 들으니 더 이해가 안 된다.

숙소에 와보니 진즉부터 바비큐 파티가 열리고 있었던 듯이 분위기가 시끌시끌하다. 우아하고 지적으로 보이는 키 큰 안주인이 쭈뼛쭈뼛 다가서는 우리를 보더니 신속하게 자리를 안내해준다. 아닌 게 아니라 점심도 간단히 먹은 우리의 뱃속에서는 오토바이 소리가 요란하다. 호텔 앞마당에는 역시 키 큰 호텔 주인이 돼지고기와 쇠고기, 소시지에 파묻혀 열심히 숯불 위를 달리고 있다. 고기가 구워지는 즉시 없어지는 것을 보니 우리도 속도를 내야겠다. 아이도 오랜만에 펼쳐진 뷔페에 신이 나 빠르게 접시를 비워

가며 맛나게 먹는다. 시원한 맥주도 한 잔 곁들였고 오랜만에 고기로 배도 든든해졌으니, 이제 우리는 하얀 시트의 넓은 호텔방에서 잠자는 숲속의 공주처럼 꿀잠만 자면 오늘도 최고의 날이 되는 것이다. 그런데 잘 먹고 잘 놀다 들어온 호텔방에서 그만 사건이 일어나고 말았다.

"저기 모기가 있어요."

나도 아이도 집 안에 있는 벌레에 대해 그다지 관대한 편이 아니다. 모기나 파리를 보았다면 반드시 없애야 한다는 사명감에 사로잡힌다. 아이가 가리키는 하얀 천장 위에는 까만 모기 한 마리가 점을 찍고 있다. 우리는 잠시 쏟아지는 잠을 밀어내고 모기와의 맞대결을 준비한다. 주위를 둘러보니 마침 이 지역 관광책이 있다. 나는 관광책을 들고 높은 천장을 향해 팔을 뻗기 위해 창가에 놓인 1인용 소파에 올라간다. 그러고는 숨을 죽이고 오른손에 든 책과 함께 몸을 날렸다. 모기는 여지없이 책 한가운데에 붙었고 다행히 하얀 천장에는 흔적 하나 남지 않았다. 그런데 모기를 책으로 때려잡고 착지를 하는 그 순간, 갑자기 '부욱!' 소리가 나더니 내가 올라섰던 하얀색 1인용 소파 쿠션이 찢어지면서 그 사이로 발이 푹 빠지는 것이 아닌가. 하마터면 중심을 잃고 넘어져 크게 다칠 뻔했다. 하지만 내가 다칠 뻔한 것은 문제가 아니다. 그 순간 나에게도 지안이에게도 가장 중요한 사건은 '호텔 소파를 찢었다!'이다. 1년 넘게 식탁 의자의 가죽이 터져 있어도 큰 돈 쓰지 않으려고 버티던 내가 이제 남의 나라에 와서 남의 집 소파를 사주게 생긴 것이다. 갑자기 머리가 지끈지끈 아파오는데, 아이는 호들갑을 떨며 엄마를 다그치기 시작한다.

"빨리 가서 말해요. 엄마가 소파 찢었다고 이야기해야죠."

"알았어. 누가 안 한대? 근데 지금 너무 늦었잖아. 11시가 다 되었다고. 내일 할게. 내일 할 거니까, 좀 가만히 있어봐."

가만있을 아이가 아니다. 당장 가서 말하라고 어찌나 다그치는지. 여기서 편을 가를 일은 아니지만 정말이지 누구 편인지 모르겠다. 어떤 표현으로 어떻게 말해야 얼굴 붉히는 일 없이 최대한 좋은 방향으로 일을 해결할 수 있을지 엄마는 영어사전을 뒤적이며 연습이 필요한데, 당장 가야 한다고 목에 핏대까지 세우고 말하는 아이.

"내일 한다고. 내일 할 거라고. 엄마도 어떻게 말해야 할지 생각 좀 해야 한다고!"

오늘은 잠자는 숲속의 공주의 성도 방문했겠다, 숲에서 광합성도 했겠다, 100년 동안 잠을 잔 공주의 기를 받아 깊은 잠 좀 자나 싶었다. 그런데 막판에 이런 사고가 일어나다니. 정말이지 어떻게 해야 하지? 뭐라고 말해야 하지?

아! 소심한 A형인 나는 오늘 밤 잠들기는 다 틀렸다.

잠자는 숲속의 공주

옛날에 어떤 왕과 왕비가 살고 있었습니다. 그들은 날마다 아기를 소원했지만 생기지 않았습니다. 어느 날 왕비가 목욕하고 있는데, 개구리 한 마리가 물가로 기어와서 올해가 가기 전에 딸이 태어날 것이라고 말했습니다. 개구리의 예언은 그대로 들어맞았고 왕비는 곧 예쁜 딸을 낳았습니다. 너무나도 기쁜 왕은 잔치를 크게 벌여 친척과 친구들은 물론 지혜로운 여인들도 초대했습니다. 나라 안에는 13명의 지혜로운 여인이 있었는데, 이들에게 요리를 대접할 금접시가 12개밖에 없어 한 여인은 초대할 수가 없었습니다.

성대한 잔치가 열리고 지혜로운 여인들은 한 명씩 앞으로 나와 아기에게 기적의 선물을 주었습니다. 착한 마음과 아름다움과 부유함 같은 세상의 좋은 것들을 모두 선물한 것이지요. 그런데 열한 번째 여인이 막 선물을 주고 났을 때 열세 번째 여인이 나타났습니다. 초대받지 못한 것에 앙심을 품고 복수를 하러 온 것이었습니다.

"공주는 열다섯 살 생일에 물레 바늘에 찔려 죽을 것이다!"

사람들은 너무 놀라 어쩔 줄 몰라 했습니다. 그러자 열두 번째 여인이 앞으로 나섰습니다. 악마의 주문을 풀 힘은 없지만 그것을 누그러뜨릴 수는 있다며 공주는 죽지 않고 100년 동안 깊은 잠에 빠질 것이라고 말했습니다. 왕은 사랑하는 딸을 위해 나라에 있는 모든 물레를 불태우라는 명령을 내렸습니다. 한편, 공주는 지혜로운 여인들의 선물대로 아름답고 예절바르고 현명한 소녀로 자랐습니다.

공주가 열다섯 살이 되는 날이었습니다. 그날은 공교롭게도 왕과 왕비가 궁전에 없었습니다. 공주는 궁전을 거닐다 오래된 탑 위에서 늙은 여자가 물레 앞에 앉아 부지런히 베를 짜고 있는 모습을 보았습니다. 물레를 처음 본 공주는 호기심에 다가갔고 물레에 손이 닿자마자 마법의 주문이 살아나 손가락을 찔렀습니다. 따끔하다는 걸 느낀 순간 공주는 그대로 침대 위에 쓰러져 깊은 잠에 빠지게 되었습니다. 잠은 이내 온 궁전 안에 퍼졌습니다. 왕과 왕비도 궁 안으로 들어서는 순간 잠이 들었고, 궁 안의 사람들은 물론 마구간의 말과 마당의 개와 지붕 위의 비둘기도 모두 잠들었습니다. 성 주위로는 들장미가 자라 순식간에 성을 뒤덮어 아무도 성의 모습을 볼 수 없게 되었습니다. 공주는 잠자는 아름다운 들장미로 불렸고, 공주에 관한 이야기는 온 나라에 퍼지게 되었습니다. 이따금 왕자들이 장미 울타리를 뚫고 성안으로 들어가려고 했지만 살아서 돌아온 사람은 아무도 없었습니다.

그렇게 100년이 흘렀습니다. 한 왕자가 이 나라에 왔다가 어떤 노인에게 들장미 공주 이야기를 들었습니다. 노인이 말려도 젊은 왕자는 두려움 없이 가시덤불로 다가갔지요. 그런데 그날은 공주가 잠든 지 100년째 되는 날로 왕자가 다가서자마자 가시덤불이 열리며 아름다운 꽃들이 저절로 길을 터주었습니다. 왕자는 잠들어 있는 왕과 왕비, 요리사, 하녀 등을 지나 탑으로 가서 작은 방에 달린 문을 열었습니다. 그곳에는 들장미 공주가 누워 있었습니다. 왕자는 공주의 아름다움에 반해 몸을 굽혀 입을 맞추었습니다.

왕자의 입술이 닿자 들장미 공주는 눈을 뜨더니 자리에서 일어났습니다. 두 사람이 함께 내려오니 왕과 왕비는 물론 온 궁전이 잠에서 깨어났습니다. 마당의 말도 자리를 털고 일어나고 부엌의 장작불도 활활 타올랐지요.

들장미 공주와 왕자는 결혼식을 성대하게 치렀습니다. 두 사람은 오래오래 행복하게 잘 살았습니다.

외델스하임Oedelsheim

〈장화 신은 고양이〉

"당신의 장화 신은 고양이는 누구인가요?"

어렸을 때 텔레비전 만화 〈형사 가제트〉를 보면서 궁금했다. 사이보그 형사 가제트가 주인공인데 왜 악의 캐릭터와 맞서 진정으로 극을 이끌어가는 이는 가제트의 여자 조카 페니인가 말이다. 가제트는 실수투성이에 불운의 아이콘으로 사건을 해결했다는 착각에 빠질 뿐 실은 그 뒤에서 페니가 삼촌이 모르는 악당의 음모까지 다 알아차리며 정리를 해주었다. 주인공을 돋보이게 하는 조력자라니. 나에게도 저런 존재가 있으면 얼마나 좋을까, 깊이 소망했다.

〈장화 신은 고양이〉를 읽으면서도 똑같은 생각을 했다. 물론

이 동화에서 주인공은 장화 신은 고양이다. 하지만 고양이 덕분에 임금의 사위가 되고 공주와 결혼까지 하게 되는 것은 가난한 방앗간집의 셋째 아들이다. 고양이가 주인을 잘 만난 것이 아니라 주인이 고양이를 제대로 만난 것이다.

어설프고 부족한 우리에게도 장화 신은 고양이나 페니 같은 존재가 곁에 있어 우리가 제대로 서 있을 수 있게 받쳐주거나 우리가 저지른 사건, 사고를 해결해주면 얼마나 좋을까. 이런 상상은 누구나 해볼 수 있지 않을까. 하지만 이렇게 말하는 나에게 남편은 단호하게 지적한다.

"당신은 이상형이라 그런 생각을 하는 거야. 처제 같은 행동형은 절대 안 그럴걸. 이상형은 대체로 두루두루 다른 사람들의 의견을 살피기 때문에 누군가 옆에 있기를 바라지만, 행동형은 조언자든 조력자든 별로 필요가 없어."

처음에는 이해가 안 갔다.

'내가 이상형이라서 그렇다고? 행동형은 남의 도움이 필요하지 않다고? 아니 왜? 도와주는 사람이 있는 건 좋은 거잖아.'

물론 인간은 기본적으로 무슨 일이든 스스로 헤쳐 나가야 한다고 생각한다. 하지만 실수도 하는 불완전한 존재임을 인정한다면 이왕에 다양한 사람의 의견을 통해 해답을 찾아가는 것이 더 바람직하지 않을까? 그래서 나는 나에게 조언을 해주는 사람이 고맙고, 내 주위에 그런 사람이 있다는 것이 행복하다. 그리고 나는 지금 바로 그 〈장화 신은 고양이〉의 마을 외델스하임에 와 있는 것이다.

아침에 눈을 떴는데, 머리가 묵직하고 몸도 천근만근이다. 잠을 잔 것인지, 진흙탕 같은 꿈속에서 배회를 한 것인지 모르겠다. 창밖을 내다보니 일기 예보는 정확했다. 하얀 커튼 너머로 비가 내리고 있고 테라스가 젖어 있다. 회색빛 하늘이 그새 정원까지 내려와 있다. 빗물로 얼룩진 유리창 너머에 앙증맞게 서 있는 그네에서는 물방울이 뚝뚝 떨어진다. 아직은 어둑어둑한 방 안. 하지만 그런 어둠 속에서도 손바닥만큼 찢어진 하얀 소파는 가시처럼 눈을 찌르며 다가온다. 꿈이 아니다. 꿈에서 깨어났는데도 소파는 여전히 찢어져 있다. 잠들기 전까지 주인에게 어떻게 설명해야 할지 영어로 준비하고 연습도 했건만 한숨이 절로 나온다.

그때다. 지끈거리는 머리를 붙잡고 창밖의 가는 빗줄기를 바라보고 있는데 휴대전화 진동소리가 들려온다. 개학하자마자 신청해야 하는 아이의 방과 후 수업 때문에 동네 엄마에게 부탁을 해 놓았는데, 다행히 아이가 원하는 수업에 당첨되었다는 반가운 소식이다. 고맙다는 답장을 보내면서 어젯밤에 있었던 이 기막힌 일을 이야기하며 'ㅠㅠ'를 찍어 보냈더니 대뜸 전화가 걸려온다.

"예담아! 그래서 나 지금 완전 기분이 엉망진창이야."

울고 싶었던 내 마음이 문자 메시지 몇 마디에서 느껴진 것일까.

나보다 한 살 어린 예담이 엄마는 둘째를 키우기 전까지 항공사 승무원으로 일을 했고 지금은 영어 선생님인 똑 부러지는 친구다.

"언니! 걱정하지 마! 그건 언니 잘못이 아니야. 오히려 그렇게 부실한 가구를 방 안에 들여놓은 호텔 측의 잘못이라고. 그러다 언니가 크게 다치기라도 했으면 어떡할 뻔했어요. 아니 언니가 아니라 지안이였으면 어떡할 뻔했어. 오히려 호텔이 언니한테 미안하다고 사과해야 할 일이라고."

'그건 네 잘못이 아니야'라는 말만큼 힘이 되는 말이 또 있을까. 정말이지 나는 예담이 엄마가 옆에 있었다면 와락 끌어안았을지도 모른다. 영어 선생님인 예담이 엄마는 그렇게 나를 안심시키고 내가 어떤 식으로 말하면 되는지 영어 표현까지 완벽하게 코치해주고 전화를 끊었다.

엄마의 통화소리에 잠이 깬 아이가 부스스 일어나 다가온다. 간밤에 엄마를 다그쳤던 것이 미안했는지 조용히 다가와 엄마를 안아주며 괜찮으냐는 듯이 쳐다본다.

"걱정했지. 이제 엄마 괜찮아졌어. 우리 얼른 씻고 아침 먹으러 가면서 주인에게 소파 찢어진 이야기를 해주자."

한결 편안해진 엄마의 표정을 읽고 드디어 아이도 안심을 한다.

레스토랑으로 가니 어제 저녁과 마찬가지로 키 큰 여주인이 우리를 반갑게 맞이한다. 나는 지안이에게 잠깐 앉아 있으라고 한 뒤 조심스럽게 그녀에게 다가간다. 그러고는 어젯밤에 준비하고 오늘 아침에 수정한 문장들을 최대한 공손하게, 하지만 분명한 어조로 말한다. 내 이야기를 들은 여주인은 먼저 나를 살핀다. 다친 데는 없느냐고 묻는다. 지금 가서 소파를 봐야 하지 않겠느냐고 하니 괜찮다고 나중에 확인해보겠다고 하며 아침 식사부터 챙겨준다. 내 말을 제대로 이해하지 못한 것인가 걱정스러워 쳐다보니 문제없다며 다시 한 번 부드럽게 미소를 짓는다. 휴우! 드디어 살았다. 지난밤부터 나를 짓누르던 어마어마한 바윗돌 아래에서 마침내 빠져나온 느낌이다. 그녀는 내 우려와 달리 그 어떤 보상과 책임도 묻지 않고 오히려 나를 걱정해준다. 나만 속 좁은 못난이가 되어 밤새 전전긍긍했을 뿐.

아침 식사를 끝내니 빗줄기가 많이 가늘어졌다. 우리는 일단 체크아웃을 하고 관광안내소를 찾아 길을 나선다. 이곳 외델스하임은 인근의 오버베저, 기젤베더와 함께 〈장화 신은 고양이〉의 마을로 알려져 있다. 하지만 솔직히 말하면 나는 여행 계획을 세울 때 외델스하임을 들를 생각이 전혀 없었다. 물론 〈장화 신은 고양이〉는 너무나도 유명한 동화다. 그런데 그림 형제가 펴낸 《어린이와 가정을 위한 민담》 초판본에 실려 있던 이 이야기가 제2판부터는 삭제되었다. 그 이유는 현재 출간된 대부분의 〈장화 신은 고양이〉는 프랑스 민담으로 소개되어 있고, 그것이 사실이기 때문이다.

야콥과 빌헬름은 민담을 수집하는 과정에서 이야기가 있는 곳이라면 어디든 달려갔다. 그래서 세대를 넘어 입에서 입으로 전해 내려오는 이야기들을 여러 사람으로부터 듣고 기록했다. 그중 가장 널리 알려진 사람은 흔히 '동화 아주머니'라고 불리는 도로테아 피만이다. 그녀는 옛날이야기를 풀어내는 데 매우 탁월한 능력이 있었는데, 무려 30편 이상의 이야기를 그림 형제에게 들려주었다. 이에 그림 형제는 감사의 뜻으로 1819년에 펴낸 제2판에 남동생 루트비히 에밀이 그린 그녀의 초상화를 실었다. 그 밖에도 여러 이야기꾼이 있었는데, 그중에는 마리 할머니라는 최고령 민담 제보자와 '마리'라는 동명의 십대 중반의 깜찍한 소녀도 있었다. 소녀 마리는 그림 형제의 막내 여동생 샬로테의 20년 지기로 〈백설공주〉 〈잠자는 숲속의 공주〉 〈빨간 모자〉 등 가장 유명한 이야기 20여 편을 전해준 인물이다. 그런데 마리의 어머니가 프랑스에서 건너온 위그노 출신이었다고 한다. 위그노란 프랑스 프로테스탄트 칼뱅파 교도에 대한 호칭으로, 16세기 초부터 프랑스에서는 교회개혁운동이 일어났다. 이때 정부의 탄압으로 독일의 프로이센·스위스·네덜란드 등으로 이주한 프랑스 출신 신교도들이 있었는데, 이들을 위그노라고 불렀다. 그러다보니 그림 형제가 수집한 동화 중에는 1697년에 프랑스 작가 샤를 페로가 발표한 동화집과 겹치는 이야기가 꽤 있었던 것이다. 이러한 사실을 뒤늦게 알게 된 그림 형제는 1819년 제2판 서문에서 "순수한 헤센"이라는 구절을 뺐고 일련의 과정을 통해 〈나이팅게일과 발 없는 도마뱀〉 〈푸른 수염〉 〈장화 신은 고양이〉를 삭제했다.

그렇다면 순수한 독일의 민담을 모아 민족적 뿌리를 찾고 싶었던 그림 형제의 생각은 틀린 것이었을까? 모르기는 해도 그림 형제나 후세 사람들은 그렇게 생각하지 않을 것이다. 비록 그 모든 이야기가 100퍼센트 독일인의 정서, 독일만의 이야기를 담고 있지는 않지만 독일어로 쓰인 책을 어른과 어린이가 함께 읽으면서 그들은 분명 용기와 희망을 가졌을 것이다.

아무튼 그런 이유로 나는 외델스하임을 염두에 두지 않았던 것인데, 자바부르크로 향하던 길에 우연찮게 이곳에 멈추어 섰다. 가장 먼저 나를 끌어당긴 것은 끝없이 펼쳐진 넓은 들판이었다. 구불구불한 숲길이 끝나고 외델스하임에 가까워지면서 연둣빛 출렁이는 들판이 바다처럼 펼쳐졌는데, 시야 못지않게 마음이 탁 트이는 기분이 들었다. 이렇게 싱싱한 들판을 위해 누군가는 새벽부터 밤까지 굵직한 노동의 땀을 흘리고 있겠구나 생각하니 저절로 경건함 마음이 들었다. 그러다 마을에 들어섰는데 아주 작은 마을에서 왠지 모를 친근함이 느껴졌다. 잘 정리된 농기구와 아기자기하게 꾸며진 정원, 깨끗한 길도 보기 좋았다. 이런 시골 마을에서는 슬렁슬렁 걸어만 다녀도 좋을 것 같았다. 그러다 푸른 잔디가 경계 없이 깔린 아담한 호텔을 발견하고 체크인을 했

던 것이다.

"지안아! 노래 불러줘."

"안 돼요. 누가 들으면 어떻게 해요."

"엄마 가르쳐주기로 했잖아. 조그맣게 따라 부를게. 좀 불러줘."

언제부터였더라. 독일여행 중 우리는 함께 음악을 듣다가 어느 시점부터 지안이가 나에게 노래를 가르쳐주기 시작했다. 그런데 무엇이 문제인지 나는 도무지 아이가 부르는 노래를 따라 부르지 못했다.

"계속 못 따라 하잖아요. 엄마 박치인 것 같아요. 못 가르쳐주겠어."

"그런 게 어디 있어. 엄마한테 알려주기로 했으면서. 엄마 그 노래 배우고 싶단 말이야."

"열 번은 더 가르쳐줬는데도 못 따라 하잖아요. 힘들어서 못 가르쳐주겠다고요."

노래를 잘 부르지는 못하지만 그렇다고 음치는 아닌데, 딸에게 이런 구박이나 받다니. 관광안내소를 찾아가는 길, 가랑비가 촉촉하게 내리는 이 상쾌한 아침에 우리는 또 이런 실랑이를 하며 걷는다.

"어? 문이 잠겨 있네?"

"그러게. 분명히 열려 있어야 할 시간인데, 아무도 없네."

"기다려볼까요?"

"그래야겠지?"

우리가 한 15분 정도 그렇게 관광안내소를 기웃거리고 있을 때다. 마을 주민인 듯한 한 여자 분이 차를 타고 와서 내리더니 닫혀 있는 문을 몇 번 흔들어본다. 그러더니 이런 일쯤은 다반사지 하는 표정으로 다시 차에 올라탄다.

"그냥 가야겠다. 이런 일이 비일비재하나봐."

바로 그때다.

"어? 장화 신은 고양이가 여기 있어요."

엄마보다 훨씬 호기심 많은 아이가 관광안내소 주위를 기웃거리더니 건물 옆 약간 위쪽에 자리 잡은 테라스에서 담벼락에 그려진 장화 신은 고양이를 발견한 것이다.

"와! 그러네. 여기 있었네. 이거면 됐지, 뭐."

누가 그려놓은 것일까? 형형색색 무지개 아래 카우보이모자를 쓴 장화 신은 고양이가 빨간 바지를 입고 당당하게 서 있다. 그 옆으로는 강도 흐르고, 교회도 보이고, 나무와 집도 그려져 있다.

"뭔가 이 마을을 지켜주는 수호신처럼 당당해 보이지 않니?"

"그러게요. 멋져요."

"엄마는 늘 엄마에게도 이런 장화 신은 고양이가 있었으면 하고 바랐어."

"엄마한테는 없어요? 나한테는 있는데…."

평상시 엄마가 무슨 말을 하면 무엇이든 다 알고 있다 하고, 어디든 다 가보았다 하는 아이인지라 오늘도 그러려니 웃고 넘기려는데, 대뜸 이렇게 말하는 것이다.

"아빠잖아요. 나한테는 아빠가 장화 신은 고양이예요."

괜히 미소가 지어진다. 이 이야기를 들으면 배 나온 우리 장화 신은 고양이는 어떤 반응을 보일까?

빗방울이 조금씩 굵어지기 시작한다. 자동차를 세워놓은 호텔로 돌아가는 길에 아이에게 싹싹 빌어 드디어 노래 레슨에 돌입한다. 내 딴에는 분명 아이가 부른 부분을 똑같이 따라 한다고 하는데, 아무리 열심히 불러도 박자가 틀리다는 타박만 돌아온다.

"쉴 새 없이 울려대던 내 전화기는 잠잠해져가. 할 말을 잃은 것 같아~"

"그거 아니라니까요. '울려대던'이 박자가 안 맞잖아요."

"이상하다? 맞는 것 같은데, 너랑 똑같잖아."

"하나도 안 똑같아요. 완전 틀려. 이번이 마지막이니까, 제대로 해봐요."

무슨 노래 선생님이 이렇게 무섭고 깐깐한지 모르겠다. 처음과 달리 한층 주눅이 든 나는 조그맣게 따라 불러본다. 아니나 다를까. 어김없이 또 틀렸다는 호통이 날아온다. 내가 가르쳐달라고 졸라댔으니 먼저 그만두겠다고 할 수도 없고 자존심은 자존심대로 상해 기분이 점점 나빠지려고 하는데, 때마침 카톡 소리가 들려온다. 예담이 엄마다.

"언니! 소파 문제는 잘 해결됐어요? 문제없다고 그러죠?"

우산 위로 튕기는 타닥타닥 빗방울 소리를 뚫고 활달한 그녀의 목소리가 들려오는 듯하다. 때마침 너무나도 좋은 타이밍이다.

"엄마! 빨리 다시 한 번 불러봐요."

"기다려봐. 엄마 지금 이모한테 답장 보내야 해."

누구에게나 '장화 신은 고양이'가 있다.

장화 신은 고양이

어느 방앗간 주인이 세 아들에게 물레방아와 당나귀, 고양이 한 마리만을 유산으로 물려주고 죽었습니다. 맏아들은 물레방아, 둘째 아들은 당나귀, 막내아들은 고양이를 가지게 되었지요. 막내아들은 불만이 가득했습니다. 하지만 고양이는 모르는 척 진지하게 주인에게 말했습니다.

"주인님. 아무 걱정 하지 마세요. 그저 주인님은 저에게 가방 하나와 장화 한 켤레만 장만해주세요. 가시덤불 속이라도 별 탈 없이 걸을 수 있는 그런 장화 말이에요. 그럼 주인님이 그렇게 보잘것없는 유산을 받은 것이 아니라는 사실을 알게 되실 겁니다."

막내아들은 고양이의 말을 그다지 믿지 않았습니다. 하지만 고양이가 기막히게 유연한 재주를 부리는 것을 몇 번 본 적이 있었기에 요구한 것을 사다주었지요. 고양이는 장화를 손에 넣자 아주 우아하게 신었습니다. 그리고 턱하니 목에 가방을 걸고 토끼 사육장을 향해 힘차게 떠났지요. 고양이는 가방 속에 밀기울과 토끼풀을 가득 채운 뒤 양 팔다리를 빳빳이 펼치고 누워 죽은 시늉을 하며 어린 토끼가 걸려들기를 기다렸습니다. 이윽고 토끼 한 마리가 걸려들었고, 고양이는 의기양양하게 그 토끼를 들고 궁전으로 가서 왕에게 알현을 청했습니다.

"폐하, 이것은 드카라바 후작님(드카라바 후작이란 고양이가 자기 멋대로 붙인 막내아들의 이름입니다)이 폐하께 드리는 선물입니다."

다음번에도 고양이는 새 두 마리를 잡아 왕에게 바쳤고, 그런 식으로 두세 달 동안 계속해서 왕에게 꼬박꼬박 선물을 바쳤습니다. 자기 주인 드카라바 후작이 사냥터에서 잡은 것이라고 둘러대면서요.

그러던 어느 날 고양이는 왕이 딸과 함께 강가로 산책을 나간다는 것을 알게 되었습니다. 고양이는 막내아들에게 강에서 헤엄을 치고 있으라고 당부한 뒤 왕의 마차가 그 옆을 지나갈 때 드카라바 후작님이 물에 빠졌다며 살려달라고 외쳤습니다. 왕은 시종들을 시켜 드카라바 후작을 구해주고 왕의 옷장에서 가장 좋은 옷을 입혀주었지요. 멋진 귀족처럼 보이는 막내아들을 보고 공주는 마음에 들었습니다.

왕이 후작을 마차에 태워 같이 산책하는 동안 고양이는 일행을 앞질러 넓은 초원으로 달려갔습니다. 그러고는 낫질하는 농부들과 추수하는 사람들에게 이 땅이 드카라바 후작님의 소유지라고 말하지 않으면 가만두지 않을 것이라고 위협했습니다. 잠시 후 왕은 그곳을 지나가다 이 모든 땅이 드카라바 후작의 소유지라는 사실을 듣고 깜짝 놀랐습니다.

마침내 고양이는 아름다운 성에 당도했습니다. 성의 주인은 괴물이었고, 지금까지 지나온 땅도 모두 이 괴물의 소유지였지요. 고양이는 괴물에게 말했습니다.

"당신은 온갖 종류의 짐승으로 변할 수 있는 능력이 있다고 들었습니다. 정말 사자나 코끼리 같은 무서운 동물로 변할 수 있나요?"

괴물이 의기양양하게 사자로 변하자 고양이는 당장 지붕 위로 도망쳐 벌벌 떠는 시늉을 했습니다. 그러고는 너무나 무서웠다고 감탄하며 또다시 말했지요.

"당신은 세상에서 가장 작은 동물, 생쥐로도 변할 수 있다고 하던데, 저는 솔직히 말하면 그것만은 절대 불가능하다고 믿어요."

그러자 괴물은 발끈해 즉시 조그마한 생쥐로 둔갑했습니다. 고양이는 한입에 괴물을 덥석 삼켜버리고는 밖으로 나가 때마침 괴물의 성 앞을 지나는 왕에게 말했습니다.

"폐하. 드카라바 후작님의 성에 오신 걸 축하드립니다."

왕은 너무나 좋아서 입을 다물지 못했습니다. 후작은 공주와 왕을 친절하게 안내하며 성안으로 들어갔습니다. 그곳에는 괴물이 자기 친구들에게 베풀려고 준비한 화려한 만찬이 차려져 있었지요. 바로 그날 만찬에 초대받은 괴물의 친구들은 왕이 그곳에 와 있다는 소식을 듣고 감히 들어오지 못했습니다. 드카라바 후작의 인품에 반한 왕은 자기 딸도 후작을 좋아하고 있다는 것을 눈치챘습니다. 왕은 포도주를 마신 뒤 후작에게 말했지요.

"후작, 그대가 내 사위가 되는 일은 오직 그대의 결정에 달려 있소."

후작은 아주 정중하게 절을 올린 다음 왕의 명예로운 요청을 수락했습니다. 후작은 그날로 공주와 결혼식을 올렸고 고양이는 대영주가 되었지요. 그래서 생쥐 뒤를 쫓는 일은 아주 심심할 때만 가끔씩 했다고 합니다.

《허풍선이 남작의 모험》

"믿고 싶은 우리의 그 허풍!"

결혼 전에 친구들과 이런 이야기를 나눈 적이 있다. 남자들이 청혼하면서 하는 말,

"나와 결혼해주면 평생 손에 물 안 묻히게 해줄게."

이런 허풍, 좋은 것인가, 나쁜 것인가.

결혼한 여성이 손에 물 한 방울 묻히지 않을 수 있다니. 현실적으로는 불가능하다. 말하는 남자도, 듣는 여자도, 지나가는 바람도 누구나 다 알고 있다. 하지만 그렇게까지 너를 아껴주겠다는 진심이 가득한 허풍은 얼마나 사랑스러운가. 설령 미래가 잘 풀리지 않아 아내의 손이 까칠해지거나 주부 습진에 걸리게 되더라도 남편은 자기가 뱉은 말이 있기에 참 많이 미안하고 안쓰러울 것이다. 그러니 설령 말도 안 되는 허언일지라도 그 진심을 듣고 싶다고 말하는 친구가 있는 반면, 청혼할 때부터 그런 말도 안 되는 허풍은 듣고 싶지 않다는 친구도 있다. 빤한 거짓말로 시작한 결혼이 어떻게 행복할 수 있겠느냐는 것이다.

"나와 결혼하면 손에 물도 묻히겠지. 힘든 일도 많을 거야. 하지만 우리, 사랑으로 같이 헤쳐나가자."

이런 좀 더 현실적인 고백이 낫다는 것이다. 하지만 정말로 힘든 일이 생기고 고생스러운 일이 닥치면 남자는 이렇게 말하지 않을까?

"그러게. 내가 힘든 일도 많을 거라고 했잖아. 모르고 결혼한 것도 아니면서 이제 와서 나보고 어쩌라고."

사실 난 허풍이 싫다. 지키지 못할 약속, 입에 발린 말은 불편하다. 하지만 사랑에서만큼은 허풍이 필요하다는 생각에 동의하는 편이다. 자로 잰 듯 정확하게 현실적으로 조목조목 따지는 것보다 적당히 첨가물이 들어가 아슴아슴 우리의 이성을 마비시키는 편이 이 갑갑한 세상에는 필요하지 않을까?

《허풍선이 남작의 모험》의 실제 모델인 '히에로니무스 카를 프리드리히 프라이헤어 폰 뮌히하우젠'이 살았던 보덴베르더에 도착하자마자 우리는 점심을 먹으면서 누가 더 허풍을 잘 떠나 내기를 하기 시작했다.

“엄마! 지금 이 스파게티는 내가 이탈리아에 가서 사온 거예요. 독일에 스파게티가 똑 떨어졌대요. 나 아니었으면 우리 이 스파게티 못 먹었다고요.”

“이탈리아에서 내가 너한테 돈 줘서 사오라고 한 거잖아. 기억 안 나?”

“나 저 뮤직비디오에 나오는 가수 만난 적 있어요. 저 언니가 나보고도 뮤직비디오 같이 찍자고 했는데, 싫다고 거절했어요. 나는 내 음반 내기에도 바쁘거든요.”

아이와 엄마는 점점 흥이 난다. 허풍의 힘인가? 상상만 해도 즐겁고 신나는 일이 점심을 먹고 있는 레스토랑 주위로 풍선처럼 부풀어 오른다. 아이도 엄마도 생각해낼 수 있는 최고의 거짓말과 허황된 사건을 나열하며 깔깔거린다. 그러다 엄마가 결정타를 날린다.

“지안아! 지안아! 엄마 방금 화장실 갔다왔잖아. 너 내가 진짜로 화장실 다녀온 거라고 생각하는 건 아니지? 나 집에 갔다 온 거야. 집에 가서 아빠 만나고 왔다!”

웬만하면 자신이 지는 것을 인정하지 않는 아이가 짝짝짝 박수를 친다.

“엄마! 최고야. 이번 거 진짜 최고예요!”

성 니콜라이 교회가 보이는 광장에서 점심을 먹고 나오니 바로 그 광장 끝에《허풍선이 남작의 모험》에 나오는 동상 세 개가 원을 그리며 분수대를 이루고 있다. 오리 비행을 하는 허풍선이 남작과 대포알 위에 앉아 적지로 향하려는 남작, 교회 탑 꼭대기에 대롱대롱 매달려 있는 남작의 라투아니아 말. 그야말로 동화책 53페이지, 또는 121페이지 속으로 들어와 있는 기분이다. 더구나 때마침 들리는 교회 종소리는 얼마나 싱그러운지.

"어? 여기에도 있어요. 이건 말의 뒷부분이 잘려서 물이 철철 흐르는 장면이에요."

"음, 이건 남작이 말과 함께 늪에 빠질 뻔한 바로 그 장면이네."

시청사 건물인 뮌히하우젠의 생가 앞에는 허리가 잘린 말을 탄

뮌히하우젠 박물관.

남작의 청동상이 세워져 있고, 뮌히하우젠 박물관으로 가는 길에 맞닥뜨린 공원에는 늪에 빠진 말과 남작이 허우적대고 있다.

"여기가 박물관이네. 마을이 작다보니까 다 몰려 있다."

"지금 박물관부터 가요? 호텔 체크인부터 안 해도 돼요?"

"지금쯤 청소를 다 하셨겠지? 그럼 체크인부터 하고 다시 나올까?"

우리가 보덴베르더에 도착했을 때는 체크인을 하기에 다소 이른 시간이었다. 아직 룸을 청소중이라고 해서 점심부터 먹었던 상태. 그런데 다시 호텔로 가니 이번에는 데스크가 비어 있다. 결국 우리는 다시 뮌히하우젠 박물관부터 방문하기로 한다.

"엄마! 진짜 허풍선이 남작이 이 마을에서 살았던 거예요? 발이 여덟 개 달린 토끼도 진짜 있었나봐요."

보덴베르더에 오기 전부터 엄마가 그렇게 허풍선이 남작이 실존 인물이라고 말해주었건만 아이는 그런 엄마의 말도 허풍으로 알았던 것일까? 박물관에 전시되어 있는 남작에 대한 여러 자료와 발이 여덟 개 달린 박제된(?) 토끼를 보더니 비로소 믿는 눈치다.

1720년에 태어나 1797년에 생을 마감한 뮌히하우젠은 독일 보덴베르더 출신의 인물이다. 귀족 집안에서 태어나 러시아의 군장교로 복무하면서 여러 전투에 참가했는데, 은퇴해서 돌아온 뒤 사람들에게 자신의 무용담을 즐겨 들려주었다고 한다. 그의 이야기를 들은 누군가가 책을 썼고 이후 그 책이 엄청난 성공을 거두자 여러 사람이 더 재미나게 이야기를 보완했다. 그중 독일 시인 고트프리트 아우구스트 뷔르거가 13편의 이야기를 추가해 1786

년에 《뮌히하우젠 남작의 놀라운 수륙여행과 출진과 유쾌한 이야기》라는 제목으로 출판한 것이 오늘에 이른 것이라고 한다. 이 이야기가 지금까지 사랑을 받아온 이유는 단순히 재미있는 허풍으로만 가득하기 때문이 아니다. 그 시대를 살았던 유명 인사들과 귀족들을 마음껏 조롱하는 날카로운 풍자와 역설이 담겨 있기 때문이다.

"와! 우리나라 책도 있어요. 《허풍선이 남작의 모험》! 진짜 옛날 책 같아요."

"그러네. 겉표지가 촌스럽긴 하지만 재미있어 보인다."

"여기 사람들이 우리나라에 와서 사 가지고 간 걸까요? 아니면 우리나라 사람이 이 박물관에 선물로 줬을까요?"

"글쎄. 어떤 경로로 여기에 왔든 참 멋진 것 같아. 솔직히 사람들은 세상이 점점 더 각박해지고 있다고 말하거든. 정서도 메말라가고 삭막하게 첨단기술만 이야기하며 산다고. 그런데 이렇게 지구 한쪽에서는 여전히 동화를 찾아내고, 동화세상을 만들어가고, 작고 아기자기하고 촌스러운 것들을 소중히 여기는 사람들이 있으니 얼마나 다행인지 몰라."

"우리처럼요?"

어느덧 아이와 나는 손을 맞잡고 있다.

"그래, 우리처럼…."

오래전에 잃어버린 장난감과 조우한 듯 내 마음에는 반가움의

잔물결이 일고 있고, 아이는 그런 내 마음을 이해하고 있다.

그래, 이 맛에 내가 산다.

지금까지 독일에서 방문한 박물관 중 가장 알차게 꾸며져 있는 뮌히하우젠 박물관을 나오자마자 아이가 무슨 냄새를 맡았는지 박물관 뒤쪽으로 마구 달려간다. 도대체 무엇을 본 것일까? 따라가보니 놀이터가 있다. 하여간 놀이터 냄새는 기가 막히게 잘 맡는다. 놀이터에서는 아이들만 알아차릴 수 있는 특유의 흙냄새와 놀이 기구의 나무, 쇠, 고무 냄새가 나는 것일까? 뮌히하우젠 박물관 뒤편에 있는 놀이터답게 기구들이 온통《허풍선이 남작의 모험》에 나오는 소품들로 이루어져 있어 아이는 이미 흥분 모드에 돌입한 상태다.

"빨리 사진 찍어주세요. 내가 지금 대포알 위에 올라 타 있다고요."

"그네 꼭대기가 교회 모양이에요. 말이 대롱대롱 매달려 있어요."

"이건 남작이 탔던 뗏목인가봐요. 완전 재미있어. 엄마도 빨리 올라와봐요."

더구나 기구들도 온통 나무들로 되어 있어 고풍스럽고 튼튼해 보이니 도저히 나도 가만있을 수가 없다.

"지안아! 더 힘 줘봐. 더 힘 줘서 밀어봐."

"엄마 어때? 엄마 잘하지? 엄마 중심도 잘 잡지?"

온몸을 던져 노는 엄마를 보며 아이는 도무지 웃음을 그치지 않는다. 그 웃음소리가 너무나도 듣기 좋아 나는 더 오버액션해서 아이를 웃긴다.

놀이터에서 얼마나 놀았을까? 꽤 긴 시간을 둘이 놀았는데도 평일 낮 비가 온 뒤의 놀이터는 적막하기 그지없다. 아이들은 모두 어디에 있는 것일까? 이 좋은 놀이터가 이렇게도 고요한 것이 오늘의 미스터리다.

"네? 아, 진짜요? 우리 이미 박물관 다녀왔는데…."

놀이터에서 실컷 놀아 지칠 대로 지쳐버린 아이와 함께 호텔로 돌아와 체크인을 하는데, 만면에 웃음이 가득한 지배인이 "웰

컴"을 외치며 티켓 하나를 준다. 이 티켓을 들고 가면 뮌히하우젠 박물관 입장료가 1유로란다. 이미 4유로나 내고 구경했는데 말이다. 다시 이 티켓을 들고 가면 3유로를 되돌려주느냐고 물어보니 그건 모르겠단다. 팁을 받고도 이 찜찜한 기분은 뭐지? 그런데 이 지배인 아저씨는 혹시 그 옛날 장난기 가득한 뮌히하우젠 백작이 환생이라도 한 것일까? 어떻게 된 것이 계속해서 우리에게 약 올리는 듯한 친절함을 베푼다. 체크인을 한 뒤 방에서 한참을 쉬다 오후 6시가 다 되어 마트에 가려고 나왔을 때다.

"마담. 내가 좋은 정보 하나 알려줄게요."

"뭔데요?"

"우리 호텔에서 5분만 걸어가면 놀이동산이 있어요. 아이가 좋아하겠죠?"

"진짜 5분밖에 안 걸리나요? 알고는 있었는데, 좀 더 멀리 있는 줄 알았거든요."

"노노! 딱 5분이에요. 한번 가보세요."

아이는 이번에도 귀신같이 '놀이터'라는 단어를 알아듣고 다람쥐 눈망울로 지배인과 나를 번갈아 쳐다본다.

"진짜죠? 그럼 저희 지금 가볼게요."

"아, 잠깐만요. 그런데 지금 가면 끝났을 수도 있겠네요. 5시까지인가, 6시까지인가 그렇거든요."

맥이 탁 풀린다. 아무래도 이 지배인의 정체가 의심스럽다. 나는 속으로 '그럼 아예 말을 하지 마시죠. 아니면 좀 더 일찍 말씀해주시던가요. 아이는 이미 잔뜩 기대하고 있잖아요'라는 말이 터져 나오려는 것을 꾹꾹 삼킨다. 그러고는 몹시 불안한 마음을 안고 기대로 양 볼이 빵빵해진 아이의 뒤를 따라 타박타박 걷기 시작한다.

지배인의 말대로 놀이동산은 딱 5분 걸리는 위치에 있다. 하지만 놀이동산이라는 말보다는 모든 것이 한눈에 들어오는, 시골 유원지라는 단어가 더 잘 어울리는 곳이다. 철문은 반쯤 열려 있는데, 푯말에는 오전 10시부터 오후 5시까지라고 쓰여 있다. 당연히 사람 하나 없고 모든 것이 멈추어 있다. 그리고 솔직히 엄마의 눈으로 보면 이곳은 돈을 준다고 해도 들어오고 싶지 않은, 한마디로 허접하기 이를 데 없다. 그런데 아이의 눈에는 다르게 보이는가보다. 뮌히하우젠 박물관 옆 놀이터에서 하루 종일 놀았는데도 아이가 눈을 휘둥그렇게 뜬다. 하지만 이내 공중을 휘젓고 다닐 수 있는, 이 놀이동산의 가장 인기 있는 기구로 짐작되는 자동차를 탈 수 없음을 알고 깊고 깊은 실망에 빠진다. 그런 아이를 보고 매점 아주머니가 내일 오전 10시에 오면 탈 수 있을 것이라고 하더니 9월이 되는 내일부터는 11시부터 운행이라고 말을 정정한다. 우리는 내일 오전 11시 30분까지 하멜른에 도착해서 렌터카를 반납해야 한다. 그러려면 적어도 10시 50분에는 보덴베르더를 떠나야 하니, 그야말로 놀이동산의 기구는 그림의 떡이다.

"그럼 우리 여기에서 지금 나가야 돼요?"

"아니, 여기 있는 건 괜찮은 것 같아. 아무도 뭐라고 하는 사람이 없잖아. 여기 더 있고 싶어?"

축 처진 어깨로 고개만 끄덕끄덕. 아이는 움직이지도 않고 촌스럽기 이를 데 없는 놀이기구들을 그저 보는 것만으로도 좋은지 이것도 만져보고 저것도 만져보며 수동 놀이 기구라도 타보려고 애쓴다. 바로 그때다.

"매에 매에 매에~"

지안이가 어떤 놀이 기구를 만지자 염소 울음소리가 들려 지안이도 나도 깜짝 놀란다.

"지안아! 그거 만지지 않는 게 좋을 것 같아. 자꾸 이상한 소리가 들려."

"어? 엄마! 저기에서 염소들이 달려 나와요."

놀이 기구를 만지면 염소 울음소리가 나는 줄 알았더니 그것이 아니다. 미니 롤러코스터 같은 레일이 깔려 있는 풀밭 위로 갑자기 열 마리 정도의 염소가 달려 나와 신나게 풀을 뜯는 것이 아닌가. 지안이도 나도 웃음이 절로 난다. 놀이동산에 느닷없는 염소들의 출현이라니. 이것이야말로 진정한 친환경 놀이동산이다.

아쉬움이 가득했던 놀이동산에서 나와 호텔로 돌아오는 길, 이번에도 아이는 박물관 옆 놀이터를 그냥 지나치지 못하고 운동화에 모래가 들어가 까끌까끌해질 때까지 논다.

"지안아! 이제 엄마 배고파. 우리 그만 숙소에 들어가서 라면 끓여먹자. 놀이동산은 브레멘에서 갈 거야. 거기는 동화의 집들도 있고, 여기랑은 비교도 안 되게 크고 재미있대. 갈 날도 얼마 남지 않았어."

"에이, 그거 허풍이죠? 나 이제 안 속아요."

"허풍 아니야. 진짜야. 엄마가 왜 너한테 허풍을 떨겠어."

"진짜요? 그럼 우리 진짜 독일에서 놀이동산 가는 거예요?"

"그렇다니까~"

아이는 영 믿지 못하겠다는 눈빛으로 엄마를 쳐다본다. 속고만 살아온 열 살 인생도 아니면서 못 믿기는. 그래도 라면 이야기에 솔깃해서는 신발에 가득한 모래를 탈탈 털고 드디어 놀이터를 나선다. 아이는 놀이동산에 꼭 가야 한다며 새끼손가락을 건 것도 모자라 당부를 하고 또 한다. 그러면서 적절한 허풍까지 곁들인다.

"엄마! 진짜로 독일에서 놀이동산에 가게 해주면, 나 이제부터 피아노 연습도 잘 하고 숙제도 미루지 않고 정말정말 열심히 다 잘 할 거예요."

이번에는 엄마가 영 못미덥다는 표정을 짓자 아이는 진짜라며 억울해 죽겠다는 표정을 짓는다.

사춘기를 목전에 둔 열 살. 아이는 어느새 엄마와 거래를 하려고 하고 적절하게 허풍도 떨 줄 아는 나이가 되었다. 무슨 말만 하면 다 알고, 다 가보았고, 다 먹어보았다고 말하는 아이. 가끔 아이의 말을 듣다보면 세상천지에 이런 허풍쟁이가 없다. 그중에서 뭐니 뭐니 해도 최고의 허풍은 이것이다.

"엄마! 나는 사춘기가 되어도 다른 언니들처럼 엄마한테 짜증내는 일 거의 없을 거예요. 다른 언니들이 일주일에 서너 번 짜증낼 때, 난 한 번이나 두 번 정도 낼까 말까 할 거라고요."

"그게 말이 쉽지, 되겠어? 너도 네 감정 조절이 잘 안 될걸."

"엄마! 나 못 믿어요? 딸을 한번 믿어보세요."

사춘기를 걱정하지 말라고 말하는 이 말도 안 되는 허풍! 도대체 이런 생각은 어떻게 하게 된 것일까. 그러나 저러나 정말이지 철석같이 믿고 싶은 내 아이의 최고의 허풍이다.

넓은 세상이 보고 싶은 나는 드디어 외삼촌의 설득으로 아버지 어머니에게 허락을 받아 여행길에 올랐습니다. 나는 일부러 한겨울에 말을 타고 러시아 여행길에 올랐지요. 북동쪽으로 갈수록 바람이 점점 매섭게 몰아쳤습니다. 어느덧 밤이 되어 피곤에 지친 나는 눈 위로 뾰족 솟아 있는 나무 끝에 말을 매어두고 눈밭에서 깊은 잠에 빠지고 말았습니다. 얼마나 잤을까? 햇살이 눈꺼풀을 콕콕 쪼아대어 눈을 떠보니, 맙소사! 해가 높이 치솟아 있더군요. 서둘러 나무에 묶어놓은 말을 찾아보니 글쎄, 나의 말이 저 높은 교회 탑에 매달려 있는 게 아니겠습니까. 내가 잠든 사이 눈이 녹아버린 것입니다. 간밤에 눈 위로 드러난 작은 나뭇가지가 교회 탑이었던 것이지요. 내가 말의 고삐를 총으로 겨누어 쏘자 말은 체조 선수처럼 빙그르르 공중제비를 돌고 멋지게 착지해 우리는 다시 길을 달렸습니다.

나는 여행 중에 악어와 사자를 동시에 사냥하기도 하고 술이 센 노장군의 비밀을 밝히기도 하는 등 흥미진진한 모험을 많이 했는데, 이번에는 사냥 이야기를 해보겠습니다. 어느 호숫가에서 몇십 마리나 되는 오리 떼를 발견했습니다. 유감스럽게도 총알이 한 발밖에 남지 않아 기발한 방법을 생각해냈지요. 개의 목줄을 풀어 햄을 매달아 물 위에 던지니 오리 한 놈이 재빨리 다가와 햄을 꿀꺽 삼키더군요. 그런데 그 햄은 오리의 뱃속을 미끄러져 뒤로 쑥 빠져나왔고, 다른 오리의 뱃속으로 들어갔다 다시 뒤로 쑤욱 빠져나왔습니다. 그런 식으로 오리들이 마치 목걸이처럼 꿰어졌는데, 그들이 동시에 날갯짓을 하는 바람에 나는 그대로 하늘을 날아 집으로 돌아올 수 있었습니다. 그뿐이 아닙니다. 폴란드의 숲에서는 곰을 만났는데, 내가 부싯돌을 곰의 입과 궁둥이를 향해 힘껏 던졌더니 두 개의 부싯돌이 곰의 뱃속에서 부딪쳐 폭발을 해 곰이 산산조각 나더군요. 물론 나는 상처 하나 입지 않았습니다.

나의 이 모든 아슬아슬하고 운 좋은 모험은 침착한 정신과 용기 그리고 훌륭한 말과 개, 총과 칼을 적절하게 사용하고 다루어왔기 때문입니다. 특히 나의 분신과도 다름없는 사냥개 다이애나는 얼마나 훌륭한 개인지 모릅니다. 한번은 내가 나랏일로 집을 비우고 반년 만에 돌아왔는데 다이애나가 보이지 않더군요. 마지막으로 다이애나를 본 기억을 떠올려 사냥터로 달려가보니 다이애나는 6개월 전 제가 지키라고 말했던 자고새를 바로 그 장소에서 여전히 노려보며 지키고 있었습니다. 그런가 하면 내가 이틀 동안 쫓아다녀도 못 잡았던 토끼를 다이애나가 몰아주어서 잡을 수 있었는데요. 세상에, 그 토끼가 왜 그렇게 빠른가 했더니 토끼의 다리가 배 위와 아래에 각각 네 개씩 달려 있는 것이 아니겠습니까. 달리다 아래 네 다리가 지치면 획 몸을 뒤집어 위의 네 다리로 달리니 내가 잡을 수 없는 것이 당연할 수밖에요. 말은 또 어떻고요. 나는 나의 라투아니아 말을 이끌고 러시아군의 명예를 회복하기 위해 전쟁에 나갔습니다. 한번은 터키군을 마을로 몰아넣은 뒤 말에게 물을 먹이기 위해 우물로 데리고 갔지요. 녀석이 그칠 줄 모르고 물을 들이켜는데 폭포수 소리가 나기에 둘러보니 세상에, 녀석의 반쪽이 싹둑 잘려 들이켠 물이 죄다 뒤로 쏟아지고 있는 것이 아니겠습니까. 알고 보니 달아나는 적을 쫓아 성안으로 들어섰을 때, 갑자기 성문이 내려와 말의 허리가 잘린 것이더군요. 나는 풀밭에서 돌아다니는 말의 뒷몸을 발견해서 수의사를 불러 월계수 가지로 양쪽 몸뚱이를 꿰매게 했습니다.

계속해서 전쟁 이야기를 하면 우리 군사들이 어느 마을을 포위했을 때의 일입니다. 장군이 적군의 행동을 낱낱이 파악하고 싶어해서 나는 대포알에 올라타 적군으로 날아갔습니다. 그리고 잽싸게 적군의 동태를 살핀 뒤 다시 적군이 우리 군을 향해 쏜 대포알에 옮겨 타고 무사히 우리 진영으로 돌아왔습니다. 장군은 나보고 머리가 뛰어나다고 칭찬했지만 천만의 말씀입니다. 직접 대포알에 올라탄 실천! 이것이야말로 가장 영웅다운 가치이지요!

하지만 나라고 언제나 일이 잘 풀린 것은 아닙니다. 전쟁 포로로 잡혀 노예로 팔려가기도 했고요. 은도끼를 던졌다가 하필 그 은도끼가 달에 박히는 바람에 터키산 콩줄기를 타고 달까지 다녀온 적도 있습니다. 또 커다란 물고기에 빨려 들어갔다가 아가리로 빠져나온 적도 있지요. 물론 여행 중에 발 빠른 사나이, 잘 듣는 사나이, 멀리 있는 것도 총으로 잡을 수 있는 사나이와 가장 힘이 센 사나이를 부하로 삼아 터키 왕을 골탕 먹이기도 하고, 오랜 친구 엘리엇 총사령관을 도와 지브롤터 전쟁을 승리로 이끌기도 했지만 말입니다. 두 번째 달나라 여행도 내가 이야기했던가요? 달나라에서는 모든 것이 어마어마하게 컸습니다. 인간을 싣고 날아다니는 머리가 세 개 달린 독수리는 무게가 600톤이고, 식탁 위를 날아다니는 파리는 염소만하고, 성인들의 키는 최소 10미터 이상이지요.

이제 드디어 마지막 모험인 지하 탐험에 대해 말하겠습니다. 지하를 탐험하기 위해서는 명분이 필요했기에 나는 '시칠리아 섬의 에트나 화산 분화구 내부 구조를 조사'하기 위해 출발을 했습니다. 나는 에트나 섬에 도착하자마자 분화구로 뛰어들었지요. 내가 분화구 밑바닥에서 누굴 만났는지 아십니까? 바로 불과 대장장이의 신 불카누스와 부하 키클롭스였습니다. 맙소사! 둘은 분화구 안에서 싸움을 하고 있었는데, 여러분도 잘 아는 베수비오산의 대폭발도 그들의 싸움 때문에 일어난 일이라고 하더군요. 나는 불카누스가 마음에 들어 그곳에 좀 더 오래 머물고 싶었지만 불카누스 아내의 밑도 끝도 없는 모함 때문에 뜻대로 되지 않았습니다. 불카누스는 나를 끝없이 깊은 우물 속으로 던졌는데, 정신을 차리고 보니 남태평양 한복판에 떠 있더군요. 에트나 화산 분화구에서 지구의 중심을 뚫고 떨어진 거란 말입니다. 남태평양에서 구출된 나는 또다시 여행을 계속했습니다. 그러다 우유바다를 가로질러 한 섬에 닿았는데, 그 섬에는 세 사나이가 높은 나무에 대롱대롱 매달려 있더군요. 무슨 나쁜 짓을 한 것이냐고 묻자 그들은 엉터리 모험담을 퍼뜨리고 다녀 엄벌을 받는 중이라고 합니다. 쯧쯧쯧. 여행자에게 정직하게 사실대로 이야기해주는 것보다 중요한 일은 없는데 말입니다. 나는 다시 그 섬을 나와 계속해서 항해를 했습니다. 그런데 그만 아차 하는 사이에 괴물에게 잡아먹히고 말았습니다. 하지만 나는 괴물 뱃속에서 만난 1만 명 가까운 사람과 함께 '괴물 밥통 탈출 대작전'을 펼쳐 금방 탈출을 할 수 있었습니다.

나는 다시 러시아의 상트페테르부르크로 갔습니다. 거기에서 만난 친구가 기념으로 사냥개 한 마리를 주었는데, 다이애나의 새끼더군요. 안타깝게도 다이애나는 이미 세상에 없었습니다. 어설픈 사냥꾼에게 빌려주었더니 놈의 총에 맞아 죽고 말았지요. 나는 다이애나의 털가죽으로 조끼를 지어 입었습니다. 그랬더니 이제는 아예 사냥개가 필요 없게 되었습니다. 충실한 내 조끼가 잠자코 있어도 사냥감이 있는 곳으로 나를 안내했거든요.

이제 또 어떤 모험들이 나를 기다리고 있을까요? 벌써부터 가슴이 뛰는군요. 여러분도 마찬가지라고요? 하하. 그때 또 찾아주신다면 더 재미있는 이야기들을 준비해놓고 있겠습니다. 그럼 그때까지 안녕히 계시길.

〈브레멘 음악대〉

"힘들어도, 힘드니까"

드디어, 브레멘이다.

그림 형제의 탄생지인 중부 독일 하나우에서부터 장장 600킬로미터로 이어지는 메르헨 가도의 종착점. 나이 들어 더는 쓸모없어진 당나귀·개·고양이·수탉이 음악대를 이루겠다는 새로운 꿈을 품고 가고자 했던 그 도시에 도착한 것이다. 하지만 하멜른에서 렌터카를 반납하고 의기양양하게 기차에 올라탄 것과는 달리 오후 5시쯤 브레멘에 도착하자마자 우리는 호텔 침대 위로 곧바로 뻗어버렸다. 마음은 어서 구시가지로 나가 브레멘의 상징인 네 마리의 동물들을 만나고 싶은데, 몸이 꼼짝을 하지 않는 것이다.

"우리 나가야 하는데…."

"그래도 조금만 더 이러고 있어요."

"배 안 고파?"

"고파요. 하지만 이 책 다 읽을 때까지만요."

아이는 어느새 책을 들고 있다. 고흐에 관한 책이다. 재미가 없어 보였는지 여행 가방에 넣은 다섯 권의 책 중 가장 마지막으로 읽기 시작하더니 어느새 푹 빠져 기차에서도 내내 손에서 놓지 않던 책이다. 엄마는 마지막 도시에 도착하자마자 긴장이 풀려 대낮인데도 두 팔 두 다리에 힘이 들어가지 않는데, 아이는 힘들다고 하면서도 책을 펼쳐드니 확실히 젊음이 좋긴 좋다.

사실 이번 여행에서 가장 절절하게 느낀 것이 '나이'였다. 지안이와 40일 동안 아일랜드와 영국을 돌아다닐 때만 해도 4년 전, 40대 초반이었다. 그때보다 4년이나 늙은 지금의 나에게 아이와 단둘이 하는 장기간의 여행이 힘들지 않다는 것은 거짓말일 터이다. 무엇보다 독일에 오자마자 목이 아파 기침이 나오기 시작했는데, 중간에 약까지 사먹었건만 여전히 회복될 기미가 보이지 않았다. 아이가 잠들면 해야 할 일이 산더미같이 많지만 나도 같이 자야 다음날 충전이 되었다. 더이상 젊고 생생한 내가 아니었다. 하지만 아무리 그래도 나이라는 그물에 대롱대롱 매달리고 싶지 않았던 나는 어쩌면 이 여행 중에 내내 괜찮은 척, 아무렇지 않은 척 무리를 했는지도 모른다. 그래서 계속 아팠던 것일지도.

하지만 그런 내가 싫지는 않다. 나이뿐 아니라 세상의 그 어떤 범주에도 나를 끼워 맞추는 것은 사양하고 싶다. 남들이 보기에는 늙어서 뭐 하나 제대로 하는 것이 없어 보일지라도 새로운 꿈을 꾸기 시작한 네 마리의 동물처럼 나도 그렇게 나이와 상관없이 늘 꿈을 꾸고 싶다.

다행히 활자를 먹은 아이는 금방 기운을 회복했다. 우리는 호텔에서 나와 구시가지를 향해 걷는다. 저녁 8시가 넘어도 대낮처럼 환한 독일의 여름. 중앙역 바로 앞에 있는 호텔에서부터 구시가지까지는 천천히 걸어서 10분 정도의 거리인데, 어느 길목으로 들어서자 사람들이 가득 모여 왁자지껄 떠들고 있다. 수십 개의 하얀 천막이 쳐져 있고, 각 천막들마다 독일 각 지방의 와인들을 선보이고 있다. 와인 페스티벌이 소규모로 열리고 있는 중인가 보다. 천막들 사이사이 사람들은 저마다 레드·화이트·로제 와인을 손에 들고 서서 또는 앉아서 담소를 나누고 있다. 연령은 대부분 중장년층. 그들 곁을 지나치는데 특이한 것 두 가지가 눈에 들어온다. 우리나라에서는 금요일 이 시간에 이렇게 많은 5, 60대가 야외에서 술잔을 기울이는 일이 흔치 않다. 안주도 거의 없이, 간혹 치즈와 피자 몇 조각만 보이는 빈약한 테이블. 와인잔만 기울어가는 햇살에 반짝인다. 도대체 어떤 분들이 이 시간에 나온 것일까? 퇴근 후 동료들끼리의 한잔으로는 보이지 않는다. 그저 부

부끼리, 이웃끼리, 친구끼리 모여서 조용조용 소박한 술자리를 만들어가고 있다. 그런데 그런 분들이 족히 3, 400명은 되어 보이니 낯설고도 근사해 보일 수밖에.

또 하나 신기한 점은 아이들이 없다는 것이다. 식사가 목적은 아니더라도 금요일 저녁, 이렇게 많은 사람이 야외 테이블 앞에 앉아 와인을 마시는데, 어느 누구 하나 아이를 동반하지 않았다. 물론 5, 60대가 대부분이니 자식들을 다 키웠을 나이이기는 하지만 그래도 손주 한 명 데리고 나온 사람이 없다니 그것도 희한하다. 아이들이 사라졌다는 하멜른의 페스티벌에서는 골목마다 아이들이 넘쳐났는데, 이곳 브레멘에서는 그나마 구시가지에 가니 비눗방울을 만들어내는 장사꾼 옆에 네다섯 명의 아이가 뛰어다닐 뿐 아이들을 굉장히 드물게 마주친다. 그러다보니 당연히 지안이를 향한 시선이 따갑다. 대놓고 빤히 쳐다보는 분도 있어서 내가 다 민망할 정도. 물론 그러거나 말거나 지안이는 전혀 개의치 않고 거리를 누비며 다닌다. 음악 연주하는 곳도 기웃거리고, 사람들이 모여 보드게임을 하는 곳도 가보고, 벤치에 앉아 있는 사람 크기의 인형 옆에서는 똑같은 포즈로 사진도 찍는다.

"와! 브레멘 음악대다! 엄마! 당나귀랑 개랑 고양이랑 수탉이 여기 있어요. 그런데 생각보다 너무 작다."

와인 페스티벌이 열리는 곳을 지나 구시가지에 이르니 시청사 왼쪽 벽에 서로의 등을 타고 올라 탑을 이루고 있는 네 마리의 동물이 보인다. 1953년 조각가 게하르트 막스가 만든 동상으로 크기는 작지만 브레멘 최고의 상징이다. 주위에 띄엄띄엄 서 있는 사람들은 관광객. 줄을 서지는 않았지만 눈치껏 순서대로 동물들과 함께 사진을 찍는 중이다.

"어? 그런데 당나귀 앞발만 금색이에요?"

"사람들이 많이 만져서 그렇게 된 거야."

"당나귀 앞발을 왜 만져요?"

"옛날에는 당나귀가 물건을 나르는 중요한 수단 중 하나였거든. 그래서 상인들에게는 아주 소중한 존재였대. 특히 당나귀 다리를 귀하게 여겼는데, 그러다보니 당나귀 다리를 붙잡고 소원을 빌면 풍요를 가져다준다는 이야기가 생겨난 거지."

브레멘 음악대 동상.

"그럼 부자 되는 거예요? 저 할아버지도 당나귀 앞다리를 만지고 사진 찍네. 엄마! 우리도 당나귀 다리 붙잡고 소원 빌어요."

나와 아이는 얼른 외국인에게 카메라를 맡기고 당나귀의 앞발을 움켜잡는다. 사진을 찍고 나서 넌지시 아이에게 묻는다.

"무슨 소원을 빌었을까, 우리 아가씨는?"

"음… 엄마는요?"

"엄마는 당연히 우리 가족의 건강과 행복을 빌었지. 넌?"

"난요, 비밀이에요."

"야! 그런 게 어디 있어?"

"히히. 그래도 비밀이에요. 나중에 이루어지면 그때 이야기해 줄게요."

독일여행을 한다고 했을 때 주위 사람들은 하나같이 브레멘이라는 도시 이름을 듣고 놀랐다.

“브레멘이라는 도시가 진짜 있어? 동화 속 장소가 아니고?”

설령 이곳을 알고 있었더라도 작은 동화 마을로만 생각하고 온 사람들은 백이면 백 다 놀란다. 인구 약 56만 명으로 북부 독일 베저 강가에 있는 부자도시가 바로 브레멘이기 때문이다. 더구나 오늘날 독일에는 수도 베를린을 제외한 두 개의 자유도시가 있는데, 독일 최대의 항구도시인 함부르크와 브레멘이다. 여기에서 자유도시란 특정 주에 속하지 않는 특권을 가진 도시로 우리나라로 치면 광역시 같은 개념이다. 하지만 이런 사실을 간과하더라도 옛날부터 얼마나 대단한 도시였기에 동물들마저 새로운 세상을 꿈꾸며 브레멘으로 가려고 했을까. 실제로 시청 앞 마르크트 광장에 서서 한 바퀴 돌아보면 저절로 고개가 끄덕여진다. 광장을 향해 서 있는 건축물의 웅장함과 화려함이 순식간에 우리를 압도하기 때문이다. 그중 브레멘 시청사부터 이야기하면 이곳은 1408년에 고딕 양식으로 지어졌다가 200여 년이 지난 뒤 베저 르네상스 양식으로 다시 지어져 1990년 유네스코 세계문화유산으로 지정된 건물이다. 화려한 장식으로 가득한 아치형 다리가 견고하게 세워져 있고, 그 위로 창문마다 세워져 있는 조각상들의 모습에서는 범접할 수 없는 위엄이 느껴진다. 그다음으로 눈에 띄는 건물은 시청사를 마주 본 채 시청사보다 더 화려하게 번쩍이는 ‘슈

팅Schütting'이다. 이곳은 상인들의 조합 건물로, 출입문에 새겨진 "밖과 안, 도전과 승리Buten un Binnen, Wagen un Winnen"라는 문구는 세상을 향한 이 도시의 철학이 너무나도 잘 함축되어 있다. 이 두 개의 건물만 보아도 중세기 때 한자 동맹 중심도시로 북부 유럽의 교통과 교역을 담당했던 브레멘이 고스란히 보인다. 그리고 여기에서는 시청 앞에 세워져 있는 브레멘의 수호신 롤란트 상도 당연히 한몫을 한다.

사실 중세시대부터 독일의 북부 지역에는 시청사 앞에 칼과 방패를 든 롤란트 상이 여러 곳에 있었다고 한다. 브레멘의 롤란트 상은 처음에는 나무로 세워졌다가 1366년 알브레히트 2세의 전사들에 의해 파괴되어 1404년 다시 사암으로 만들어져 지금에 이르고 있다. 롤란트 상은 시청사와 함께 유네스코 세계문화유산으

슈팅 전경.

로 등록되어 있다. 재미있는 것은 다른 도시의 롤란트 상보다 유난히 크고 정교한 브레멘의 롤란트 상을 나폴레옹이 욕심을 냈다는 사실이다. 나폴레옹의 군대가 브레멘까지 진격했을 때 나폴레옹은 롤란트 상을 보자마자 루브르 박물관으로 가져가려고 했지만 브레멘 시민들이 기지를 발휘해 나폴레옹을 설득했다고 한다. 시민들은 보기에는 이렇지만 역사적 가치도 없고 허접한 돌덩이에 불과하다고 거짓말을 한 것이다. 이것이 롤란트 상이 프랑스로 옮겨지지 않고 지금도 여전히 이 자리에 있게 된 이유다. 도시와 시민을 지키기 위해 세워진 수호신을 오히려 시민들이 지킨 그야말로 동화 같은 이야기다.

"그런데 롤란트 상에는 왜 다가가지 못하게 이렇게 철책이 있는 거예요?"

뵈트허 거리 입구.

“롤란트 상 무릎이 까맣게 된 거 보이지? 롤란트 상의 무릎을 만지면 브레멘에 다시 올 수 있다는 말이 있어서 사람들이 열심히 만지는 바람에 까맣게 된 거래. 그래서 더이상 그러지 못하게 보호하려고 철책을 세운 거지.”

“브레멘 음악대 동물들 주위로도 철책이 쳐지면 어떡하죠?”

“글쎄, 안 그랬으면 좋겠는데….”

“엄마! 우린 무릎을 만지진 않았지만, 그래도 브레멘에 다시 와요. 그래서 동물들 주위로도 철책이 생겼나 안 생겼나 나중에 확인해봐요. 그때는 아빠도 같이.”

좋은 것을 보고 신기한 것을 경험할 때마다 함께 오지 못한 아빠를 챙기는 아이. 그래, 네가 엄마보다 낫다.

이윽고 우리가 바이올린 선율에 이끌려 들어선 곳은 뵈트허 거리다. 뵈트허 거리는 원래 가난한 이들의 거리였지만 지금은 붉은 벽돌을 이용해 중세 수공업자의 거리를 복원해놓은 곳으로 상가·극장·술집·서점 등이 들어서 있다. 커피 무역으로 돈을 번 상인 루트비히 로젤리우스가 1902년부터 1934년 사이 유명 화가와 건축가의 도움을 받아 조성해 거리 자체가 예술품인 곳이다. 입구에는 금으로 된 커다란 부조가 달려 있는데, 천사 또는 신화 속 인물로 보이는 자가 큰 칼을 뽑아들고 머리가 셋 달린 뱀을 무찌르고 있다. 아무래도 브레멘이 부유한 도시였던 만큼 롤란트 상과 더불어 곳곳에 도시를 지켜주는 수호신 같은 존재가 있는 것 같다. 바이올린 소리는 그 주위에서 울려 퍼지고 있는데, 입구를 통과하자마자 오른쪽으로 보이는 선물가게 앞에서 한 여성이 바이올린을 연주하고 있다. 클래식부터 영화음악까지 다양한 장르로 펼쳐지는 레퍼토리에 아이도 나도 걸음을 멈추고 한참 동안 그녀의 연주에 귀를 기울인다. 그 사이로 비로소 어둠이 스며들고 브레멘에도 밤이 찾아든다.

"여기 브레멘에서 우리는 또 뭘 할 거예요?"

"일단 내일 아침엔 네가 고대하는 놀이동산에 가야지. 페르덴에 있는 매직파크, 독일어로 '프라이차이트 파크'를 갈 거야. 여기서 기차를 타고 25분쯤 가면 있대. 물론 버스도 갈아타야 하고 숲길도 지나가야 하니 시간이야 더 걸리겠지만, 아무튼 우리는 놀이동산에 갈 거야."

"예에! 타고 싶은 거 다 타야지."

"그러세요."

"거기에도 그림 형제 동화들로 꾸며진 숲이 있다고 했죠? 놀이동산의 그림 동화는 어떤 식으로 되어 있는지 궁금해요. 그리고 또요?"

"브레멘이라는 도시도 더 구석구석 살펴봐야지. 일요일엔 야외 연극도 볼 거고. 옛날에 대양을 떠돌아다니던 브레멘의 선원들과 상인들이 세계 각지에서 가져온 물건들을 전시하고 있는 해외 박물관도 있다던데, 거기에도 가볼 수 있고. 아니면 브레멘의 전경을 한눈에 볼 수 있는 성 페트리 대성당 전망대나 어부들이 살았는데 지금은 예술가들의 작업실로 바뀌었다는 슈노어 지구도 둘러보면 좋겠다. 아, 그리고 이 뵈트허 거리에 '종의 집'이라는 곳이 있다고 했어. 거기에서 아름다운 종소리도 감상할 수 있대."

"와! 할 거 되게 많다."

"너무 신나지 않니? 엄만 언제나 하고 싶은 것이 없는 사람보다 하고 싶은 것이 많은 사람이 되고 싶어."

"만날 힘들어하면서…."

"힘들어도. 힘드니까 하는 거지."

아이는 좀처럼 이해가 되지 않는지 고개를 갸웃거린다. 하긴, 힘들다고 만날 노래 부르며 헉헉대는 엄마가 힘들어서 그 일들을 한다고 하니 이해가 되지 않는 것은 당연한 일. 그래도 나중에라도 엄마의 이런 말들이 불쑥 아이의 가슴에 떠오르지 않을까. 그래서 지금 당장 편하고 쉬워 보이는 일만 하기보다는 힘들고 고단해도 의미를 찾을 수 있는 일을 하는 것이 어떤 것인지 깨닫게 될 수 있기를.

어둠이 깔린 시청사 옆 브레멘 음악대 동상을 지나오는데, 이미 관광객들이 사라진 그곳에 네 마리 동물의 그림자가 또렷하게 탑을 이루고 있다. 햇빛 아래에서 본 그들의 모습이 귀엽고 친근하게 느껴졌다면 달빛에 비친 그들의 모습은 한층 당당하고 크게 느껴진다. 현실에서 체념에 빠지거나 주저앉지 않고 지금보다 더 나은 모습이고 싶어 브레멘으로 향하던 그들의 꿈이 그림자에 투영된 것이 아닐까 하는 생각이 들 만큼. 같은 땅 위에 나와 지안이의 그림자도 제법 또렷하다. 우리의 그림자는 앞으로도 계속 그러할 것이다.

브레멘 음악대

어떤 남자가 당나귀 한 마리를 가지고 있었는데, 이 당나귀는 오랜 세월 충실하게 일을 한 끝에 힘이 다 빠지고 말았습니다. 어느 날 주인이 자신을 처분하려고 한다는 것을 눈치챈 당나귀는 도망쳐 브레멘으로 향했습니다. 자신이 브레멘의 전속음악가가 될 수 있다고 생각한 것이지요.

당나귀는 얼마쯤 걸어가다가 지쳐 쓰러질 때까지 뛰고 난 것처럼 심하게 헐떡이고 있는 사냥개 한 마리를 만났습니다. 사냥개 역시 늙어 기운이 없어지자 주인이 필요 없어 해 도망을 친 것이었어요. 당나귀는 사냥개에게 브레멘으로 가서 전속악단을 조직하자고 말했습니다. 개는 좋아하면서 함께 길을 나섰지요.

얼마 가지 않아 그들은 슬픈 얼굴로 길가에 앉아 있는 고양이를 만났습니다. 고양이도 점점 늙어 이빨이 무뎌져 쥐도 못 잡자 여주인이 물에 빠뜨리려고 해 도망쳐 나온 것이었습니다. 그러자 당나귀가 말했습니다.

"우리랑 같이 브레멘으로 가지 않을래? 넌 밤의 세레나데들을 많이 알고 있으니 브레멘의 전속음악가가 될 수 있어."

고양이는 기꺼이 길을 나섰습니다. 이윽고 그 세 도망자가 어느 농가 곁을 지나는데 수탉 한 마리가 대문 위에 올라앉아 죽을힘을 다해 울고 있었습니다. 수탉 역시 일요일인 내일 여주인이 자신의 고기로 손님들에게 수프를 대접할 거라며 그래서 악을 쓰는 중이라고 말했습니다. 당나귀는 수탉을 꾸짖고는 그 좋은 목청으로 연주를 해야 한다며 함께 브레멘으로 가자고 했습니다. 수탉도 그 말을 그럴듯하게 여기고 여행길에 올랐습니다.

그런데 브레멘은 꽤 먼 곳이라 그들은 해지기 전까지 브레멘에 당도할 수가 없었습니다. 저녁이 되자 네 친구는 숲속에서 하룻밤을 지내기로 했습니다. 당나귀와 개는 커다란 나무 아래 자리를 잡고, 고양이와 닭은 나무 위로 올라갔습니다. 닭은 가장 안전한 꼭대기까지 올라가서는 사방을 둘러보다가 저 멀리 불빛이 반짝이는 것을 보았습니다. 그래서 네 친구는 좀 더 편한 잠잘 곳과 먹을 것을 구하기 위해 빛을 향해 걸어갔습니다. 불빛은 점점 더 밝아졌고, 마침내 그들은 불을 환하게 켠 도둑의 소굴 앞에 이르렀습니다.

도둑들이 근사한 음식과 마실 것이 잔뜩 차려져 있는 식탁에 앉아 있는 것을 본 네 마리 동물은 도둑들을 몰아낼 방법을 찾다가 마침내 좋은 방법 하나를 생각해냈습니다. 당나귀가 몸을 곧추세워 창턱에 두 앞발을 대고 있으면 개가 당나귀의 등에 올라가고, 고양이는 개 등에 올라가고, 그러고 나서 수탉이 몸을 날려 고양이의 머리 위에 걸터앉는 것이 바로 그것이었습니다. 그런 뒤 넷은 신호에 맞춰 일제히 음악을 연주하기 시작했습니다. 당나귀는 히잉히잉 울부짖고, 개는 컹컹컹 짖어대고, 고양이는 야옹야옹 울어대고, 수탉은 꼬끼오 악을 써

댄 것입니다. 그런 뒤 창문을 와장창 깨뜨리며 안으로 뛰어들어가자 이미 무시무시한 소리에 놀란 도둑들은 귀신이 나타난 줄 알고 기겁을 하고 도망쳤습니다. 네 친구는 아주 흥겨운 기분으로 마치 내일은 없다는 듯이 배가 터지게 먹었습니다.

이윽고 식사를 끝마친 네 음악가는 집 안의 불을 끄고 각자의 습관과 성질에 따라 잠자리를 하나씩 골랐습니다. 당나귀는 마당의 거름 더미 위에, 개는 문 뒤에, 고양이는 난로 옆의 따뜻한 재 속에, 닭은 지붕의 들보 위에 각각 자리를 잡고 이내 곯아떨어졌지요.

자정이 지날 무렵 멀리 떨어진 곳에 웅크리고 있던 도둑들은 집 안이 캄캄해지자 한 명을 보내서 집을 살펴보게 했습니다. 집으로 들어온 도둑은 불을 켜려고 성냥을 꺼내 든 뒤 어둠 속에서 번쩍이는 고양이의 눈이 아직 불씨가 남은 석탄인 줄 알고 성냥개비를 가져다대었습니다. 당연히 고양이는 발칵 성을 내며 달려들어 도둑의 얼굴을 할퀴어버렸지요. 도둑이 기겁을 하며 문밖으로 뛰쳐나가는데, 문 뒤에 누워 있던 개가 벌떡 일어나 다리를 물어버렸습니다. 마당에서는 거름 더미 옆의 당나귀가 뒷발로 그를 호되게 걷어찼고, 이런 소동에 잠이 깬 수탉은 지붕에서 날아 내려오며 악을 썼습니다.

도둑은 죽을힘을 다해 도망을 쳐서 두목에게 말했습니다.

"그 집에는 무시무시한 마녀가 살고 있어요! 그 마녀는 저에게 침을 뱉고 긴 손톱으로 얼굴을 할퀴었어요. 문 뒤에는 칼을 든 사내가 서 있다가 제 다리를 찔렀고요. 마당에는 시커먼 괴물이 몽둥이로 내리치고 지붕 위에는 두목이 앉아 있다가 '저 악당을 끌고 와라!' 소리 치더군요. 그래서 죽어라 도망쳤습니다."

도둑들은 더이상 그 집에 얼씬도 하지 않았고 브레멘 음악대는 그 집에 사는 것이 아주 마음에 들어 계속 그곳에서 살았습니다.

그리고 최근에 이 이야기를 한 그 사람은 아직도 이 이야기를 하고 다닌답니다.

브레멘Bremen(2)

〈브레멘 음악대〉

"누구나 실수는 하지만 누구나 탓을 하지는 않더이다"

밤이 되기 전까지는 모든 것이 완벽했다.

아침에 눈을 뜨니 햇살이 더없이 좋은 아침. 오늘은 드디어 지안이를 위한 두 번째 선물을 개봉하는 날. 바로 페르덴에 있는 매직파크에 가는 날이다. 도시락만 싸지 않았지 우리는 소풍이라도 떠나듯이 가벼운 발걸음으로 기차역으로 향한다. 구글에 의하면 우리가 가려고 하는 매직파크인 '프라이차이트 파크'는 어린 시절의 추억을 생각나게 하는 장소임은 분명하나 시설이 낙후되어 있고 종종 위험하게도 느껴질 수 있다고 한다. 그리고 무엇보다 일곱 살에서 열 살까지 놀기에 제격인 곳이라고 소개되어 있다.

다행히 내 아이는 딱 열 살. 때로는 자신이 열다섯 살인 것처럼 깨끔을 떨기도 하지만 여전히 다섯 살 같은 어리광도 부리기에 아이에게는 말 그대로 매직파크가 될 것을 예감하며 서둘러 기차에 오른다.

기차에서 내려 버스로 갈아타니 잠시 후 버스 운전기사는 우리를 먼지 폴폴 날리는 작은 오솔길에 내려준다. 버스 정류장 표시는 어디에도 없고 놀이공원으로 보이는 그 어떤 구조물도 보이지 않아 나는 걱정스러운 표정으로 몇 번을 물어보았는지 모른다. “정말 여기에서 내리는 것이 맞나요?”라고. 그랬더니 버스 운전기사는 물론 버스 앞좌석에 앉은 모든 할머니, 할아버지, 아주머니가 한 방향을 가리킨다.

“저기로 가. 길을 건너 저 숲속으로 들어가 걷다보면 네가 가고자 하는 놀이동산이 나올 거야. 아이랑 즐겁게 보내.”

어르신들이 독일어로 열심히 설명해준 것은 이런 내용이 아니었을까? 내 키의 수십 배가 넘는 늘씬한 나무 숲길을 걸어가니 이윽고 그 숲 한가운데에 ‘MAGIC PARK’라고 쓰인 왕궁 모양의 놀이동산 입구가 보인다. 빽빽한 나무들 사이사이로 분명 바이킹 같은 것들이 나타났다 사라지고, 아이들이 신나게 부모님의 손을 잡고 들어가는 것을 보니 제대로 찾아온 듯싶다.

“드디어 우리가 왔어요.”

“그러게. 오늘은 네가 타고 싶은 것 실컷 타고, 네가 보고 싶은 것 실컷 봐.”

엄마의 허락도 떨어졌겠다, 아이는 들어서자마자 세상 다 가진 듯한 표정으로 입구에 있는 놀이 기구를 타느라 정신이 없다. 구글에 나와 있는 설명은 정확하다. 이곳에 있는 놀이 기구는 아직 성인용 놀이 기구를 타지 못하는 지안이에게는 더없이 만만하다. 어지럽지도 않은지 기다리는 줄도 없어 타고 타고 또 탄다. 다소 낡아 보여서 위험하다고 생각하는 사람도 있겠지만 대형 놀이 기구가 아니어서 내가 보기에는 별 문제 없어 보인다.

"엄마도 같이 타면 안 돼요?"

"제발, 그것만은 사양할게. 엄마가 나이 들었다는 것을 가장 처음 느낀 게 놀이 기구 타면서란 말이야. 이 좋은 날, 이 좋은 곳에서 굳이 엄마의 나이를 실감하게 하지는 말아주세요."

아이가 키득키득 웃는다. 그래, 지금은 웃지만 너도 나이 들어봐라. 그 좋아하던 놀이 기구들을 한순간에 졸업하고 싶어지는 날이 언젠가 올 테니.

놀이 기구를 실컷 탄 뒤 우리는 자연스럽게 오른편 숲길로 향한다. 그곳에 바로 엄마가 가고 싶었던 '메르헨 발트', 동화의 숲이 있기 때문이다. 〈헨젤과 그레텔〉이나 〈잠자는 숲속의 공주〉 같은 동화의 무대를 재현해놓았다고 하기에 어떤 곳인가 했더니 숲속에 띄엄띄엄 동화의 배경이 되는 무대에 움직이는 인형들을 설치해놓고 독일어로 동화를 들려준다. 가장 처음 만난 것은 〈헨젤과 그레텔〉. 너무나도 예쁘고 먹음직스러운 초콜릿과 쿠키로 만들어진 집이 있고, 잠시 후 남자아이와 여자아이가 그 집으로 다가가니 마귀할멈이 나와서 남자아이를 감옥에 가둔다. 독일어를 모르지만 실감나게 들리는 동화 이야기가 재미있기만 하다. 그렇게 한 편의 이야기가 끝나면 무대 앞에 앉아 있던 사람들이 이동을 한다. 숲길을 따라 더 깊이 들어가니 이번에는 중국풍의 옷을

입은 인형들이 움직이며 이야기를 재현하기 시작한다. 그림 동화에 중국이 배경인 이야기가 있었나? 아이도 나도 금시초문이라 봐도 모르겠다. 우리는 얼른 다음 무대로 향한다. 가장 화려했던 곳은 역시 〈잠자는 숲속의 공주〉. 동화의 배경이 되었던 자바부르크 성보다 훨씬 요란한 성에서 저마다 따로따로 움직이던 인형들이 순식간에 마법에 걸려 잠든 시늉을 하더니, 또 한순간에 깨어나서 시끌벅적 움직인다. 그 모습을 어린이들은 물론 어른들도 신나게 구경하는 것을 보니 동화를 향한 독일인들의 사랑이 새삼 크게 가슴에 와닿는다.

엄마를 위해 메르헨 발트를 구경해준 아이는 이제 공들여 제가 하고 싶은 것을 하기 시작한다. 서커스도 보고, 마술도 보고, 풍선도 사고, 아이스크림도 먹고, 보트에 올라타 노도 저어보고, 그러고는 제가 탈 수 있는 놀이 기구들을 지겨워질 때까지 탄다.

"여기 너무 좋아요. 우리나라 놀이동산처럼 크고 화려하진 않

지만 나무도 많고 숲속에 있으니까 뭔가 요정의 나라에 들어와 있는 느낌이에요."

나무로 만들어진 수동 놀이 기구들도 많아 어른들도 열심히 놀아주어야 하는 페르덴의 놀이동산은 아이의 표현 그대로다. 숲속 요정나라! 그곳에서 실컷 놀고 브레멘으로 오는 길. 오늘 엄마의 선물이 어땠냐는 질문에 아이는 햇볕에 알맞게 그을린 얼굴로 이렇게 말한다.

"돌아오는 엄마 생일을 기대하세요. 나도 최고로 엄마를 기쁘게 해줄게요."

그렇게 우리는 생일만큼 환상적인 하루를 보낸 뒤 버스를 타고 페르덴역으로 돌아왔다. 흔들흔들 시골길 버스에서도 마냥 좋았다. 그런데 오는 길에 쇼핑센터를 본 것이 문제였다면 문제였을까. 페르덴역에서 한 정거장 전, 걸어서 5분 거리에 쇼핑센터가 있는 것을 본 엄마는 기차 시간표를 확인한 뒤 아이에게 한 가지 제안을 했다.

“기차가 1시간 후에나 온대. 한참 동안 기다려야 하니까 우리 쇼핑센터에 다녀오자. 내일이면 암스테르담으로 가야 하는데, 너 친구들 선물 사고 싶다며. 내일은 일요일인데, 독일은 일요일이면 마트들이 모두 문을 닫잖아. 시간도 애매해서 지금 안 사면 아무래도 못 살 것 같아.”

“나 다리 아픈데… 이따가 브레멘에 가서 사면 안 돼요?”

“놀 때는 아프다는 소리 한 마디도 안 하더니.”

“아까도 아팠는데, 말 안 한 거였어요. 진짜 너무너무 아프단 말이에요.”

“여기는 마트들도 문을 일찍 닫잖아. 오늘 못 살까봐 그래. 오늘 못 사면 아예 못 사는 거고.”

“그래도 못 가겠어요. 너무 힘들단 말이에요.”

“얼마나 아픈데? 좀 참고 가면 안 되겠어?”

엄마가 이렇게 간곡하게 말하는데도 아이는 냉정하게 고개를 젓는다. 그 모습에 맥이 탁 빠진다. 우리를 위한 쇼핑도 아니고 친구들과 우리의 여행을 응원해준 지인들을 위한 선물을 사자는 것인데도 단호하게 싫다고 하는 아이. 브레멘에 도착하면 저녁도 먹어야 하는데, 과연 마트에 갈 수 있을까? 아, 모르겠다. 갑자기 나도 의욕 상실이다. 그냥 어떻게 되겠지 모든 게 귀찮아지는 심정. 그런데 웬걸. 기차는 한술 더 떠서 30분이나 연착하고 말았다. 유럽 기차들이 잘 다니다가도 종종 연착을 하는 데는 대책이 없다고 하더니, 우리는 하는 일 없이 기차역에서 무려 1시간 30분의 시간을 흘려 보내고 만 것이다.

브레멘에 도착해서는 배가 고파 꼼짝도 못 하겠다고 해서 저녁부터 먹었더니 밥을 다 먹고 일어선 시간은 8시 45분. 급기야 우리는 레스토랑 근처에 있는 슈퍼마켓을 향해 전력질주를 하고야 말았다. 그리고 막 문을 닫으려는 상점에 들어가서 일단 지안이 친구들에게 줄 젤리만 열심히 쓸어 담았다. 하필 독일에서 유명하다는 치약과 핸드크림이 이 상점에는 없었던 것이다.

무겁게 젤리를 들고 호텔로 오는데 가슴이 확 답답해졌다. 미리미리 엄마 말대로 했더라면 막판에 이렇게 급하게 뛰어다니며 가슴 졸이는 일은 없었을 텐데, 이게 다 아이 때문이라는 생각이 든 것이다. 엄마는 아이의 의견을 최대한 존중해주기 위해 물어보고 맞추어주려고 노력하는데, 당장의 결과가 너무나도 한심하니 화가 나는 것이다. 더구나 아이는 한술 더 떠서 레스토랑에서 화장실에 다녀오자고 했을 때는 괜찮다고 하더니 젤리를 사서 나오자마자 갑자기 화장실이 급하다며 발을 동동 구른다. 밤 9시가 넘은 시간. 공중화장실은 보이지도 않고 우리나라처럼 화장실 인심이 후하지도 않은 이 유럽에서 말이다. 참으라고 말하면서 호텔까지 걸어오는 10분이 30분처럼 느껴진 것은 나보다 아이가 더

했겠지만 호텔에 들어오자마자 나는 아이와 말도 하고 싶지 않았다. 아무리 검색해보아도 내일 문을 여는 상점은 하나도 없었다. 부글거리는 마음을 어떻게든 억누르고 싶었지만 어쩜 이리도 말을 안 듣나 싶어 나는 급기야 아이에게 하지 말았어야 할 말을 토해내고 말았다.

"이게 뭐니? 모든 게 엉망진창이 되어버렸어. 아까 좀 힘들더라도 엄마의 말을 따랐으면 좋았잖아. 그럼 친구들 선물도 살 수 있었고 여유도 있었을 텐데, 어떻게 넌 너만 생각하니?"

하루 종일 방실대던 아이의 표정이 순식간에 어두워진다. 뒤늦게 할아버지 할머니 선물도 못 샀음을 깨달은 아이는 급기야 울음까지 터뜨리고 만다. 우는 모습을 보니 당연히 엄마 마음도 좋지 않다. 무엇보다 독일에서의 마지막 밤을 이렇게 마무리하는 것은 그동안 즐겁게 동화의 길을 걸어온 우리 자신에 대한 예의가 아닌 것 같다.

"미안해. 엄마가 짜증을 못 참고 너무 심하게 말한 것 같아. 너도 속상할 텐데, 엄마가 엄마 생각만 하고 너무 심하게 말했어. 진짜 미안…."

"선물, 어떻게 하죠?"

"엄마가 마트를 한 번 더 찾아볼게. 혹시 모르잖아. 브레멘은 큰 도시니까 더 샅샅이 찾아보면 한 군데 정도는 일요일에 문을 열지도 몰라. 안 되면 네덜란드에 가서 사지, 뭐. 그리고 적어도 친구들 젤리는 샀잖아. 그러니까 너무 걱정하지 마."

꼭 안고 다독여주니 일렁이던 아이의 마음도 잦아든다. 한참 동안 조곤조곤 독일여행 중 가장 좋았던 곳과 가장 맛있었던 것과 가장 기억에 남는 일을 이야기하다 잠이 든다. 아이를 재운 뒤 열심히 검색하는데 한숨이 절로 나온다. 정말이지 아이의 의견을 존중해주는 부모가 된다는 것은 왜 이리도 피곤한 일일까. 아이가 크면 클수록 더 큰 갈등에 휩싸이는 것 같다. 머리가 커지는 아이는 자기주장이 뚜렷해지면서 점점 더 요구가 많아진다. 그것을 어느 선까지 용납해주고, 어느 선까지 제한해야 하는지 구분하기란 쉽지 않다. 아이의 마음을 헤아려주지 못하는 독단적인 부모가 되어서도 안 되지만 아이에게 끌려가는 부모가 되어서도 안 되기 때문이다.

오늘의 이 일을 통해 아이도 깨달은 것이 있을까? 때로는 내키지 않는 일도 해야 하고 희생도 해야 한다는 것을. 원하지 않더라도 엄마의 말을 따라야할 때가 있음을 깨우쳐주면 좋으련만, 과연 그렇게 될지….

어제와 마찬가지로 햇살이 더없이 좋은 아침이다. 오늘 우리는 독일여행의 클라이맥스라고 할 수 있는, 정오에 시작되는 〈브레멘 음악대〉 야외 연극을 본 뒤 기차를 타고 네덜란드 암스테르담으로 향할 것이다. 아이는 아침부터 암스테르담에서 소꿉친구를 만날 기대에 점프를 하며 춤을 추는데, 마지막 짐을 꾸리는 엄마의 마음은 씁쓸하다. 물론 언젠가는 또 오겠지만 이제 당분간 독일과는 안녕인 것이다.

호텔에서 체크아웃을 하고 트렁크를 맡긴 뒤 우리는 넓은 도로를 가로질러 성큼성큼 브레멘 중앙역으로 향한다. 간밤의 폭풍 검색 끝에 중앙역에 있는 익스프레스 상점이 일요일에도 문을 연다는 사실을 알게 된 것이다. 등잔 밑이 어둡다더니. 처음부터 이 사실을 알았더라면 지난밤 지안이에게 상처 주는 말 따위는 하지 않았을 텐데…. 그곳에서 신중하게 기념품을 사고 우리는 다시 구시가지로 향한다.

〈브레멘 음악대〉 야외 공연도 하멜른의 야외 공연과 마찬가지로 매년 5월부터 9월까지 매주 일요일 정오에 시청 앞 마르크트 광장에서 펼쳐진다. 그런데 오늘은 12시 20분부터 시작된다고 하기에 우리는 먼저 뵈트허 거리부터 찾았다. 마이센 글로켄슈필이라는 종의 집 앞에서 12시부터 29개의 도자기 종소리가 만들어내는 멜로디에 귀를 기울이기 위해서다. 역시나 붉은 벽돌로만 이루어진 뵈트허 거리는 참 예스럽다. 알록달록 기념품 가게들도 은근히 사람들의 발걸음을 사로잡는다. 아이도 나도 이리 기웃 저리 기웃. 간밤에 못 부리던 여유를 한껏 부리며 안쪽으로 더 들어가니 뵈트허 거리 중간쯤에 사람들이 모여 있다. 좁은 골목에서 은은하게 울려 퍼질 종소리를 기대하고 있는 사람들이다. 잠시 후 두 개의 건물 사이 한쪽 벽이 열리더니 한꺼번에 종소리가 쏟아지기 시작한다. 아이도 나도 눈을 마주치며 환하게 웃는다. 경쟁이라도 하듯이 종소리에 맞추어 우스꽝스러운 표정을 지으며 살짝살짝 어깨춤도 춘다. 다른 사람에게 방해되지 않을 정도의 장난기 가득한 행동들이 공기 중에 몰래몰래 퍼져나간다. 이 순간이 참 좋다.

종소리가 만들어낸 음악으로 혹시라도 남아 있을지 모를 간밤의 감정의 찌꺼기를 싹악 걷어낸 뒤 우리는 다시 마르크트 광장으로 나왔다. 이제 드디어 브레멘 음악대를 만나게 되는 것이다. 그런데 분명 여기 어디쯤 무대가 세워져 있어야 하는데 아무리 둘러보아도 시청 앞 그 어디에도 무대는커녕 연극 분장을 한 사람들도, 모여 있는 관중도 보이지 않는다.

"이상하다? 분명 12시 20분이라고 했는데…."

"잘못 들은 거 아닐까요? 12시에 시작해서 이미 끝난 거 아닐까요?"

"그럴 리가. 너도 어제 관광안내소에서 들었잖아. 심지어 그 언니는 시간까지 지도에다 적어주었다고."

슬슬 불안해지기 시작한다. 독일여행의 스케줄 자체를 하멜른과 브레멘의 야외 공연 중심으로 짰던 것인데, 마지막에 브레멘의 야외 공연을 보지 못하게 된다면 그야말로 낭패다.

"엄마! 저쪽으로 가봐요. 사람들이 좀 모여 있는 것 같아요."

아이의 말에 이끌려 마르크트 광장을 지나 성 페트리 대성당 앞으로 가니, 무대 없이 광장 한쪽 구석에서 3, 40명 정도의 사람들에게 둘러싸여 〈브레멘 음악대〉 공연이 마당극처럼 진행 중이다. 하멜른보다 큰 도시여서 당연히 무대도 크게 마련되어 있을 줄 알았는데, 실망이 이만저만이 아니다. 등장인물도 단지 네 마리의 동물뿐이고 무대도 그 어떤 무대장치도 없다. 하지만 소박한 연극이니만큼 네 마리의 동물로 분장한 배우들은 관객들과 보다 적극적으로 소통하며 이야기를 이끌어간다. 모두가 너무나도 즐겁고 행복한 표정이다. 그 모습을 바라보니 잠시 실망했던 내가 부끄러워진다. 그동안 그렇게 동화마을을 찾아다녀놓고도 아직도 동화를 순수한 그대로 받아들이지 못하고 무언가 더 그럴싸하고 대단한 것을 찾으려는 나였나보다. 더구나 아이는 엄마 때문에 앞부분을 놓쳤다는 등의 그 어떤 탓도 하지 않고 알아듣지 못하면서도 신기한 표정으로 극에 몰입중이다. 가장 맑고 순수한 마음으로 동화를 이해하면서.

"그거 알아요? 브레멘 음악대는 실은 브레멘에 오지 않았다는 거."

"맞다. 그랬지. 브레멘에 와서 음악대를 결성하자고만 했지, 생각해보니 중간에 만난 도둑의 집이 좋아서 그곳에 눌러앉았잖아."

"그런데 왜 제목을 브레멘 음악대로 지었을까요?"

"네 생각은 어떤데?"

"음… 꿈? 브레멘 음악대로 가고 싶은 동물들의 꿈을 이야기한 동화라서?"

제 생각을 또랑또랑 이야기하는 아이의 목소리가 참 청아하다. 이제 아이는 이야기의 본질을 제대로 파악하는 나이가 된 것이다.

"그거 알아? 실제로 중세시대에 브레멘에는 음악대도 있었대."

"정말요? 엄만 어떻게 그런 걸 다 알아요?"

대답 대신 아이의 손을 잡았더니 엄마를 올려다본다. "엄마 때문에 연극의 앞부분을 못 봤잖아요"라고 탓하지 않고 오히려 "어떻게 그런 걸 알아요?"라고 칭찬해준 아이가 나를 보고 있다. 지금은 이렇게 올려다보지만 이제 머지않아 눈높이가 같아지고, 그러다 곧 엄마가 올려다보는 날이 오겠지 싶으니 왠지 기분이 묘하다. 그런 엄마의 마음을 읽었는지 갑자기 까치발을 디뎌 눈높이를 맞추는 아이.

"이지안! 내려가. 너 이거 아니야. 이러기 없기야."

"왜요. 이제 얼마 안 남았는데."

"됐거든. 발 제대로 디뎌. 너 그러다 다친다."

"괜찮아요. 이게 지금 내 키예요."

내친김에 아예 엄마의 어깨에 팔까지 두르는 아이. 놓으라고 해도 역시나 끝까지 말을 듣지 않는다.

아! 진짜 난 내 아이와 동화 나라든 동남아시아의 시골 오지든 계속해서 여행을 하고 싶은데, 이제 곧 엄마를 만만하게 볼 사춘기 소녀가 될 것이라고 생각하니 이 여행, 계속 해야 할지 말아야 할지 진짜 고민이다.

지안이의 일기

여기는 브레멘이다.

브레멘 음악대는 왜 이 도시에 오고 싶었을까?

엄마는 옛날에 브레멘이 번화하고 발달된 부자도시였다고 했다.

내 생각에는 브레멘이 예쁘고, 음식도 맛있고, 사람들도 많아서 그런 것 같다.

동상에 있는 당나귀의 발을 만지면 소원이 이루어진다는 말이 있어 나와 엄마도 당나귀의 발을 만지며 소원을 빌었다.

나는 손에 불이 붙은 것처럼 손이 뜨거워질 때까지 당나귀의 발을 문질렀다.

이러면 다른 사람들보다 내 소원이 더 잘 이루어질 것 같기 때문이다.

사람들이 당나귀의 발을 하도 만져서 당나귀의 발이 매끈매끈하다.

브레멘에서 가장 인상 깊었던 것은 아이스크림이다!

브레멘 아이스크림은 하나같이 다 부드럽고, 맛있고, 입안에서 살살 녹는다.

2단 아이스크림을 들고 아빠와 영상통화를 했는데, 아빠가 무척 부러워했다.

아빠도 아이스크림을 좋아하는데 혼자 먹어서 조금 미안했지만, 그래도 아빠를 약 올리니까 재미있었다.

이번 독일여행은 그냥 여행보다 더 재미있고 신났다.

내가 라푼첼이 된 것 같았고, 피리 부는 사나이도 따라가보았고, 허풍선이 남작과 함께 여행을 한 것 같았다.

힘들기도 했고, 피곤할 때도 있었지만 엄마와 함께 있으니 금방 괜찮아졌다.

내가 씩씩한 꼬마 여행꾼이 된 것 같다.

에필로그

독일여행의 마지막 도시는 브레멘이었다. 그 마지막 밤에 아이는 펑펑 울었다.

"엄마 여행을 내가 망친 것 같아 미안해…."

그 말을 듣는 순간 둔기로 얻어맞은 듯 온몸이 얼얼했다. 엄마 여행이라니…! 아이가 어느 지점에서 마음을 다쳐 그런 표현을 한 것인지 몰라 막막하기만 했다.

분명 시작은 아이를 위한 여행이었다. 동요보다 가요를 선호하는 아이에게, 애벌레 관찰 따위는 시시하다고 투덜대는 아이에게, 색깔 없는 립스틱을 바르는 엄마에게 돈이 아깝다고 충고하는 아이에게 그래도 그 안에 가장 크게 자리 잡고 있는 동심, 그 티끌 하나 없는 맑은 마음을 가닥가닥 풀어내주기 위해 떠나온 동화여행이었다. 우는 아이를 와락 끌어안았다. 너로 인해 이 여행을 할 수 있었음을, 너로 인해 시간 시간이 빛났음을, 너로 인해 모든 것이 의미가 있었음을 얼마나 장황하게 늘어놓았는지 모른다. 다행히 엄마의 볼품없는 변명에 품에 안겨 있던 아이의 흐느낌이 점점 잦아들었다.

아이를 위해 무언가를 해준다는 것은 부모의 착각인가보다. 아이와 눈높이를 맞추기 위해 노력했다고 생각했는데, 그 눈높이 역시 부모의 시각에서 들이대는 잣대였나보다. 이러한 사실을 민감한 사춘기 소녀가 되기 전에 알아서 얼마나 다행인지. 모르고 그 시기로 넘어가버렸다면 아이는 앞뒤로 꽉 막힌 엄마의 말과 행동에 마음의 문을 닫을 테고, 엄마는 갑자기 달라져버린 아이의 말과 행동에 충격을 받을 것이다. 그나마 여행 중에 함께한 시간들이 밑바탕이 되어 우리는 서로를 좀 더 알 수 있게 되었다. 지금 알지 못하면 영원히 알 수 없을지도 모를 아이의 취향과 생각과 관심사를 알게 되어 보험이라도 든 것처럼 든든하다.

아이가 커갈수록 함께하는 여행은 더욱더 필요하다는 생각이 든다. 휴양지에서 쉬다 오는 여행도 좋지만, 이왕이면 기차도 타고 버스도 타고 지하철도 타면서 길도 헤매고 차도 놓치는 여행은 어떨까?

하루에도 수십 번씩 우르륵 화르륵 다그닥 산전수전 공중전까지 겪게 되겠지만, 그 고단한 시간들 속에서 아이는 부모와 함께 낯선 세상과 맞서는 지혜를 배울 수 있고, 서로의 마음을 더 헤아리는 시간을 얻게 될 것이며, 꿈을 가지고 앞으로 나아가는 방법을 터득하게 될 것이다.

그러니 아이가 더 커버리기 전에, 더 늦기 전에 어디로든 떠나봐야 한다. 우리가 발 디디는 곳, 그곳이 동화의 나라이다.

아이와 함께, 독일 동화 여행

첫판 1쇄 펴낸날 2019년 6월 20일

지은이 | 정유선
펴낸이 | 박남희

종이 | 화인페이퍼
인쇄·제본 | 한영문화사

펴낸곳 | (주)뮤진트리
출판등록 | 2007년 11월 28일 제2015-000059호
주소 | 서울시 마포구 토정로 135 (상수동) M빌딩
전화 | (02)2676-7117 팩스 | (02)2676-5261
전자우편 | geist6@hanmail.net
홈페이지 | www.mujintree.com

ISBN 979-11-6111-039-4 03810

* 책값은 뒤표지에 있습니다.